BASTEI
LÜBBE

Mit *Mord im März* liegt der fünfte Band der zwölfteiligen Krimi-Serie des renommierten dänischen Autors Dan Turèll auf Deutsch vor. Seine Romane gelten zu Recht als »Klassiker der Kriminalliteratur«.
Bisher sind bei *Bastei Lübbe Taschenbücher* erschienen: MORD IM DUNKELN (14959), MORD AUF MALTA (15106) und MORD AM RONDELL (15177).

Über den Autor:

Dan Turèll, geboren 1946, war Schriftsteller und Journalist. Er hat sich in Dänemark zur Kultfigur entwickelt. »Onkel Danny« hat ein riesiges Œuvre aufzuweisen. Die Krimi-Serie über den namenlosen Journalisten brachte ihm den Durchbruch. Mit viel Ironie, schwarzem Humor und Gespür für die dänische Seele hat er dem Land seinen ersten klassischen »Privatschnüffler« geschenkt und die amerikanische Tradition des Genres kongenial ins Dänische verpflanzt.

»Dan Turèll ist:
der Lou Reed des Kriminalromans,
der Charlie Parker des Kriminalromans,
der Baudelaire des Kriminalromans.«
Kvällsposten

Dan Turèll

MORD IM MÄRZ

Aus dem Dänischen von
Bernd Kretschmer

BASTEI
LÜBBE

BASTEI LÜBBE TASCHENBUCH
Band 15 286

Erste Auflage: März 2005

Vollständige Taschenbuchausgabe

Bastei Lübbe Taschenbücher ist ein
Imprint der Verlagsgruppe Lübbe

Die dänische Originalausgabe erschien 1984
unter dem Titel *Mord i Marts* im Borgens Forlag, Kopenhagen

Textredaktion: Ingrid Glienke
Verlagsgruppe Lübbe GmbH & Co. KG, Bergisch Gladbach
Umschlaggestaltung: Bianca Sebastian
Titelbild: Mautitius-Images/age fotostock
Satz: hanseatenSatz-bremen, Bremen
Druck und Verarbeitung: Nørhaven Paperback A.S.
Printed in Denmark
ISBN 3-404-15286-7

Hinweis:

Besucher werden in Frederiksberg nach dem Drachmannsvej und dem Herman-Bangs-Vej vergebens Ausschau halten (wie ungerecht dies auch erscheinen mag), ebenso nach dem Café Christopher oder dem Nachtclub Havanna (wie unattraktiv dies auch sein mag). Mit anderen Worten: Die Ähnlichkeit mit Personen und Örtlichkeiten ist rein zufällig und nicht beabsichtigt, etc. etc …

D. T.

Erster Teil:

Erster Tag

1

Es war ein Tag im März, jedenfalls nach dem so genannten gregorianischen Kalender, aber es war mehr: Es war ein guter Tag, genau so einer, wie ich ihn mag. In einem stinknormalen Leben kommt so ein Tag selten genug vor, deshalb ist er es auch wert, dass man sich ihn merkt.

Das Wetter war klar, und die Luft schien still zu stehen, weder warm noch kalt, weder trocken noch nass – als ob sich das Wetter ganz einfach einen Tag frei genommen, die Werkstatt verlassen und alle Requisiten und Tricks in die Schränke mit versiegelten Sicherheitsschlössern weggeschlossen hätte. Es war einer dieser Tage, an denen man meinte, von einem Ende der Stadt bis zum anderen sehen zu können, oder von einem Ende seines Lebens bis zum anderen, je nachdem, ob man das äußere oder das innere Fernglas benutzte.

Vielleicht war es nur dieses bleiche, leicht kühle März-Wetter, vielleicht war es die vorige Nacht, die mir immer noch im Körper steckte, eine glückliche Nacht zusammen mit Gitte, ein wahres Wunder an Nacht, eine dieser Nächte, die einen wirklich fast glauben lassen, viele Aggressionen und Erbsünden würden verschwinden, wenn nur alle Menschen ein gutes Sexualleben hätten und dieses auch regelmäßig ausleben könnten. Es war eine dieser Nächte, die wie die göttliche Auferstehung selbst sind, nach denen man greift wie ein Baby nach seiner Rassel oder ein Rauschgiftsüchtiger nach seiner Spritze – dankbar, aber trotzdem *ein bisschen* verwundert darüber, dass jemand glaubt, man verdiene es, wieder aufzuerstehen.

Und dann hatte Gitte sich sogar – im letzten Moment, im vierten Monat, endlich entschlossen, dass sie unser Kind zur Welt bringen *wollte*. Nach monatelangem Hin und Her – nach genau drei Monaten – hatte sie endlich ihre Entscheidung getroffen. Wenn man in dieser Angelegenheit lange genug wartet, entscheiden andere für einen: Dann überschreitet man die Frist, innerhalb der die Abtreibung noch legal ist – vielleicht war es nur das. Sie *konnte* sich auch immer noch dazu entschließen, das Kind nach der Geburt zur Adoption freizugeben, natürlich. Es gab immer noch Hintertürchen.

Aber trotzdem war ich ganz schön aufgekratzt. Wenn wir noch mehr Nächte wie diese hätten, würde sie das kaum tun. Wenn wir noch mehr Nächte wie diese hätten, könnte es sogar sein, dass *ich* das Kind adoptieren würde. Als eine Art Souvenir.

Ich lachte ein bisschen darüber, so ganz still in mich hinein, als ich – immer noch mit ihr und den Erinnerungen an die Nacht in meinem Körper, oder besser um den Körper, wie eine Art Hülle, ein warmer, schützender Panzer – die Vesterbrogade überquerte und zum Hauptbahnhof ging.

Es war mitten am Tag. Die Rathausglocken hatten gerade zwölf geschlagen, mit dem üblichen dumpfen Laut beim letzten Schlag, wie ein Schlagzeuger, der sein Solo mit Nachdruck abschließt, wie um deutlich zu machen, dass es das war, weiter *kam* man nicht.

Auch der Verkehr klang so, als ob es ein guter Tag wäre. Es gab nicht einen einzigen Busfahrer, der mit geballter Faust einem Autofahrer drohte, nicht einmal gereiztes Gehupe, als ich die Vesterbrogade überquerte. Jeder Kopenhagener weiß, wie selten das ist.

Ich war beim BLADET gewesen, nur um ›mal eben nachzufragen‹. Wir freien Mitarbeiter sind dazu verdammt, auf jeden Fall ab und zu mal nachzufragen, ›ob es etwas *gäbe*‹. Besonders diejenigen von uns, die sich gerade darauf einstellen – auf die eine oder andere Art – Vater zu werden.

»Vater«?! Das klang nach einem langen Vollbart, einem leidigen Komplex und einer meterlangen Krummpfeife, irgendwo zwischen Siegmund Freud und Thorvald Stauning.

Es *gab* wirklich was, zumindest halbwegs was. Michelsen, Chef vom Dienst, hatte mir einen anonymen Brief gegeben, den das BLADET am selben Morgen erhalten hatte.

Nicht, dass das etwas Neues gewesen wäre. Nachdem das BLADET einige Monate zuvor alle Busse, Bahnstationen und Plakatsäulen mit dem einfallsreichen Slogan zugepflastert hatte: »Erzählen Sie es dem BLADET« (»Wollen Sie eine Kritik anbringen, ein Erlebnis, das Sie hatten, eine Freude, die Sie mit anderen teilen wollen – dann *Erzählen Sie es dem BLADET*!«), hatten wir unsere wohlverdiente Strafe bekommen. Wir waren von anonymen Briefen und apokryphen Telefonanrufen geradezu überschwemmt worden, die meisten davon bar jeglichen Interesses für jedes menschliche Wesen mit einem IQ über 15. Wir – oder glücklicherweise richtiger *sie*, die Festangestellten, die nicht einfach schreiend aus ihren Büros laufen konnten, hatten mit einer variantenreichen Auswahl der verbissensten und verbohrtesten Querulanten und Irren der Nation sprechen müssen. Die hart arbeitenden Kollegen hatten sich Krankheitsgeschichten, nachbarliches Getratsche, Streitereien über Grundstückszäune, Klagen über verspätete Postzustellungen und Verspätungen im Bahnverkehr, Beschwerden über Steuern, Nörgeleien über das ungepflegte Äußere und die Unverschämtheit der Jugend anhören und ansehen müssen. Nach und nach hatten sie den Eindruck bekommen, in ganz Dänemark würden nur Leute leben, die sich Tag für Tag über eine überreife Banane in der Plastiktüte des Obst- und Gemüsehändlers aufregen. Mehr als einmal hatten sie dem Chefredakteur gegenüber diskret angedeutet, dass sie seinerzeit als Journalisten angestellt worden wären, und nicht als Psychiater, Sozialberater oder Krankenpfleger.

»Das bindet uns enger an die Leser!«, lautete dann die ständig wiederholte orakelhafte Antwort von Chefredakteur Otzen.

Das Einzige, was man *dazu* sagen konnte, war, dass es höchst zweifelhaft war, ob *irgendjemand* von denen, die sich an uns wandten, überhaupt lesen *konnte* oder es überhaupt jemals können würde.

Na ja, der Absender des anonymen Briefes, den ich in der Jackentasche hatte, *konnte* vermutlich lesen, da der Betreffende schreiben konnte. Diese beiden Eigenschaften hängen ja oft miteinander zusammen.

In dem Brief gab es auch kein Anzeichen für Querulantentum. Es war ein kurzer, konzentrierter, sachlicher Brief ohne oberflächliches Gewäsch und Blödsinn. Es war ein Brief, der gleich zur Sache kam. Auf einem Stück DIN A5-Papier, nachlässig ab- und runtergerissen von der Art von Blöcken, die man an jedem Kiosk kaufen kann, geschrieben mit blauem Kugelschreiber in Blockbuchstaben, standen nur vier kleine Wörter:

Wo ist Eric Liljencrone?

Überprüf den mal eben, hatte ein viel beschäftigter Michelsen gesagt. Und bevor ich überhaupt das bereits offene Kuvert öffnen konnte, war er schon wieder weg. Der älteste Trick in der dänischen Presse, wenn man eine unliebsame Aufgabe verteilt.

Aber ich hatte ja nichts Besonderes vor – jedenfalls nicht vor dem Abend, wenn Gitte aus ihrem Anwaltsbüro nach Hause kam. In der Zwischenzeit konnte ich genauso gut über Eric Liljencrone nachdenken wie Tauben auf dem Rathausplatz füttern. Ich war jedenfalls froh über den Namen. Hätte da Peter Larsen oder Poul Jensen gestanden, ich hätte den Brief gleich in den Papierkorb geworfen.

Es gab nur drei Liljencrones im Kopenhagener Telefonbuch. Und es gab nur einen Eric. Außer ihm wurden auf dem Markt für Liljencrones nur eine Astrid und eine Irene angeboten. Das klang altmodisch. Das klang ein bisschen nach Lavendel, Riechsalz und gestickten Taschentüchern in Kommodenschubladen. Sie wohnten auch alle in der noblen Nachbargemeinde Frederiksberg.

Ich folgte meinem so genannten journalistischen Instinkt und setzte voller Initiative meine Recherche fort, wobei ich vom Telefonbuch zum »Blauen Buch«, dem dänischen *Who is Who* wechselte. Hier belegte Eric Liljencrone ein solides Dutzend Zeilen mit Beschlag.

Er hatte sein Jura-Staatsexamen, war Direktor, Sohn von Direktor Thomas Liljencrone und dessen

Gattin Astrid, geborene Rützfeldt, war 1920 geboren und demnach in den Sechzigern. Er hatte eine Vielzahl von Posten im Außenministerium bekleidet, war Beauftragter und Beigeordneter in dem einen oder anderen Ausschuss und war mit dem L. 1. 2, Sp. C. F. und N.St.O2 ausgezeichnet worden, Dinger, die sich auf dem Revers seines Jacketts bestimmt gut ausnahmen. Beim Tod seines Vaters war er von einem diplomatischen Posten in Paris zurückgetreten. Jetzt war er Direktor von Liljencrone Invest. Er war nicht verheiratet, eine Frau war nämlich nicht erwähnt, und wohnte im Drachmannsvej 5, Frederiksberg.

Ich rief ihn an – was ihn nicht weiter kümmerte.

Dann fand ich die Nummer von Liljencrone Invest in der Bredgade. Auch da hatte niemand Lust, den Telefonhörer abzuheben. Wäre ich ein solider Investor gewesen, hätten sie dadurch Millionen verlieren können.

Aber andererseits, wäre ich wirklich ein solider Investor gewesen, hätte ich nicht meine Zeit vergeudet, dazustehen und einen mir unbekannten älteren Herrn anzurufen, nur weil ein hektischer Chef vom Dienst mir einen anonymen Brief in die Hand gedrückt hatte.

Während ich so in meine eigenen – vom BLADET bezahlten – Gedanken vertieft durch den Hauptbahnhof ging, stieß mich jemand an. Dieser Jemand erwies sich als ein älterer Herr, wohl kaum Eric Liljencrone. Dieser Jemand wollte gerne eine Spende für eine Bahnfahrkarte nach Roskilde.

Ich erkannte die Visage sofort. Dieser Mann sammelte für seine Fahrkarte nach Roskilde, seit ich dort in dem Viertel wohnte. Ich fragte ihn, ob er nicht lieber mal woanders hin wolle, nur der Abwechslung halber. Ich betonte, die Welt habe andere Herausforderungen zu bieten als Roskilde. Ich erzählte ihm, ich hätte gehört, in Ringsted sei es so schön.

Er vertraute mir mit zutiefst professionellem Ernst an, dass eine Fahrkarte nach Roskilde der passendste Einsatz sei, denn der Preis dafür entspreche genau dem Betrag, den er meistens bekam, wenn er etwas bekam. Ringsted würde sich nach zu viel anhören, meinte er. Die Leute würden Bedenken kriegen.

Das hörte sich irgendwie richtig an, und ich wurde einen Zehner an Extra-Steuer los, und er sagte, ich wäre ein guter Mensch. Es war lange her, dass mir jemand wegen eines so bescheidenen Betrages so was gesagt hatte. Es war tatsächlich ein guter Tag.

Die Istedgade wirkte nahezu frühlingshaft. Das plötzliche Fehlen dieser Mischung aus Schnee und Regen, die die Stadt in den letzten Monaten heimgesucht hatte, hatte alle Tiere aus ihren Winterschlaf-Löchern gelockt. Auf den Haustürstufen entlang der Bürgersteige saßen die typischen Vollzeit-Schluckspechte der Straße, das dritte oder vierte Starkbier zwischen ihre Knie gepresst, und die Nutten hatten mit ihrer Wachparade vor den kleinen Hotels begonnen; langsam und wohl überlegt, in ihrer Kleidung offenherziger, als sie es noch vor einem Tag gewagt hätten, gingen sie ihre dreißig, vierzig Meter auf und ab, begegneten sich, wechselten ein paar Worte und schritten dann ihre Route weiter ab mit plötzlich aufmerksamen Blicken nach möglichen Kunden, Blicke, die sich wie Suchscheinwerfer über ein Menschenmeer hinwegbewegten.

Auch ein einzelner Zeuge Jehovas war auf den Beinen und verteilte großzügig nach allen Seiten seine Pamphlete und Blätter über die Erlösung und das

Ewige Leben. Sie wurden mit gleichgültiger Gutmütigkeit entgegengenommen, wahrscheinlich, um ihm eine Freude zu machen.

Ein Rauschgiftsüchtiger lag auf dem Rücken, platt ausgestreckt auf dem Bürgersteig vor dem Kirchplatz am Anfang der Istedgade mit einer schmuddeligen Bar auf jeder Seite. Vielleicht wartete er auf jemanden. Vielleicht war er bewusstlos. Vielleicht war er tot. Niemand schien sich darum zu kümmern.

Er war auch nicht *mein* Sohn, also ging ich einfach um ihn herum. Einen Moment lang kam mir an ihm etwas merkwürdig vor, und dann wusste ich auch, warum: Es war das erste Mal, dass ich ihn draußen im Freien sah. Er hatte nur ganz einfach ein Untergestell und Beine bekommen, anstatt dass der Bauch wie sonst von einer grünen Bartheke verlängert war. Höchst verwirrend, so was.

Zwei Grönländer waren in einer wilden Schlägerei zugange und rollten sich vor dem Spielplatz auf der Erde herum, während Mütter und Kinder sie aus der Entfernung betrachteten. Zwei Türken standen dabei und wetteten anscheinend einen Fünfer auf den Ausgang des Kampfes.

Von der Telefonzelle am Spielplatz aus rief ich erneut Liljencrone an. Ich rief auch Liljencrone Invest ein weiteres Mal an. Meine Anrufe stießen immer noch auf das gleiche große Interesse.

Einen Moment lang dachte ich daran, ob ich versuchen sollte, Astrid oder Irene anzurufen – angesichts des bescheidenen Beitrags der Liljencrones zur Überbevölkerung war es ziemlich wahrscheinlich, dass sie miteinander verwandt waren. Ich überlegte, ob ich in die Gegend vom Drachmannsvej runterlatschen und dort im Viertel das anstellen sollte, was

Privatdetektive als ›diskrete Nachforschungen‹ bezeichnen (eines der sehr wenigen Dinge, die man heutzutage *anstellt*).

Dann zuckte ich mit den Achseln. Wozu gibt es die Polizei?

Ich umging geistesgegenwärtig einen rollenden Grönländer, kreuzte die Istedgade mit einer resoluten Plötzlichkeit, die den Straßenecken-Nutten eine schnell enttäuschte Hoffnung auf neuen Umsatz vermittelte, und ging hinunter zur Polizeiwache am Halmtorvet, um das Problem an meinen Freund, Inspektor Ehlers, weiterzureichen. Wahrscheinlich langweilte er sich an diesem schönen Tag. Eric Liljencrone musste da genau das Richtige für ihn sein.

2

Wenn du wüsstest, wie viele wir von dieser Art bekommen!«, sagte Ehlers, als er sich den Brief ansah.

»Das glaub ich gerne«, antwortete ich. »Dein hoher Chef, der Justizminister, pflegt in seinen Reden zu sagen, dass die Polizei nicht ohne die Zusammenarbeit mit den Bürgern funktionieren kann.«

Ehlers runzelte die Stirn. Ehlers gehörte nicht gerade zum Fanclub des Justizministers.

»Untersucht ihr die denn alle?«, fragte ich. »Alle Briefe dieser Art?«

»Wenn es nicht gerade totaler Schwachsinn ist. Das *müssen* wir … Eine gute Übung für neue Leute. Na, lass uns mal sehen …«

Er studierte den Umschlag.
»Hm. Gestern abgeschickt in Kopenhagen.«
»Ein Lob der Post. Schon einen Tag später zugestellt.«
»Das ist ein ungewöhnlicher Name.«
»Ich *habe* ihn schon gecheckt. Er steht sogar im ›Blauen Buch‹!«
»Wohnsitz?«
»Drachmannsvej 5.«
»Das ist doch eine der kleinen Nebenstraßen zur Frederiksberg Allee, nicht?«
»Eine *sehr* kleine Nebenstraße.«
»Was weißt du über ihn?«
»Nicht mehr als das aus dem ›Blauen Buch‹!«
Ich gab ihm eine kurze Zusammenfassung.
»Ein wichtiger Mann, was?«
»Jedenfalls kein Gemeinde-Straßenkehrer.«
»Ja, ja doch. Ich schicke einen Mann raus. Ich wollte übrigens gerade in die Mittagspause gehen. Kommst du mit? Wir haben danach sicher schon ein Ergebnis.«
»Okay.«
»Nicht, dass ich glaube, es bringt was. Er ist sicher nur für acht Tage nach Mallorca.«
»Ich glaub nicht, dass er ein Mallorca-Typ ist.«
»Na dann eben Paris. Warte einen Moment, dann veranlasse ich das.«
Ich lehnte mich in Ehlers Besucherstuhl zurück und steckte mir eine Zigarette an. Es war ein harter, unbequemer Stuhl, auf dem ich schon einmal als Verdächtiger gesessen hatte. Aber trotz allem war er diesmal lange nicht so unbequem wie damals beim Verhör.
Ich glotzte aus dem Fenster auf den Fleisch-Großmarkt gegenüber, wo erwachsene Männer gerade da-

bei waren, tote Schweine aus den Kühlwagen in die Baracken zu schleppen. Das halbgefrorene Fett hinterließ seine Spuren auf ihren Kitteln. Es war nicht gerade ein Anblick, bei dem man weiteren Appetit auf Mittagessen bekommt. Hätte *ich* täglich diese Aussicht, ich wäre Vegetarier geworden. Diejenigen, die Aussicht auf den Gemüse-Großmarkt haben, sind vermutlich Fleischfresser.

Ehlers Schreibtisch quoll – wie immer – über vor Stapeln von Berichten und Dokumenten, die er durchsehen musste. Das Regal dahinter war voll gestopft mit Aktenordnern, alle in schwarz, mit Berichten und Dokumenten, die er bereits durchgesehen *hatte*. Papier, Papier. Und jedes einzelne verdammte Stück Papier handelte von einem größeren oder kleineren Verbrechen. Jeder einzelne Bogen enthielt ein Schicksal, ein sorgfältig durchkontrolliertes Schicksal, über das Buch geführt wurde.

Es hat schon was für sich, wenn man kein Bulle ist. Vielleicht hat man im Alltag nicht gerade viel zu lachen, aber zumindest ist man kein Bulle. Und auch nicht Schweineschlepper. Darüber sollte man wirklich froh sein.

Ehlers kam zurück.

»Die Sache ist in Arbeit«, sagte er kurz. »Gehen wir?«

»Wohin?«

»Ich kriege in einer Stunde Bescheid drüben bei Ho.«

»Also zu Ho.«

Auf dem Weg von der Polizeiwache am Halmtorvet rüber zu Ho Ling Fungs chinesischem Restaurant in der Vesterbrogade sprach keiner von uns ein Wort. Wir benutzten nicht den Mund, wir strengten stattdessen unsere Augen an. Wir bewegten uns in einem Bezirk, den wir kannten, einer Gegend, die wir, jeder auf seine Art, nicht aufhören konnten zu mögen, einer Gegend, in der es für jeden von uns gute Gründe gab, sie aufmerksam zu betrachten. Wir hatten schon früher darüber gesprochen: Wenn es schon nichts anderes gibt, was ein Bulle und ein Journalist gemeinsam haben, so doch die Art zu sehen. Sehen kann Arbeit sein. Für uns war es das.

»Habt ihr ansonsten viel zu tun?«, fragte ich, als wir uns in Hos stets in matten Glanz getauchtem Lokal niedergelassen hatten, zwischen dem schwarzen Krapplack und den dicken roten Teppichen, an dem Tisch direkt unter dem Tadsch Mahal, wo wir schon viele Male vorher gesessen hatten.

»Tjaaah ...«

Ehlers dehnte das Wort.

»Es ist Routine-Zeit«, sagte er dann. »Es gibt nicht wirklich was, nichts, was dich oder deine Leser interessieren würde.«

»Zum Teufel mit denen. Beim BLADET spekulieren sie auf nichts anderes als auf das, was die Leser interessiert, und trotzdem ist sich niemand ganz sicher, was das sein könnte. Was *macht* ihr?«

»Das, was wir immer machen. Alltagskram. Rauschgift, Schmuggel, Kuppelei, Diebstahl ... das ganze Programm. Auf jeden Vorgang, der aufgeblasen wird und über den gelabert wird, kommen fünfundzwanzig, die ganz ruhig und friedlich abgeschlossen werden.«

»Und in einem Aktenordner enden.«

»Und wo enden *deine* Storys?«

»In einem anderen Aktenordner, ich weiß. Die ganze Welt besteht so lange aus Aktenordnern, bis sie ein anderes System finden. Was willst du essen?«

»Ein Omelett. Du siehst ganz so aus, als ob es dir heute gut geht.«

»Das musste ja früher oder später kommen.«

»Die Stadt ist schön bei diesem Wetter.«

»Die Stadt ist immer verdammt schön. Man sollte gar nicht glauben, dass so eine stinkende Krebsgeschwulst so schön sein kann.«

»Ja, sehr schönes Wetter«, sagte Ho, als er die Teller hinstellte.

Die ewige, ununterbrochene, vogelgezwitscherähnliche chinesische Musik, diese Art von Musik, die weder Anfang noch Ende hat, sondern nur so dahinplätschert, lullte uns fast in den Schlaf. Wir saßen ganz friedlich da. Es war durchaus möglich, sogar fast sicher, dass draußen vor Hos Restaurant Leute sich ermordeten und peinigten und belästigten und vergewaltigten und beklauten, aber wir saßen friedlich in unserer kleinen Oase. Eine Stunde Frieden für einen Hundertkronen-Schein – nicht schlecht im Zwanzigsten Jahrhundert.

Die nächste halbe Stunde sprachen wir über die neue Stadtplanung, die – falls sie verwirklicht würde – ein für alle Mal jede Spur von dem Viertel Vesterbro, so wie wir es kannten, auslöschen würde.

Würde es nach der Stadtverwaltung gehen, sollten all die wurmstichigen Wohnblocks abgerissen werden, all die kleinen Bars, all die engen Gassen mit den beschissenen Hotels, die Zimmer stundenweise vermieten, all die grauen Hinterhöfe mit den Resten kleiner Werkstätten, all die merkwürdigen Gebrauchtwarenläden mit ihren fettigen *Second hand-Gaskochern*, alles sollte verschwinden, um Platz zu schaffen für einen großen hyperhygienischen Betonkomplex, der nach dem Bürgermeister benannt würde.

»Ich weiß, es ist ein Scheiß-Slum, aber ich würde ihn trotzdem vermissen«, sagte Ehlers.

»Es ist Mord«, sagte ich. »Schlicht und einfach Mord.«

»Das ist nicht sicher«, sagte eine Stimme rechts von mir, als Kaspersens langer, magerer Körper sich auf den leeren Stuhl neben mir pflanzte. »Aber er ist wohl weg.«

Kaspersen war Ehlers' Entdeckung, ein junger und viel zu intelligenter Bulle, den er vom ersten Tag an sozusagen adoptiert hatte.

»Hast du nicht Schmidt geschickt?«, fragte Ehlers.

»Doch«, sagte Kaspersen.

»Doch nicht etwa *Steffen Schmidt?*«, fragte ich interessiert. »Steffen Schmidt aus Thisted?«

Kaspersen grinste.

»Woher kennst du ihn denn?«

»Er hat mich einmal einen ganzen Abend lang bewacht. Das war damals, als ich zum ersten Mal Ehlers begegnet bin. Ehlers glaubte damals, ich hätte ein paar Menschen erschossen.«

»Das war die Affäre mit ›dem Dünnen‹, du musst davon gehört haben«, sagte Ehlers zu Kaspersen. »Aber natürlich hab ich das nicht von unserem Freund hier wirklich geglaubt, ich wollte ihn bloß aus dem Weg haben, es war viel zu mühsam, ihn frei rumlaufen zu haben.«

»Ich erinnere mich an neulich«, sagte Kaspersen. »Der Typ, der immer rumläuft und über Leichen stolpert.«

»Wie der Justizminister schon sagt, die Öffentlichkeit muss ...«

»Lasst uns einen Kaffee bestellen.«

»Was war denn mit dem Liljencrone?«

»Schmidt ist zu ihm rausgefahren. Er wohnt im dritten Stock eines der vornehmen alten Häuser – ein Palais, hat Schmidt gesagt. Er hat geschellt, ohne dass etwas geschah. Dann hat er mit einem Hausmeister gesprochen, der sagte, er hätte ihn seit ein paar Tagen nicht gesehen, aber das wäre nichts Ungewöhnliches, und was denn überhaupt los sei. Schmidt hat gesagt, er solle nur nachfragen. Das einzig Praktische, was er aus dem Hausmeister herausbekam, war, dass der ›Direktor‹ – so nannte er ihn die ganze Zeit – eine Putzfrau habe, die jeden Tag käme, eine Frau Henriksen, und dass er ihre Telefonnummer habe. Also hat Schmidt bei ihr angerufen und von ihrem Mann erfahren, dass sie im Krankenhaus in Hvidovre liege, weil sie ›was mit den Nieren‹ habe, und sie liege da seit drei Tagen, und das wüsste Liljencrone genau, denn er selbst hätte zu ihr gesagt, sie sollte das nun endlich in Ordnung bringen und überhaupt nicht an ihn denken, er würde schon zurechtkommen.«

»Sehr liebenswürdig.«

»Sie putzt schon seit Jahren für ihn.«

»Typischer Junggeselle, was?«

»Sieht so aus. Der Hausmeister hat auch gesagt, dass Liljencrone oft verreisen würde, und dann hätte die Frau einen Schlüssel für die Wohnung. Er meinte, er wäre nur für ein paar Tage verreist.«

»Und weiter?«

»Dann ist Schmidt zurückgekommen und hat die Sache mir wieder aufgehalst, und ich habe dann die beiden anderen Liljencrones angerufen, die im Telefonbuch stehen.«

»Astrid und Irene«, sagte ich.

»Genau. Astrid war zu Hause. Sie ist seine Mutter. Sie muss über achtzig sein. Sie hat eine Stimme wie ein versoffener Papagei. Irene ist ihre Tochter. Sie war nicht da. Sie gäbe Unterricht, hat die Mutter gesagt. Ich habe nicht gefragt, *was* sie unterrichten würde.«

»Was hast du ihr gesagt?«

»Ich habe ihr geradeheraus gesagt, dass wir einen anonymen Brief erhalten hätten und die Sache untersuchen müssten.«

»Und was hat sie darauf gesagt?«

»Das ist das Merkwürdige«, sagte Kaspersen. »Sie hatte Angst, dass etwas passiert sein könnte. Sie hätte gerne, dass nach ihm gesucht wird. Es gibt gar keinen Zweifel: Sie hatte Angst. Ihre Stimme hat gezittert.«

»Hast du sie gefragt, ob er verreist sein könnte?«

»Ja, und sie hat gesagt, das könnte er *nicht*, weil sein Pass immer noch bei ihr zu Hause liege, seit sie letzten Monat zusammen eine Woche in Paris gewesen wären.«

»Er könnte nach Schweden gereist sein.«

»Oder nach Odense, von mir aus. Es ist nur, hat sie gesagt, dass er sie sonst jeden Tag anrief – anruft –, wirklich jeden Tag, und das habe er als guter Sohn seit dem Tod des Vaters getan – auch wenn er auf Reisen war. Und jetzt habe er seit drei Tagen nicht angerufen.«

»Und die Putzfrau liegt seit drei Tagen im Krankenhaus.«

»Ich vermute beinahe, da stehen drei volle, ungeöffnete Milchtüten vor der Küchentür.«

»Es gibt keinen Grund, Gespenster zu sehen. Er kann auch bloß auf ein kleines Abenteuer unterwegs sein.«

»In *dem* Alter?«

»Das passiert durchaus«, sagte Ehlers trocken, »in jedem Alter, Söhnchen. Meine Mutter hat sich nach dem Tod meines Vater noch als Sechzigjährige Hals über Kopf verliebt.«

»Aber die Anrufe?«

»Ja, wenn die so regelmäßig waren ...«

»Jeden Abend gegen acht.«

»Okay«, sagte Ehlers und winkte Ho wegen der Rechnung.

»Wenn *sie* auf dieser Grundlage nach ihm suchen lassen will, können wir uns genauso gut der Sache annehmen, nachdem wir schon mal angefangen haben. Gut, dass du in Zivil bist. Bestell einen der diskreten Wagen, dann machen wir eine kleine Tour zum Drachmannsvej und schauen uns die herrschaftlichen Domizile mal an.«

Kaspersen ging ruhig pfeifend zum Telefon.

»Was seid ihr doch neugierig«, sagte ich.

»Ja«, antwortete Ehlers. »Neugierig wie Journalisten. Du willst natürlich nicht mit, oder?«

Ein paar Minuten später saßen wir alle drei in dem diskreten Wagen, einem grauen Sedan, auf dem Weg zur Frederiksberg Allee.

3

Ich war diese Tour wohl schon zehntausend Mal gefahren, trotzdem stierte ich durch die Fensterscheibe des Wagens wie ein Schuljunge aus der Provinz bei seinem ersten Besuch in der Hauptstadt oder wie ein zum Tode Verurteilter auf seinem kurzen Weg durch die Stadt vor seiner Exekution. Obduziert mein Bewusstsein, seziert mein entzündetes Gehirn, und was herausströmt, werden die Bilder eines Lebens von Kopenhagen und seinen Straßen sein, die Stadt am frühen Morgen und spät in der Nacht, die Stadt in Sonne, Regen und Schnee.

Aus dem beschissenen, vielleicht bald geschlachteten Vesterbro mit seinen Pflastersteinen fuhren wir nach Frederiksberg und überschritten so eine der inoffiziellen Grenzen der Stadt, die Grenze zwischen zwei Gebieten, jedes auf seine Art ein Ghetto. Die Straße wurde allmählich breiter, je weiter wir fuhren, und es gab sogar Raum für Bäume am Straßenrand. Die Häuser wurden größer und nicht zuletzt auch gepflegter. Auch auf den Treppenaufgängen saß niemand mehr.

Der Drachmannsvej ist eine der letzten Nebenstraßen zur Frederiksberg Allee in Richtung Kirche und Park. Er führt nach rechts, hinter einem der so genannten ›Vergnügungstheater‹ kurz vor dem Frederiksberg-Platz vorbei und biegt dann nach links ab, wo er nach wenigen Metern an die Allégade anschließt. Eine exklusive kleine Straße mit der typischen Frederiksberg'schen Nebenstraßen-Mischung aus vier bis fünf Villen und sechs bis sieben imponierenderen Wohnhäusern, die noch nie was von Toiletten im Hinterhof gehört hatten, geschweige denn von Ratten im Keller.

Der Wagen hielt vor einem großen, breiten Backsteinhaus, versehen mit zahllosen Erkern und Balkonen und mit kleinen Ecktürmen. Die Tür war vier Meter hoch, als wäre sie ursprünglich, wie die antiken Tore in Rom, für eine heute ausgestorbene Rasse von Hünen gedacht gewesen, und ihre Scheiben waren mit kirchenähnlichen Glasmosaiken verziert. Das Haus verströmte einen unverwechselbaren Duft von Bewohnern mit keinesfalls unter 400 000 Jahreseinkommen. Ein Kaufmann würde keinen Augenblick zögern, dem Bewohner eines solchen Hauses den höchstmöglichen Kredit zu gewähren.

Der Hausmeister wohnte, wie es bei Hausmeistern üblich ist, im Erdgeschoss und war für drei Etagen zuständig. Er machte den Eindruck, als wäre das keine geringe Verantwortung, er führte sich geradezu wie ein ernsthafter Küster auf oder wie ein höherer Beamter in einem Ministerium. Er hatte einen langen, dünnen Hals, den er ununterbrochen vor und zurück streckte, wie bei einer seriösen Gymnastik-Übung, wodurch sein Adamsapfel unpassend munter über einem blau gepunkteten Schlips hüpfte und tanzte. Er sah nicht danach aus, als wäre er im Stande, einen tropfenden Wasserhahn oder eine verstopfte Toilette zu reparieren, kaum dass er in der Lage schien, eine Sicherung im Zählerkasten auszutauschen.

Er blieb unschlüssig in seiner Tür stehen, verdrehte den Hals und sah uns dabei an. Er wirkte nicht gerade begeistert, uns den Schlüssel auszuhändigen, den er für Notfälle aufbewahrte. Immer wieder erwähnte er seine Verantwortung. Er sagte *Verantwortung* etwa auf die gleiche Weise, wie sich ein Prediger auf den gekreuzigten Jesus Christus beruft.

Ehlers und Kaspersen wiesen sich aus, und Ehlers betonte – in voller Übereinstimmung mit dem verhassten Justizminister –, dass auch die Polizei *ihre* Verantwortung habe und mit Recht von gesetzestreuen Bürgern loyale Zusammenarbeit erwarten könne. Ehlers fügte hinzu, es *gäbe* tatsächlich ein Gesetz gegen die Behinderung der Polizei bei ihrer Arbeit.

Unter Halsverrenkungen und Händeringen händigte der Hausmeister schließlich den Schlüssel aus.

»Das ist *hier im Haus* noch nie nötig gewesen ...«,

sagte er dumpf, als sähe er den baldigen Weltuntergang kommen. Sicherlich gebe es Häuser, in denen so was passiert, das wisse man schon, man lese ja Zeitungen – aber *hier im Haus* ...

Wir verschmähten den kleinen, altmodischen, mit Schmiedeeisen eingerahmten Aufzug und nahmen die breite Treppe nach oben. Die Wände waren neu gestrichen, in weiß, mit geschnitzten Paneelen. Ich nahm unwillkürlich den Hut ab, und Ehlers und Kaspersen grinsten. Wir waren wirklich zum Sightseeing gekommen.

Es gab auf jeder Etage nur eine Wohnung, also mussten sie enorm groß sein. Im ersten Stock wohnte ein Arzt. Im zweiten ein bekannter und berühmter Anwalt.

»Gute Steuerzahler«, sagte ich.

»Kaum«, meinte Ehlers. »Eher gute Freibeträge.«

Im dritten Stock, an einer Tür, reich verziert mit geschnitzten Eichenlaub-Ornamenten, stand auf einer Messingplatte ›Eric Liljencrone‹. Mehr nicht.

Wir schellten und hörten, wie die Klingel drei, vier Mal ergebnislos läutete.

Ehlers schloss auf, wobei er in leichtem Konversationston über die Schulter hinweg die Bemerkung fallen ließ, dass das Sicherheitsschloss nicht benutzt worden war.

»Zeiss Ikon?«, fragte Kaspersen.

Ehlers nickte.

»Die haben inzwischen alle.«

»Alle, die etwas haben.«

»Das haben die alle hier. Kommt!«

Wir betraten einen geräumigen Flur mit Konsole, Kleiderschrank, großen Vasen, ein paar Mänteln, Hüten und Regenschirmen, die an einem Garderobenständer hingen, und einem Läufer, der so weich war, dass wir zwanzig Zentimeter kleiner wurden und zwergenhaften Spiegelkabinettfiguren in einem großen Rundspiegel am Ende des Flurs glichen. Wir standen still da, so wie man es instinktiv in solchen Situationen tut, um zu lauschen.

Es war kein Laut zu hören.

Der Flur führte durch eine kleinere Tür in eine Art Vorzimmer mit einer Flügeltür zu einem Raum, der gut als Ballsaal oder Tanzschule getaugt hätte. Er hatte mindestens 80 Quadratmeter, und entlang der gesamten gegenüberliegenden Wand waren Fenster mit zurückgezogenen Gardinen, die über das Dach eines der Theater auf die Frederiksberg Allee hinausgingen. Bei dem klaren März-Wetter hatten wir freien Blick über den Tivoli und über die ganze Stadt bis hin zum Kongens Nytorv.

In der Mitte des Raums stand ein großer, runder Tisch mit Stühlen, als ob das Zimmer als Konferenzraum benutzt wurde. In den Ecken standen Palmen und antike Möbel. Rund herum an den Wänden, an denen, die keinen Postkarten-Panoramablick boten, hing Kunst.

Und wenn ich Kunst sage, dann meine ich auch *Kunst*. Unter jedem einzelnen Bild stand mit unsichtbarer Tinte ein ansehnlicher Betrag geschrieben. Ich bin zwar kein Experte, aber immerhin konnte ich einen Léger wiedererkennen – Légers Muskeln sind unverwechselbar, wenn man sie einmal gesehen hat, und das hier war eine Studie eines Maschinenarbeiters mit stählernen Muskeln, der an einer Stempelmaschine arbeitete. Ein verdammt gutes Bild.

Dann war da noch ein Jackson Pollock. Und es gab auch einen Oluf Høst und drei, vier weitere Bilder zeitgenössischer dänischer Maler in der schwereren Gewichtsklasse – jedenfalls in finanzieller Hinsicht.

Ansonst war der Raum ganz weiß, mit einem weichen, hellen Teppich und Stuck an der Decke.

»Da hängt auf jeden Fall eine Million an dieser Wand«, sagte ich.

»Hast *du* denn davon Ahnung?«, fragte Ehlers. Er stand ganz still in dem Zimmer und schien dessen Atmosphäre einzuatmen.

»Nicht *richtig*«, sagte ich. »Wenn man *wirklich* Ahnung davon hat, dann kann man vorhersehen, wer einmal was wert sein wird. Aber ich kenne einige von denen, die etwas wert *geworden sind*, und das sind die, die da hängen.«

»Der da zum Beispiel«, sagte ich, als ich eine farbenprächtige Lithografie sah, ein Druck, der Zellwesen oder Amöben darzustellen schien, mit Fäden oder Tentakeln, die unter einem Meer tanzender Steine vor und zurück zu langen schienen, »das ist ein Miró. Der würde dich ein halbes Jahresgehalt kosten.«

»Hm«, meinte Ehlers. Er starrte einen Moment lang gedankenvoll auf ein halbes Jahresgehalt. »Einschließlich Urlaubsgeld?«

Der nächste Raum war ein Büro mit einem riesigen Klotz von Mahagoni-Schreibtisch in der Mitte und Regalen an allen Seiten. Etliche Aktenordner, Aktenordner wie die in Ehlers' Büro, ganze Reihen davon. Aber auch teure, gebundene, altmodische Werke – *Werke*, nicht einfach Bücher. Tiefe Sessel in Braun und ein kultivierter Geruch nach Leder und Zigarren.

»Hm«, brummte Ehlers wieder.

Wir gingen durch ein großes, helles Schlafzimmer mit Zugang zu einem überdimensionierten Bad, die Wände ganz gekachelt, mit einer Badewanne, die für eine ganze Großfamilie von Nudisten ausgelegt zu sein schien, und kamen hinaus in eine große, saubere Essküche.

Und da fanden wir ihn. Er war das Einzige, was die Ordnung in dieser Küche störte – er und zwei nicht gespülte Gläser. Er lag auf dem Boden, halb unter dem Esstisch, mit dem Rücken nach oben und gespreizten Beinen. Zwischen seinen Schultern steckte ein großes, allem Anschein nach effizientes Brotmesser.

Es hatte viel Blut gegeben, aber das Blut auf dem eleganten graukarierten Anzug war längst geronnen.

Die Leiche sah in dieser glatten, sauber geputzten, auserlesenen Welt sonderbar obszön aus und gehörte, wie es der Hausmeister zweifellos ausgedrückt hätte, nicht hierher in dieses Haus.

Besonders nicht mit dem Messer direkt zwischen den Schultern.

Kaspersen beugte sich als Erster hinunter und sah sich die Leiche näher an.

»Das ist fast glatt durchgegangen«, sagte er. »Geführt von einer kräftigen Hand. Es muss lange her sein.«

»Höchstens drei Tage«, antwortete Ehlers. »Mindestens – das kann Bang sagen ...«

Er zuckte mit den Achseln.

»Wir müssen das ganze Team hier haben«, sagte er. »Rufst *du* in der Wache an?«

»Arzt, Fotograf, Fingerabdrücke?«

»Wie üblich.«

»Entschuldigung, für mich ist das eben noch nicht *ganz* so üblich«, sagte Kaspersen. »Vielleicht kommt das noch.«

»Das wird es nie werden«, sagte Ehlers. »Nur die Anrufe in der Wache werden das.«

Er blickte grimmig auf Liljencrones Leiche – wenn es überhaupt Liljencrone *war, ich* kannte ihn nicht persönlich –, mit einer Miene, als ob dieser absichtlich auf eine so blöde Weise in ein Messer gelaufen wäre. Ehlers' Bart stand nach allen Seiten ab, so wie immer, wenn etwas passierte. Er schien zu seinen eigenen Barthaaren in telepathischem Kontakt zu stehen.

»Ich hoffe wirklich, Dr. Bang steht zur Verfügung«, sagte er. »Sonst bestelle ihnen, sie sollen versuchen, ihn zu finden.«

Kaspersen stand auf und reckte seinen langen Körper.

Gerade als er die Küche verlassen und in das Büro zum Telefon gehen wollte, hörten wir zum ersten Mal ein Geräusch in dieser Wohnung. Es war ein unauffälliges, diskret probierendes Geräusch, aber trotzdem hörten wir es durch die offen stehenden Türen aller Zimmer hindurch, über all die weichen, tiefen Teppiche hinweg. Es war kein Aufsehen erregendes Geräusch, aber es war in höchstem Maße ein Geräusch, das eine Story erzählte.

Es war das Geräusch eines Schlüssels, der ins Schloss gesteckt wurde.

4

Wir standen alle drei bewegungslos wie Wachsfiguren, fast ohne Atem zu holen, in der fremden Küche mit der Leiche auf dem Fußboden.

Wir hörten, wie die Tür sachte, fast höflich zugeschlagen wurde. Wegen der Teppiche konnten wir keine Schritte näher kommen hören, aber durch die offenen Türen konnten wir, fast wie Raubtiere, eine Art Bewegung *wittern*.

Ehlers ging los. Im Gegensatz zu unserem Gast bewegte er sich nicht wie auf Katzenpfoten. Er ging mit einem möglichst wuchtigen Schritt, wie ein Mann, der *wollte*, dass man ihn hörte.

Ich ging ihm hinterher, während Kaspersen bei der Leiche blieb. Von der einen Seite kamen *wir*, von der anderen der Eindringling. Es war so vorhersehbar wie in einem dänischen Volkskomödienfilm, dass wir in dem großen Konferenzzimmer aufeinander treffen mussten.

Der Gast war eine Dame, eine Dame mit ganz großem D. Sie war groß, schlank, hatte schwarzes Haar und trug einen Pelz mit einem großen T – einem T für Teuer. Ihre Tasche musste aus dem Jungtier des Pelzes sein. Sie stand wie in Gedanken vor einem der Bilder. Von der Seite gesehen, von der Türöffnung, sah sie nach einer Vierzigjährigen mit viel Geld aus.

Sie wandte sich uns direkt zu, mit einem kleinen, nervösen Kopfschütteln, wie eine Antilope, die plötzlich ein Raubtier in ihrer Nähe wittert. Sie schien kurz davor zu sein loszuschreien, überlegte es sich dann aber und sah uns stattdessen mit festem und bestimmtem Blick an. Ihr Gesicht, wenn man es von vorn sah, war mindestens zehn Jahre älter als ihre Figur. Es wirkte entschlossen, trug scharf gezeichnete Linien und strahlte deutlich aus, dass es hier kein überflüssiges Gewäsch geben sollte.

»Wer sind Sie?«, fragte sie. Mehr nicht.

Ihre Stimme war ein ganz klein wenig zu hoch, um angenehm zu wirken. Sie klang so, als wäre sie es gewohnt, in der Öffentlichkeit vor vielen Menschen zu sprechen, und als könnte sie sie nicht mehr auf übliche Zimmerlautstärke herunterschrauben.

»Polizei«, sagte Ehlers ebenso kurz und zeigte seinen Ausweis. »Ich bin Polizeiinspektor Ehlers.«

»Sind Sie das, der meine Mutter zu Tode erschreckt hat?«

»Niemand hat Ihre Mutter zu Tode erschreckt. Wir mussten mit ihr sprechen. Ich gehe davon aus, dass Sie Irene Liljencrone sind?«

»Ja. Wollen Sie meinen Ausweis sehen?«

»Ja, danke.«

Sie wühlte in ihrer Tasche herum und zeigte einen Führerschein, während Ehlers höflich zusah und sie näher studierte. Diese Dame hatte wirklich Klasse. Sie war rank und schlank, und ihre graublauen Augen blickten wie Geheimwaffen, so voller Willensstärke waren sie. Sie hätte früher mal eine *Femme fatale* sein können.

Was sie in der Tat vielleicht immer noch war.

»Sie haben Schlüssel zur Wohnung Ihres Bruders?«, fragte Ehlers in leichtem Konversationston, wie auf einer Cocktailparty, wobei er ihr mit einer höflichen, angedeuteten Verbeugung den Führerschein zurückgab.

»Ja«, sagte sie. »Das ist doch ziemlich einleuchtend, oder? Übrigens ist das nicht besonders merkwürdig, da Eric und ich Geschwister sind, und außerdem wohne ich direkt in der Nähe. Haben *Sie* auch Schlüssel? Ich finde es viel sonderbarer, dass *Sie* hier sind.«

»Daraus kann ich Ihnen keinen Vorwurf machen«, sagte Ehlers. »Haben Sie etwas dagegen, sich einen Moment zu setzen?«

Er deutete vage auf die Stühle.

»Warum?«, fragte sie. Ihre Stimme hatte eine besondere Resonanz, die unterstrich, dass sie nun wahrlich nicht jemand war, der sich so einfach hinsetzte, nur weil irgendeine zufällige Person es für ratsam hielt.

»Ich muss mit Ihnen sprechen.«

»Dann ist also«, zum ersten Mal zögerte sie unmerklich und senkte die Stimme entsprechend, »mit Eric *etwas passiert?*«

»Wollen Sie sich nicht doch setzen?«

Sie überlegte einen Moment, bevor sie sich setzte. Sie fischte eine Packung Dunhill aus der Tasche, nahm eine Zigarette und zündete sie an.

Auch Ehlers setzte sich, wie nach genauem Überlegen, an das Tischende, zwei Stühle von ihr weg.

Ich zog mich diskret in das Büro zurück und stellte mich an ein Regal. Auch ich konnte jetzt gut eine Zigarette gebrauchen, auch wenn es keine Dunhill war.

»Ich kann es Ihnen genauso gut sagen, wie es ist«, hörte ich Ehlers durch die Wand in seinem trockensten, höchst offiziellen autoritären Tonfall sagen; er klang wie eine Mischung aus bekümmertem Arzt und taktvollem Leichenbestatter. »Ich fürchte, Sie müssen auf einen Schock vorbereitet sein.«

»Ist er tot?«, fragte sie.

Da war kein Zittern in ihrer Stimme. Sie klang weder gefühllos noch desinteressiert, eher so, als ob sie der Ordnung halber unterstreichen wollte, dass es nicht nötig wäre, stundenlang um einen Wacholderstrauch herumzuwandern, nur um *sie* über eine simple Tatsache zu informieren.

»Ja«, sagte Ehlers. »Er wurde ermordet.«

»Ermordet«, wiederholte sie, in einem Ton, bei dem

man sich vorstellen konnte, sie würde sich erlauben, die Augenbrauen einen Millimeter anzuheben.

»Ermordet?«

Kaspersen glitt lautlos herein und stellte sich neben mich. Er schickte sich an, das Gespräch in einem Notizbuch mitzustenografieren.

»Ja«, sagte Ehlers. »Es gibt keinen Zweifel.«

»Wo? Woher wissen Sie das? Sagen Sie doch etwas!«

»Wir haben ihn gefunden. Hier.«

»Hier?«

Wahrscheinlich blickte sie sich dabei um.

»In der Küche. Er liegt immer noch dort.«

Es gab eine kurze Pause. Meine Zigarette verbrannte mir fast die Finger, und ich stellte mir vor, die ihre würde das Gleiche tun.

Glücklicherweise waren wir beide nicht zimperlich.

»Woher wissen Sie, dass es Mord war?«

Sie hatte ihre Stimme wieder so gut unter Kontrolle, als würde sie über den Kauf eines neuen Kleides reden.

»Er hat ein Küchenmesser im Rücken«, sagte Ehlers brutal. Er schien allmählich verstanden zu haben, dass es keinen Grund gab, aus Rücksicht auf *sie* die Dinge in rosa Watte zu packen. »Und wenn er nicht gerade ein Schlangenmensch war, dürfte es für ihn unmöglich gewesen sein, auf diese Art *Selbstmord* zu begehen.«

Sie antwortete nicht. Vielleicht sah sie ihn abwartend an.

»Wie kommt es, dass Sie gerade jetzt kommen?«, fragte er.

»Ach, zum Henker!«, sagte sie ungeduldig. »Warum, glauben Sie? Mutter war so nervös, dass sie mich in der Fakultät anrief. Ich hatte gerade eine Stunde frei und versprach, rauszufahren und zu sehen, ob es etwas gab, was ich tun könnte. Um *sie* zu beruhigen, selbstverständlich.«

»Ihre Mutter hat selbst keinen Schlüssel?«

»Herr Ehlers – es war doch Ehlers, nicht wahr? – meine Mutter ist fünfundachtzig. Sie verlässt ihre Wohnung praktisch nie.«

»Frau Liljencrone ...«

»Fräulein. Ich bin nicht verheiratet.«

»Fräulein Liljencrone, bevor wir weitermachen, muss ich Sie bitten, die Leiche zu identifizieren – falls Sie sich dazu stark genug fühlen.«

Das klang wie eine Herausforderung.

»Ich muss Ihnen sagen, dass wir Ihren Bruder dem Aussehen nach nicht kennen und dass es immerhin möglich ist – eine, wie ich glaube, äußerst geringe Möglichkeit, also erhoffen Sie sich bitte nichts –, dass es jemand anderer sein kann. Wollen Sie das für uns tun?«

»Ich tue es für mich selbst. Ich will gerne Bescheid wissen.«

»Ausgezeichnet. Wenn Sie bitte in die Küche mitkommen würden ...«

»*Ich* kenne den Weg, Herr Polizeiinspektor.«

Kaspersen und ich standen mit dem Rücken zu ihnen und sahen interessiert aus dem Fenster, als sie durch das Büro gingen.

Nicht der Hauch eines Schreis, geschweige denn ein feminines Schluchzen ertönte aus der Küche.

»Es ist Eric«, sagte sie. Ohne Betonung.

»Das nenne ich eine Dame!«, flüsterte ich Kaspersen zu. »Nervös wie eine Klapperschlange.«

»Nicht mein Typ«, antwortete er.

Warte nur, dachte ich, sagte es aber nicht laut. In zehn Jahren, dann ...

Kaspersen war in den Zwanzigern, ich in den Dreißigern, Irene Liljencrone war, höflich ausgedrückt, in den Vierzigern. Für ihn war sie von vorgestern, für mich war sie von morgen.

Einen Moment später waren sie aus der Küche zurück. Sie gingen wieder in das Konferenzzimmer. Wie zwei Roboter nahmen sie ihre vorherigen Plätze ein.

»Ich muss jetzt gehen«, sagte sie ganz geschäftig, als wäre sie es gewohnt, dass um sie herum Brüder mit Brotmessern niedergestochen würden, und sie vom ganzen Wirbel und der Zeit, die das in Anspruch nähme, leicht ermüdet wäre. »In einer Viertelstunde muss ich eine Vorlesung halten. Danach kann ich zurückkommen, in zwei Stunden, wenn Sie es wünschen.«

»Über welches Thema halten Sie die Vorlesung?«, fragte Ehlers. Er klang fern, als würde er an etwas ganz anderes denken.

»Kunst«, sagte sie. »*Art nouveau* heute, speziell Aubrey Beardsley, falls es Sie interessiert.«

Er sagte nicht, ob dies der Fall wäre.

»Ich wäre Ihnen dankbar, wenn Sie zurückkommen würden ...«, sagte er nach einer kleinen Pause. »Sie müssen mir so viel wie möglich über Ihren Bruder erzählen. *Müssen* Sie wirklich gerade *jetzt* gehen?«

»Mein Auditorium wartet auf mich. Ich habe meine Verantwortung gegenüber der Universität.«

Zum Teufel auch, was waren die Menschen heute doch alle so verantwortlich! An einem so lächerlichen Mittwoch!

»Ich bin selbst Beamter«, sagte Ehlers mit einer Art trockenem Glucksen im Hals, als dächte er das Gleiche. »Ich kann Sie verstehen. Hatte Ihr Bruder Feinde?«

»Sicher, die hat man in seiner Branche; davon gehe ich aus.«

»Was *war* das für eine Branche?«

»Wissen Sie nicht einmal das?«

»Ich bin soeben in sein Leben getreten. Und das nicht freiwillig.«

»Er war Geschäftsmann. Er investierte Geld – für sich selbst und andere.«

»In was?«

»Einiges in Immobilien ... Aber das meiste in Kunst.«

Selbstverständlich.

»Aber jetzt muss ich *wirklich* gehen. Auf Wiedersehen, Herr Polizeiinspektor.«

»Sagen Sie mir nur eben: Würden *Sie* Ihre Mutter benachrichtigen?«

»Das ist wohl das Beste, nicht? Bei Ihnen bestünde ja das Risiko, dass Sie sie umbringen. Sie ist nicht stark ... Aber ich werde am besten bis heute Abend warten. Es wird Zeit in Anspruch nehmen. Viel Zeit.«

»Prima.«

Wir konnten eher erahnen als hören, dass sie aufstanden und dass Ehlers die Dame zur Tür hinausbegleitete. Als er ihr die Tür öffnete, sagte er, als wäre ihm plötzlich ein Gedanke gekommen:

»Sagen Sie mir doch, wissen Sie etwas über das – hm – Intimleben Ihres Bruders? Wissen Sie, ob er eine Freundin hatte oder eine ...«

»Eine *Geliebte*, meinen Sie wohl«, präzisierte sie kühl. »Sie können ruhig Dänisch mit mir sprechen. Nein, das kann ich Ihnen gleich sagen, das werden Sie sowieso schnell herausfinden. Nein, ich glaube nicht, dass Sie irgendeine Geliebte finden werden. Eric hat sich nie besonders für *Frauen* interessiert.«

Zum ersten Mal schlug die Tür mit einem gewissen Nachdruck zu – eine Betonung nicht weniger deutlich als die, die auf das Wort *Frauen* gefallen war.

5

Das hab ich verstanden«, sagte Kaspersen.

»Das *war* ja auch kaum misszuverstehen«, sagte Ehlers. »Wird *jetzt* endlich mal angerufen?«

Kaspersen ging in das Büro.

»Da wären wir also wieder«, sagte ich. »Die Leichen drängen sich nur so um uns. Alle Leichen der Stadt wollen von uns gefunden werden – wir müssen irgendeine besondere Ausstrahlung haben. Vielleicht sollten wir so was wie eine Zulassungsbeschränkung einführen.«

Ehlers gab keine Antwort. Er sah aus, als würde er konzentriert über etwas nachdenken, und er war der Typ, der so was wirklich *konnte*.

»Übrigens eine kaltblütige Dame«, sagte ich.

»Ja«, antwortete Ehlers endlich, als ob er sich wie irgendein japanischer Tiefsee-Perlentaucher mit Mühe an die Oberfläche hieven würde und Lungen und Mund zu benutzen lernte. »Ja, kaltblütig? Und lügt wie gedruckt.«

»Was für Lügen?«

»Ich weiß es nicht, so im Einzelnen, aber es war die totale Komödie. Du hast ihren Gesichtsausdruck nicht gesehen, *ich* aber. Ich sage dir, sie war überhaupt nicht überrascht. Sie wusste bereits alles. Ich wette drauf, sie ist schon vorher hier gewesen. Als die Leiche schon dalag.«

»Deine weibliche Intuition?«

»Intuition, Instinkt, Know-how, Gespür, nenn es, wie du willst. Ich glaube, sie weiß eine ganze Menge, was *ich* gerne wüsste. Ich freue mich schon auf ein richtig tief vertrauliches Gespräch mit ihr später am Nachmittag. Du lieber Gott, wie sehr sie meiner alten Schulrektorin gleicht!«

»Nicht fluchen. Du bist ein erwachsener Mann.«

»Wird man das jemals wirklich?«

»Im Ernst, Ehlers. Schreib darüber einen Feuilletonartikel.«

»Sie sind in zwei Minuten hier«, sagte Kaspersen. »Und Bang *kommt* mit. Auch wenn er flucht.«

»Worüber zum Teufel flucht *er* denn?«

»Er sagt, er hätte genug von Leichen.«

»Wer hat das nicht?«

»Ich nicht«, sagte ich. »Ich kann einfach nicht genug kriegen. Darf ich ihn noch einmal sehen?«

»Warum das?«

»Zum Teufel, ich bin Journalist oder nicht? Wenn ich jetzt über seine ›dicken, buschigen Augenbrauen‹ schreiben würde und er sie tatsächlich aber abrasiert hätte?«

»Guck du nur. *Ich* will lieber seinen Schreibtisch durchwühlen, solange Zeit ist.«

Er ging ins Büro und zog die Schubladen heraus, um – die Götter mögen wissen zum wievielten Mal – in den Hinterlassenschaften eines toten Mannes herumzuwühlen. Kaspersen lief scheinbar ziellos herum und glotzte alles an. Wahrscheinlich war er gespannt wie ein Flitzebogen.

Ich ging in die Küche und kniete mich hin, um mir Liljencrones Gesicht näher anzusehen. Er war ein niedliches Exemplar seiner Rasse. Er hatte breitere Gesichtszüge als seine Schwester, solidere, aber einen genau so bestimmten Gesichtsausdruck. Er schien ein starker Mann gewesen zu sein, sowohl körperlich als auch psychisch. Eine Militär-Uniform hätte ihm wahrscheinlich gut gestanden.

Nicht einmal im Tode sah er ängstlich aus. Sein Gesicht hatte eher diesen überraschten Ausdruck, mit dem so viele Menschen – mehr als man glaubt – in Wirklichkeit sterben, öfter als mit dramatisch verzerrten Zügen. So als ob sie gerade sagen wollten, das war doch wie ... und dann wurde die Leitung gekappt.

Das Messer war sein eigenes. Das war nicht schwer zu erraten. An der Küchenwand hing ein Brett mit einer Serie von einem halben Dutzend Messer in unterschiedlichen Größen und verschiedenen Schärfegraden für gastronomische Zwecke, und nur eins fehlte, das größte. Das steckte in ihm drin. Alle Haushalte der Welt verfügen in der Küche über so ein Arsenal von Mordwaffen.

»Manchmal wundere ich mich«, sagte ich zu Kaspersen, der an mir vorbeigeschlendert kam, als wäre er auf der Strøget, der Kopenhagener Fußgängerzone, unterwegs, »dass die Leute überhaupt *Lust haben*, auf so komplizierte Art zu morden. Gift und so was, du weißt schon, was man nachweisen kann, Revolver, die identifiziert werden können ... Das hier ist wirklich die natürliche Methode, du. Das war so einfach wie das Zerlegen eines zarten Hähnchens.«

»Ja, ein feines scharfes Messer. Finnische Arbeit.«

»Ja, ja, die Finnen.«

»Ich war mal mit einem finnischen Mädchen zusammen.«

»Du warst schon immer ein mutiger Mann.«

Ein Ruf von Ehlers unterbrach das Gespräch, von dem eigentlich keiner von uns beiden wusste, um was es dabei ging. Er saß am Schreibtisch und blätterte in einem großen Kalender.

»So«, sagte er. »Ein ordentlicher und methodisch vorgehender Mann, der seine Verabredungen im Griff hatte. Seht mal, letzten Montag sollte er – *hier*, steht da sogar – eine Verabredung mit W. F. haben, und am Dienstag sollte er Cortzen treffen, und da steht nicht *hier*, also muss das außer Haus gewesen sein. Wenn die Schwester weiß, wer W. F. ist, und wenn wir Cortzen finden, dann können wir allmählich den Zeitfaktor eingrenzen.«

»Cortzen?«, fragte ich. »Ich glaube, dieses eine Mal kann ich dir wirklich nützlich sein, mein Junge. Wenigstens dieses eine Mal.«

»Kennst du ihn?«

»Nein, aber ich habe eine verdammt gute Vermutung. Du weißt, *ich* bin ja ein bisschen auf dem Laufenden. Es gibt da einen Anwalt, der heißt L. L. Cortzen. Er ist ziemlich oft in den Zeitungen, weil er Kunstsammler ist und als Rechtsanwalt Maler und Ausstellungen betreut. Ehrlich gesagt, das ist doch eine ganz gute Chance?«

Kaspersen war als Erster beim Telefonbuch. Dafür war ich als Erster an der Tür, um aufzumachen, als es gleichzeitig schellte.

Dr. Bang schien auf dem Weg hierher nicht weiter geflucht zu haben. Ganz im Gegenteil, mit seiner kleinen koketten blauen Fliege um den Hals sah er aus, als hätte er gerade ein schönes langes Schaumbad genommen und unterdessen seine Lieblingsoperetten durchgesungen. Er schien nahezu teuflisch gut aufgelegt zu sein. Jedes Mal, wenn er auf eine Leiche stieß, machte er den Eindruck, als würde er sich kindlich und aufrichtig darüber freuen, dass er es nicht selbst war.

»Na also, da sind wir wieder. Wo ist meine Leiche?«

»In der Küche.«

»Ausgezeichnet.«

Er sagte es so, als wäre das *Badezimmer* ein schrecklicher Ort gewesen.

Erst dann machte er seinen Begleitern Platz.

Ich führte die kleine Prozession zu Ehlers hinein. Während Bang zu *seiner* Leiche ging, bekamen der Fotograf und der Spezialist für Fingerabdrücke ihre Instruktionen. Sie nahmen es beide mit der Ruhe. Beide sahen so aus, als ob es schon viele Jahre her wäre, dass sie zuletzt etwas *nicht* mit der Ruhe genommen hätten.

Ehlers saß da und las in einem Scheckheft. Er hatte einen verträumten Ausdruck in den Augen.

»Nein, wie hübsch, nein, wie hübsch«, sagte er. »Guckt mal.«

Er zeigte auf die erste Seite der Quittungsbelege. Da waren nur vier, fünf kleinere Schecks und ein großer auf 40 000 ausgestellt. Der große war auf den letzten Montag datiert, und in der Rubrik für den Empfänger standen hübsch präzise die Initialen W. F.

»Sauber und ordentlich«, sagte ich. »Jetzt brauchst du nur noch einen Taschenkalender mit der Telefonnummer von W. F. zu finden ...«

»Da sagst du was.«

Während seine Hände erneut in den Schubladen herumwühlten, rief Bang draußen aus der Küche, dass *ihm* jemand zur Hand gehen müsste.

Kaspersen und ich gingen raus, um unsere uns angeborenen Hände zur Verfügung zu stellen, während Ehlers mit einem scheinbar äußerst zufriedenen Schimmer in den Augen zum Telefonhörer griff.

»Er ist schwer«, sagte Bang. Er mühte sich, unterstützt vom Fingerabdruckspezialisten, damit ab, Liljencrones Kopf hoch genug zu halten, damit der Fotograf ein gelungenes Porträt schießen konnte.

»Angefangen habe ich seinerzeit mit dem Fotografieren von Hochzeitsbildern«, erklärte der Fotograf mit einem verschmitzten Grinsen. »Damals dachte ich, *das* wäre langweilig.«

Bang lachte still. Seine langen, dünnen Finger glitten auf Liljencrones Körper auf und ab wie die Finger einer geübten Sekretärin über eine Schreibmaschinentastatur.

»Sehr gepflegter Herr«, sagte er. »Ausgewählte Speisen, guter Wein, Cognac zum Kaffee und Qualitätszigarren. Man hat gut gelebt, so lange man konnte. Ja, ja – schickt ihn einfach rüber in die Klinik. Er bekommt einen Penner zum Nachbarn, den sie heute Morgen in Søndermarken gefunden haben.«

Ein toter Mann und sechs hoch qualifizierte Spezialisten um ihn herum. Sechs, die sich nur mit ihm beschäftigten.

Schämten wir uns darüber? Verstanden wir uns deshalb so gut?

Verhältnismäßig sanft wurde Liljencrone wieder auf den Küchenfußboden gelegt. Das eine Bein stand sonderbar ab.

Bang ging schnell zu Ehlers hinein.

»Danke, ja«, sagte Ehlers ins Telefon. »In zehn Minuten, ja. Auf Wiederhören.«

»Nun?«, fragte er dann Bang.

»Ich schau mir das später näher an«, sagte Bang lässig. »Aber ich würde mich doch *sehr* wundern, wenn er sehr viel länger als vierundzwanzig Stunden tot wäre. Vielleicht *etwas* weniger.«

»Du meinst, so etwa gestern Nachmittag?«

»Ja, oder vielleicht gestern Vormittag – oder von mir aus auch Abend. Im Moment kann ich das noch nicht genauer sagen – aber ich möchte wetten, dass er gestern, am Dienstag, morgens noch am Leben war, und heute Morgen *nicht* mehr. Wenn ich ihn obduziert habe, werde ich sehen.«

»Okay, das passt gut. W. F. kam am Montag und bekam einen Scheck. Liljencrone sollte gestern zu Cortzen, um 14.00 Uhr, laut seinem Kalender, und er ist nicht erschienen und hat auch nicht abgesagt. Ich habe gerade mit Cortzen gesprochen. Cortzen hat Liljencrones Testament und alle die Papiere, die nicht in der Bank sind. Ich gehe gleich zu ihm rüber. Kaspersen, du hältst hier die Stellung, schickst die Leiche weg und untersuchst alles, an was du rankommst. Fordere ein paar Leute an, wenn du willst. Platz ist ja genug hier.«

»Aber die Schwester, Chef?«

»Auf die komme ich noch zurück. Oder ich komme vielleicht *mit* ihr.«

»*Mit* ihr?«

»Ja, ist das nicht putzig: Mitten in ihrer Vorlesung hat sie den Anwalt angerufen und sich einen Termin geben lassen. Eine Viertelstunde, bevor sie, wie sie versprochen hatte, hier sein wollte.«

»Sie scheint ja einen Anwalt nötig zu haben.«

»Genau.«

»Das ist nicht ungesetzlich.«

»Gewiss nicht. Das ist darüber hinaus sicher auch klug von ihr.«

»Nun ja«, meinte Bang. »Das ist eure Sache. *Ich* muss zurück in die Klinik.«

»Ja«, sagte Ehlers und streckte sich. »Ich fahre mit. Der Rechtsanwalt wohnt natürlich in der Bredgade – wie immer bei dieser Art von Leuten. Dann kann ich mir gleichzeitig das Anwaltsbüro ansehen. Und was machst *du?*«

Das letzte Wort war an mich gerichtet.

»Och«, sagte ich. »Wenn ihr alle so verdammt professionell werdet, dann will ich auch mitmachen. Ich geh rauf zum BLADET und schau mal, was das Archiv so hergibt. Über alle Liljencrones des Landes, über Cortzen – und vielleicht über W. F.«

»Du schreibst nicht über W. F.«

»Ich könnte ihn ja suchen.«

»Das ist nicht nötig«, sagte Ehlers. »Ich glaube, Cortzen kennt ihn. Er hörte sich so an, als sei er an Liljencrones Geschäften beteiligt.«

»Okay«, sagte ich. »Sollen wir heute Abend unsere Ergebnisse vergleichen?«

»Kannst du nicht um 20.00 Uhr am Halmtorvet anrufen?«

»Ja. Kann ich meinen anonymen Brief zurückhaben?«

»Was für einen Brief?«

»Den, den du gekriegt hast und der uns hierher gejagt hat, natürlich. Den Brief vom BLADET.«

»Das ist Beweismaterial. Das muss geprüft werden.«

»Ich möchte gerne eine Kopie für das BLADET haben.«

»Die kriegst du heute Abend.«

»Gut. *Erzählen Sie es dem BLADET!*«

Wir gingen die breiten, tempelartigen Treppen hinunter und traten auf den Drachmannsvej hinaus. Ehlers und Bang fuhren los, während ich die Straße hinunterging. Mir ging es wie einem Theaterschauspieler in der Pause. Ich wusste, dass das, was wir gesehen hatten, nur der Anfang war.

Ich wusste zwar nicht, woher ich das wusste, aber das kümmerte mich auch weniger.

Ich sah gerade noch flüchtig das neugierige Gesicht des Hausmeisters am Fenster im Erdgeschoss. Sein Leben würde von nun ab wohl kaum mehr das gleiche sein.

Irgendwo bellte ein Hund, und woanders weinte ein Kind. Beides war vollkommen legal.

Es war immer noch ein guter Tag, aber nicht mehr ganz so gut wie vorher. Nicht, dass *mir* so was besonders nahe geht, aber der Anblick toter Kunsthändler *ist* nun mal nicht besonders aufmunternd, wenn man selbst nicht mal Künstler ist.

6

Es war jetzt später Nachmittag. Genau die Zeit für einen Drink oder zwei. Es war in der Tat, wenn man den Dingen mannhaft und mutig in die Augen sah, Zeit für eine Sintflut von Drinks.

Aber der Drachmannsvej war nicht der Ort, wo

man eine Bar zum Abhängen finden konnte. Das genau ist das Ärgerliche an diesen feinen, kleinen, modischen Nebenstraßen: Ihnen fehlen, allgemein gesehen, Bars. Ihnen fehlen Bars in so peinlichem Ausmaß, dass man als Steuerzahler ständig darüber nachdenken muss, mit was sich die so genannten ›Stadtplaner‹ überhaupt beschäftigen.

In diesen Straßen fehlen nicht bloß Bars, um die Wahrheit zu sagen. Es fehlen z. B. auch Taxis. Kurzum, all das, was einem den betriebsamen Alltag erleichtern kann.

Es war ein Vergnügen, die Vesterbrogade wieder zu sehen. Allein der Umstand, dass es sie noch gab, war schon wert, gefeiert zu werden. Überhaupt feiert man die Straßen Kopenhagens viel zu wenig.

Ich ging runter zum Stjernecafé, fest entschlossen, nur in begrenztem Umfang zu feiern. Es gab auch einen Job, auf den man Rücksicht nehmen musste. Den gibt es ja in der Regel, so was macht das Leben nur unnötig und unangemessen schwer.

Bob stand an seinem Platz hinter der Theke und zeigte wohlwollend sein spezielles Stammkunden-Nicken, dessen einzige Funktion es war, dass sich andere, die mehr oder weniger zufällig vorbeikamen, als Außenseiter fühlten – eine Idee, die sich auf unterschiedliche Weise in Form zahlloser Klubs, Vereine und Logen in der ganzen Zivilisation wiederfindet; ihr einziger Zweck scheint das Wissen der Mitwissenden über alle diejenigen zu sein, die *nicht* dazu gehören, die Ärmsten. Ein sicherlich zutiefst menschlicher Zug. Den meisten Schweinereien haften menschliche Züge an.

»Na«, sagte er und gab mir einen Whisky.

»Tja«, sagte ich.

Und damit war unser Thema bis auf weiteres erschöpft, und ich konnte ungestört mein Glas Whisky leeren, mir eine Zigarette anstecken und sofort danach – infolge eines von einem strategischen Genie von Marketingchef seit langem festgelegten Plan – Lust auf noch einen bekommen und den auch bestellen.

Dann ging ich raus und rief vom Münztelefon des Stjernecafé aus Otzen an. Telefonieren vom Münzfernsprecher bietet den gleichen Vorteil wie telegrafieren anstatt Briefe zu schreiben: Man ist gezwungen, sich kurz zu fassen, wenn man nicht gerade ganze Münzrollen mit sich in der Tasche herumträgt. Eine gesunde Disziplin, dieses Sich-Kurzfassen, nicht zuletzt für Chefredakteure von Otzens Kaliber.

Seine Sekretärin – die dritte bereits in einem halben Jahr – sagte, er wäre in einer Sitzung und wolle nicht gestört werden.

Ich sagte, dass er möglicherweise in einer Sitzung wäre, aber dass er sich gerne stören ließe.

Sie sagte, es wäre eine sehr wichtige Sitzung.

Ich sagte, nichts in der Welt könnte oder sollte wichtiger für das BLADET und seinen Chefredakteur sein als das, was morgen auf die Titelseite kommen sollte. Ich erzählte ihr eine lehrreiche Geschichte von einer Sekretärin, von der ich einmal gehört hatte, einer, die gefeuert worden war, weil sie aus lauter routinemäßiger Pflichttreue gegenüber einer Weisung des Chefredakteurs einen Journalisten daran gehindert hatte, eine Story abzuliefern, durch die sich der Einzelverkauf der Zeitung verdoppelt hätte.

Daraufhin gab sie zu, dass Otzen auf einen Drink das Haus verlassen habe.

Ich sagte zu ihr, sie solle zusehen, dass er mich so

bald wie möglich anrufen würde. Ich gab ihr die Nummer des Stjernecafés.

»Wäre es nicht einfacher, ihr zwei würdet in dieselbe Bar gehen, anstatt *mich* weiter zu belästigen?«, fragte sie.

Das klang so gesehen ziemlich logisch, aber trotzdem war an diesem Plan etwas falsch. Man sollte nicht zusammen mit seinem Chefredakteur trinken. Man riskiert, Freundschaft zu schließen, oder man riskiert, sich zu verfeinden. Beides ist ungesund.

Ich sagte ihr, es wäre höllisch dringend und sie sollte ihn nur finden.

Sie sagte, ich könnte mit Michelsen sprechen.

Ich sagte, dass ich vielleicht später mit Michelsen sprechen müsste, und *sollte* das geschehen, wäre ich auch Manns genug, dies zu bewältigen, obgleich viele Mitarbeiter mir grundsätzlich zustimmen würden, dass es eine unangemessen harte Belastung für die menschliche Psyche sei, so einer Begegnung ohne erhebliche finanzielle Kompensation ausgesetzt zu sein, aber alles zu seiner Zeit. Ich sagte, ich würde Otzen eine halbe Stunde geben. Man kann ja vieles von mir sagen, aber kleinlich bin ich nicht.

Kleinlich ist dagegen der Chef vom Dienst, Michelsen. Michelsen hätte den perfekten Reserve-Buchhalter in einer kleineren Provinzbank abgegeben. Von Zeitungen hatte er keine Ahnung, das Einzige, was ihn wirklich interessierte, waren Einsparungen bei den Kosten (z. B. mich), was vermutlich auch der Grund war, dass er seinen Job als Chef vom Dienst so viele Jahre überhaupt behalten hatte.

Eine Viertelstunde später rief Otzen an.

»Ja, mein Junge?«, sagte er mit einer zuvorkommenden Stimme, einer liebenswürdigen, verständnisvollen, weltmännischen Stimme, die ich auf nicht unter vier Whisky-Soda taxierte.

»Glückwunsch«, sagte ich. »Du hast eine Leiche bekommen.«

»Bist du besoffen?«

»Überhaupt nicht. Nicht im Entferntesten. Hör mal zu, es geht um folgende Story: Aufgrund der schnoddrigen, neuen, idiotischen Kampagne des BLADET ...«

»Wir haben 100 000 dafür bezahlt. Die Idee stammt von einem amerikanischen Experten.«

»Daran zweifle ich nicht. Na gut, aber aufgrund dieser genialen Idee deines überbezahlten Experten in Sachen Schnellverkauf von Fischverpackungspapier hat uns ein anonymer Leser geschrieben, wir sollten uns ein wenig nach einer gewissen Person umsehen. Ich stehe hier gerade an einer Stelle, wo ich keine Namen nennen möchte, also – nach einer Person.«

»Und weiter?«

»Dann hat Michelsen mir den Brief gegeben. Ich bin hingegangen und hab nachgeschaut – zusammen mit der Polizei, was ein Glück für *mich* war – und habe ihn ermordet aufgefunden.«

»Wo?«

»Frederiksberg. Gepflegte Gegend.«

»Gepflegter Mann?«

»Großes Tier. Steht im ›Blauen Buch‹. Hatte Knete.«

»Warum sitzt du dann nicht einfach auf einem Stuhl und schreibst die Story jetzt, anstatt meine Sekretärin einzuschüchtern?«

»Deine Sekretärin lässt sich nicht einschüchtern. Die hast du garantiert direkt aus Horserød. Ich ruf an, weil für die Story noch Zeit genug ist. Du musst schon entschuldigen, wenn ich dich mit technischen Bagatellen in deiner Trinkpause langweile, aber tatsächlich erscheint das BLADET nicht vor morgen. Da kann heute Abend noch eine Menge passieren, und es gibt keinen Grund, warum man nicht abwarten sollte, *was* da noch kommt.«

»Dann gab es ja auch keinen Grund, mich zu stören.«

»Doch. Ich muss Moritz erreichen.«

»Moritz? Was willst du mit *dem?*«

»Der Verstorbene war im Kunsthandel tätig.«

»Ach so. Und, ist an der Sache was dran?«

»Ja klar. Eine ganze Menge sogar.«

»Ich werde versuchen, ihn auszugraben. Warum kommst du nicht einfach rein?«

»Später. Ist Mavis heute Abend da?«

»Ja. Der isländische Präsident ist doch auf Staatsbesuch hier. Wusstest du das nicht?«

»*Mich* hat sie nicht angerufen. Bitte Moritz, mich innerhalb der nächsten halben Stunde hier anzurufen. Oder zu mir nach Hause zu kommen.«

»Ich dachte eigentlich, du wärst am meisten da zu Hause, wo du jetzt gerade bist.«

»Ich vermisse trotzdem meine Kunstsammlung und meine Chaiselongues und persischen Teppiche ein wenig. Wir sehen uns heute Abend.«

»Okay. Bis dann.«

»Bis dann.«

Eine halbe Stunde lang saß ich an der Bar und glotzte aus dem Fenster. Es gab zwar nichts Besonderes zu sehen, aber das war mir auch kein Bedürfnis. Ein Fenster, ein Barhocker, ein Glas und ein Barkeeper, um es zu füllen – das ist mir immer als so etwas wie die ideale Kombination für ein angenehmes physisches Umfeld erschienen, sowohl im Alltag als auch bei festlichen Anlässen.

Ich mochte diesen Fall nicht so richtig. Sicher, ich hatte noch nie *irgendeinen* Fall gemocht, aber die anderen Fälle, in die ich verwickelt gewesen war, hatten mich doch irgendwie *beeinflusst*, sei es zum Besseren oder zum Schlechteren. Da hatte es Menschen gegeben, mit denen ich Mitleid hatte, einige, für die ich Sympathie empfand, sogar einige, auf die ich wütend werden konnte.

Doch bei diesem Fall gab es keine Empfindungen dieser Art. Natürlich ist es eine schlechte Angewohnheit, Leuten ein Messer in den Nacken zu stechen, selbst Kunsthändlern, und wenn alle rumlaufen und so etwas täten, gäbe es überall eine große Sauerei. Das war mir durchaus alles klar. Man ist ja ein verantwortungsbewusster Staatsbürger.

Aber Eric Liljencrone war ein ziemlich alter Mann gewesen. Eric Liljencrone hatte sicher, wie Bang es so liebenswürdig formuliert hatte, *seine* Cognacs und Zigarren genossen. Ihm hatte es an nichts gefehlt, und er hatte recht angemessen Zeit gehabt, sich daran zu ergötzen.

Ob jemand wohl das Gleiche bei meinem Tod sagen würde?

Würde überhaupt jemand *etwas* sagen?

Doch – Otzen würde es wohl seiner zu diesem Zeitpunkt neuen Sekretärin gegenüber erwähnen. So im Vorbeigehen. ›Er hat ab und zu hier gearbeitet ... als freier Mitarbeiter ... Kein schlechter Journalist, hatte es aber nicht im Griff ...‹

Und Bob würde es auch erwähnen. Das würde er! Er würde es wohl *allen* Stammgästen sagen, und mindestens zwei oder drei von ihnen würden sagen, es täte ihnen Leid, das zu hören. Vielleicht sogar vier oder fünf.

Gar nicht mal so schlecht.

Noch einen Whisky wert. Man soll auch nicht immer nur auf das Wohl der Kopenhagener Straßen trinken. Es gibt andere Dinge in unserem Dasein, die es wert sind, dass man auf sie trinkt. Es gibt da ziemlich viele. Jedenfalls genügend.

Jetzt ist's gerade genug, war ich mit mir selbst einig. Gerade genug. Was für ein Glück.

Dann merkte ich, dass ich langsam besoffen wurde.

Und draußen begann es dunkel zu werden.

Ich zahlte, verabschiedete mich von meinem Freund Bob, der sich sicherlich an mich erinnern wird, wenn ich mal dran bin, und ging – als ob es nichts wäre – meine fünf Meter nach Hause. Nach Hause zu schwarzem Kaffee und Arbeit.

7

Als ich nach Hause gekommen war, ganz bis nach oben in meinen vierten Stock, tat ich all das, was man tun sollte, all das, was ich im Laufe eines relativ langen Lebens andere habe tun sehen. Ich kochte Kaffee, Kaffee, den ich selbst gekauft und bezahlt hatte und der in meiner eigenen Küche stand, die ich ebenfalls selbst gekauft und bezahlt hatte. Ich legte eine meiner eigenen Schallplatten auf meinen eigenen Plattenspieler. Ich setzte mich auf meinen besten Stuhl, womit nicht so unglaublich viel ausgesagt ist. Ich steckte mir sogar eine Pfeife an, weil ich immer gehört habe, dass dies das Geheimnis sei, richtig abzuhängen und zur Ruhe zu kommen.

Es half trotzdem nichts. Ich fühlte mich nicht zu Hause, ungeachtet meiner vielen von mir gekauften und bezahlten Kulissen, und dieses Gefühl würde ich wohl nie spüren.

Auf der LP sang ein Bluessänger, wie gerne er nach Hause wollte, nach Macon, Georgia. Schade für ihn. Ich hätte ihm eine Busfahrkarte schicken können, wenn er nicht schon vor zwanzig Jahren gestorben wäre, aber das wäre wohl so oder so egal gewesen. Wahrscheinlich glich der Kerl aufs Haar dem Mann, der immer nach Roskilde wollte, nur abgesehen davon, natürlich, dass er, der Bluessänger, auch eine Mundharmonika hatte. Die seufzte dann und wann hörbar. Jedes Mal, wenn er Macon, Georgia, nannte, wo er zu Hause war, zitterte sie geradezu vor Sehnsucht.

Ich dachte einen Moment lang darüber nach, ob es wohl besser wäre, ein Macon, Georgia, zu haben, um sich danach zu sehnen, oder ob es besser wäre, es nicht zu haben. Ich fand keine direkte Lösung auf diese Frage, und so tat ich das Gleiche wie jeder größere oder kleinere Politiker mit unlösbaren Problemen. Ich vergaß sie wieder und tat, als ob nichts geschehen wäre.

Das half.

Das tat der Kaffee auch, diese liebe, alte, weltverbindende, alles erweckende Kaffeepflanze. Was *hatte* er nicht im Laufe der Zeit für so viele getan, der kleine Strauch. Ein netter Kerl. An der einen oder anderen Stelle *müsste* ihm eigentlich ein Standbild errichtet werden.

Ich rief Gitte an. Sie war nicht zu Hause. Gitte war auch nicht im Büro. Vielleicht *gab* es Gitte überhaupt nicht. Vielleicht hatte ich sie nur geträumt. Das konnte ich mir gut vorstellen. Ich konnte mir alles Mögliche vorstellen.

Es war Viertel vor sieben, als Moritz an meiner Tür klingelte. Ich wusste, dass es Moritz war, weil ich – nach wiederholten komischen Alltagserlebnissen – einen so genannten Türspion hatte installieren lassen. Ich erkannte ihn sofort wieder.

Nicht, dass es mir besondere Freude bereitete. Ich mochte Moritz nicht, genauso wenig wie ich Michelsen oder Jens mochte, die männliche Heulsuse vom BLADET, der Spezialist für den ›*menschlichen*‹ Aspekt, der stets Verständnis zeigte für alle und alles mit Tugenden und Fehlern in Vergangenheit und Zukunft und dafür ein hohes Gehalt kassierte. Ich mochte Moritz nicht, aber das war nicht *seine* Schuld, also hatte ich nur – ohne weitere praktische Schwierigkeiten – Abstand von ihm gehalten. Eine einfache und sinnreiche Vorgehensweise gegenüber Menschen, die man nicht mag. Kostenlos und Zeit sparend. Wird von führenden Persönlichkeiten empfohlen.

Aber beim BLADET war und blieb er Mitarbeiter für das Ressort Kunst, er war es seit mehr als fünf Jahren; und auch wenn es einigen Menschen, Lesern wie Angestellten, ein Rätsel war, was das BLADET mit einem Mitarbeiter für Kunst anfangen sollte, wo wir doch die Comic-Serien, den Sport und das Pin-up-Girl hatten, so hatten wir ihn trotzdem am Hals. Die Leitung dachte vermutlich, dass so etwas dem BLADET *Stil* verleihen würde, auch wenn der Stil dann aus einer einspaltigen Notiz auf Seite 38 bestand. Von mir aus. Von mir aus ganz egal, was. Das BLADET ernährte einen Mitarbeiter für Kunst, einen Theaterkritiker, einen Filmkritiker, zwei Musikkritiker und drei Literaturrezensenten. Ganz egal, was man davon hielt, so musste man doch sagen, dass das BLADET sich redlich um die Bekämpfung der Arbeitslosigkeit bemühte.

Moritz sah auch nicht gerade so aus, als würde er sich besonders freuen, mich zu sehen. Er blickte sich in meiner bescheidenen Wohnung um, als bereute er stark, nicht genügend gesunden Menschenverstand besessen zu haben, Handschuhe von zu Hause mitzunehmen. Ich war mir sicher, er sah in jeder einzelnen Ecke unsichtbare Kreuzspinnengewebe.

Er war ein großer, blonder, schlanker Mann um die dreißig. Er hätte ganz gut ausgesehen, hätte er nicht seine ganze Person mit einer gefälschten Firnisschicht aus *Bedeutsamkeit* überkleistert, eine Bedeutsamkeit, die ihn umschwebte, als wäre er der verkleidete Sohn Seiner Heiligkeit Papst Pauls des 77. in Person. Er sah aus, als könne er kein Glas Sülze öffnen, ohne dabei bedeutsam zu werden. Wir alle haben unsere kleinen beruflichen Mängel.

Er suchte sich sorgfältig einen meiner vier Stühle aus, natürlich den, den ich von meiner längst geschiedenen und sogar verstorbenen Frau Helle bekommen hatte, deren Vater angeblich von so etwas Ahnung hatte, sodass der Stuhl wohl gut genug für ihn war. Er wollte gerne eine Tasse Kaffee. Jedenfalls so lange, bis sich herausstellte, dass ich keine Kaffeesahne im Hause hatte. Aus seiner höflichen Überraschung schloss ich, dass ich jetzt noch drei weitere Stufen auf der sozialen Stufenleiter herabgesunken war. Ein erwachsener Mann, der keine Kaffeesahne hatte!

»Ich habe viel zu tun«, sagte er selbstbewusst. »Ich muss raus zu einem Empfang in der Galerie Grenå.«

»Ich will dich nicht aufhalten«, sagte ich. Und bei Gott, jedes Wort dieser Entgegnung war die reine Wahrheit. »Aber ich brauche einige Informationen.«

»Otzen tat so, als ginge es um Leben und Tod.«

»So redet Otzen immer, deshalb ist er ja auch Chefredakteur.«

Moritz legte die Fingerspitzen abwartend aneinander. Ich hätte wissen sollen, dass er der Typ war, der die Fingerspitzen aneinander legte. Ich hörte auf, ihn anzusehen. Das war kein größeres Opfer.

Ich fragte ihn, ob er Eric Liljencrone kennen würde.

»Selbstverständlich«, sagte er.

Es kam mir vor, als sähe er jetzt wachsam aus.

Aber warum sollte er das nicht sein? Ich hatte ja selbst einen Türspion.

»Was willst du wissen?«

»Alles. Bis auf das, was ich schon selbst im ›Blauen Buch‹ gelesen *habe*.«

»Was willst du damit?«

»Das ist ein Kriminalfall. Du sollst mir nur erzählen, was du weißt.«

»Ich kann es nicht leiden, ...«

»Hör auf. Wir haben beide viel zu tun.«

»Aber, so einfach andere Menschen ausliefern ...«

»Ausliefern? Was hast du über ihn?«

»Was bist du doch *vulgär*.«

»Sicher.«

Ich dachte einen Moment lang, dass es sicherlich eine ausgezeichnete Sache sei, ein kleines bisschen vulgär zu sein, jedenfalls ab und zu. Da war was dran. Ich entschloss mich, noch vulgärer zu werden. Etwa hundert Prozent mehr.

»Hör mir mal zu«, sagte ich. »Ich brauche diese Informationen über Liljencrone. Ich brauche sie *jetzt*. Du weißt, wer dein Gehalt bezahlt? Also sag schon.«

»Er ist Kunstsammler.«

»Ich habe erfahren, dass er verkauft.«

»Das tut er auch, aber – nicht direkt. Es ist so, dass – ich weiß nicht, wie viel du über Kunsthandel weißt?«

»Nichts, außer dass es einige gibt, die damit dicke Kasse machen. Erzähl schon.«

Er machte den Eindruck, als würde er sich entschließen zu kooperieren, mit der eindeutig konstruktiven Absicht, so schnell wie möglich wieder zu verschwinden.

»Okay«, sagte er und legte die Fingerspitzen aneinander. »Es ist so. Es gibt die eigentlichen Kunsthändler, und dann gibt es noch die Vermittler. Diese sind eine Mischung aus Sammlern und dem, was einige als Spekulanten bezeichnen. Sie kaufen und verkaufen Kunst, aber nie im Geschäft und nie auf fester Basis. Wenn sie tüchtig sind, fassen andere in der Kunstszene ein gewisses Vertrauen zu ihnen.«

»Und dann werden sie Zwischenhändler?«

»Du redest, als handle es sich um den Verkauf von Rauschgift.«

»Ich rede, als handle es sich um Salami. Verkaufen ist Verkaufen. Sie werden also Zwischenhändler?«

»Bisweilen werden sie mit speziellen Aufgaben betraut.«

»Zum Beispiel?«

»Wenn – zum Beispiel – ein englischer Sammler weiß, dass ein dänischer Sammler ein bestimmtes Bild hat, das er selbst haben möchte. Dann wird er in den meisten Fällen einen diskreten Vermittler einschalten – am liebsten einen, der vielleicht sogar den dänischen Maler *kennt*.«

»Eine Frage des Vertrauens, was?«

»Eben. Der Kunsthandel wird zum größten Teil sehr diskret abgewickelt. Je größer die Werte, desto mehr Diskretion.«

»Schwarz?«

Moritz zuckte mit den Achseln.

»Verstand Liljencrone was von seinem Job«?, fragte ich – überflüssig angesichts dessen, dass ich ja seine Wohnung gesehen hatte. Aber dieser Moritz konnte anscheinend nicht von selber reden. Er *musste* dazu dauernd getreten werden. Ermüdend, ermüdend. Nicht zuletzt für seine Frau, falls er eine hatte.

»Nummer drei auf dem skandinavischen Markt«, sagte Moritz lakonisch, mit einem widerstrebenden Seufzer. »Aber nicht mehr besonders aktiv. Vor drei, vier Jahren hat er sich zurückgezogen – er sagte selbst ›halb und halb‹. Er hatte für den Rest seines Lebens ausgesorgt. Jetzt beschäftigt er sich nur noch mit besonderen, ausgesuchten Sachen.«

»Was für welche?«

Und dieser Mann arbeitete bei einer *Zeitung*!

»Letztes Jahr hat er dem Kunstmuseum Malmö mit ein paar Bildern von Juan Gris geholfen. In diesem Jahr hat er ein ganzes Bündel Asger-Jorn-Zeichnungen nach Frankreich verkauft. Und dann investiert er ab und zu in neue Maler, von denen er glaubt, dass sie im Preis steigen werden. Das hat er immer gemacht – schon seit Oluf Høst. Einmal hatte er zehn Bilder von Høst, die er für ein paar Hunderter gekauft hatte – *mit* Rahmen. Die Geschichte hat er oft erzählt.«

Moritz blickte auf, als wartete er darauf, dass ich

fragen würde, wer Gris, Jorn und Høst wären. Ich musste ihn enttäuschen, ich fragte nicht.

»Viel mehr weiß ich nicht«, sagte Moritz. »Ich hab ihn ein paar Mal getroffen. Er weiß, wovon er spricht.«

»Kennst du auch seine Schwester?«

»Irene? Ja. Ich habe selbst Vorlesungen bei ihr besucht. Eine gute Dozentin, aber vielleicht ein bisschen – *streng*. Sie blickt voll durch und scheut sich nicht, es auch zu sagen. Man sagt, dass sie deshalb auch nie Abteilungsleiterin im Museum geworden ist. Zweimal hat sie es versucht – zuletzt mit der französischen Sammlung im Ordrupgård Kunstmuseum.«

»Weißt du etwas über das Verhältnis der beiden zueinander?«

»Nur Tratsch.«

»Erzähl mir den Tratsch, dann begnüge ich mich damit.«

»Ehrlich gesagt, es *muss* doch Grenzen geben ...«

»Soll ich Otzen anrufen und *ihn* bitten, die zu definieren?«

»Sie konnten sich nicht ausstehen.«

»Na endlich. War *sie* auch noch nie verheiratet?«

»Weiß nicht.«

»Teufel noch mal, bleibst du bei deinem Stoff nicht auf dem Laufenden?«

»Ich bin angestellt, um über Gemälde zu schreiben.«

»Das machst du nie. Du schreibst immer über *Maler*.«

»Aber nicht über deren Privatleben.«

»Das ist wohl wahr, wenn ein Privatleben es mal wert ist, dass man darüber schreibt, dann kriegt Mavis es. Ja, ja.«

Moritz stand auf und rieb sich die Hände. Er wollte gerne weg. Zurück zur Galerie Grenå und über ›künstlerische Komposition‹ und ›Nutzung der Fläche‹ und ›koloristischen Effekt‹ und so was plaudern.

Von mir aus. Wenn die Galerie-Empfänge noch genauso waren wie zu meiner Zeit, würde er lauwarmen spanischen Weißwein vom nächstgelegenen Kiosk angeboten bekommen, in Zwei-Liter-Kanistern zu vierzig Kronen – erheblich billiger als *reines* Benzin.

Ich gönnte es ihm. Ich begleitete ihn zur Tür.

Draußen im Flur blieb er plötzlich stehen, als wäre ihm etwas eingefallen, als wäre er wirklich bemüht, mir *alles* zu erzählen.

»Aber wenn du wirklich etwas über Liljencrone wissen möchtest«, sagte er, »dann versuche, mit seinem Rechtsanwalt zu sprechen. Die beiden waren jahrelang dicke Freunde. Das ist so ein alter Typ, der Cortzen heißt. Er ist ebenfalls Sammler.«

»Ist er an den Geschäften beteiligt?«

»Sicher. Aber *warum* interessierst du dich so für Liljencrone? Was ist das für ein Fall?«

Es gab keinen Grund, ihm noch länger die Freude des Wiedererkennens zu verwehren, wenn er es morgen im BLADET lesen würde, also sagte ich es ihm.

»Er ist ermordet worden.«

Moritz sah aus, als müsste er gleich kotzen, aber andererseits – muss man fairerweise sagen – war er der Typ, der immer so aussehen würde.

»Schrecklich«, sagte er. Und das sogar aus voller Überzeugung.

Ich nickte zustimmend.

»Am schlimmsten aber wohl, glaube ich, für Willy Fontana«, sagte Moritz. Er schien sich in Gedanken schon einen schwülstigen Nachruf für den Verstorbenen zurechtzulegen.

Ich hörte ihm fast gar nicht zu, ich dachte daran, welche Freude es mir bereitet hätte, ihn *mit einem Tritt* die Treppe runter zu befördern, wäre ich zehn Jahre jünger gewesen. Aber das war ich nicht, also gab ich mich mit dem Gedanken daran zufrieden. Sich zufrieden geben, so ist es, wenn man älter wird.

Dann leuchtete es wie ein Blitz vor meinen Augen auf. Mein Unterbewusstsein *hatte* es gehört.

»Wen sagtest du?«, fragte ich.

»Willy Fontana«, sagte Moritz. »Sein neuester Protegé. Er finanziert zurzeit Fontana. Finanzierte, meine ich.«

Willy Fontana ... W. F. ... ›Finanziert ihn‹ ... das Scheckheft ...

Das war eine klare Sprache.

»Er gehört zu den neuen ›heftigen‹ Malern«, sagte Moritz, als ob damit alles erklärt wäre. »Er malt Traum-Visionen.«

»Es gibt viele, die an ihn glauben«, fügte er hinzu.

Ich nickte anerkennend. Es ist immer erfreulich für einen jungen Künstler, selbst für einen heftigen, wenn jemand an ihn glaubt.

»Kennst du *ihn?*«, fragte ich.

»Nicht sehr gut«, sagte Moritz. »Er ist – ziemlich sonderbar.«

Hätte ein Sportmitarbeiter oder ein politischer Reporter diese Worte gesagt, hätte es nichts bedeutet. Aber aus dem Mund eines Kunstkritikers bedeutete es eine ganze Menge. Es ist die Frage, was man als Vergleichsgrundlage bezeichnet.

»Außerdem«, sagte Moritz hilfsbereit auf der Türschwelle, »gehört er zu dieser Café-Christopher-Clique. Da ist er sicher immer, wenn er nicht malt. Diese Bar ist von ihm dekoriert worden. Er hat die Wände bemalt. So, jetzt *muss* ich aber los. Das ist – schlimm – das mit Liljencrone. Wenn ich etwas ... na, darüber muss ich wohl lieber mit Otzen reden. Die Galerie Grenå muss ja auch betreut werden.«

»Viel Spaß. Kommt Willy Fontana auch dahin?«

»Der würde lieber sterben, als sich an einem solchen Ort zu zeigen.«

Etwas hatten ich und Willy Fontana also gemeinsam. Wir würden noch gute Freunde werden.

Mir schien, dass selbst Moritz sich langsam von seiner guten Seite zeigte.

Aber das war wohl nur der Kaffee. Von Kaffee wird man immer so sentimental.

8

Als ich wieder allein war, war es 20.00 Uhr, und Gitte war immer noch nicht nach Hause gekommen. Auch Ehlers war, entgegen seiner üblichen Präzision, noch nicht zur Polizeiwache am Halmtorvet zurückgekehrt, und gleichzeitig mit ihm war auch Kaspersen verschwunden.

Doch, etwas konnte man tun: zum Café Christopher gehen – oder vielleicht *ins* Café Christopher – und versuchen, Willy Fontana zu finden. Das war genau das, was ein Mann mit Initiative und Weitblick unternehmen würde.

Ich beschloss, diese ungewohnte Rolle zu spielen.

Es wird etliche meiner engsten Freunde verblüffen, dass ich keine Ahnung hatte, wo das Café Christopher lag, aber es war nichtsdestoweniger die Wahrheit. Ich war selbst darüber entrüstet. Da gab es, mitten in Kopenhagen, eine Bar, die ich nicht kannte, und wo es eine davon gab, konnte es auch zwei geben.

Es stellte sich heraus, dass das Café Christopher im Herman-Bangs-Vej lag, sozusagen schräg gegenüber dem Drachmannsvej, auf der anderen Seite der Allégade. Ich schnappte mir ein Isted-Taxi und fuhr dorthin.

Die Dunkelheit breitete sich allmählich über die kleinen, vom Winter noch zugedeckten Gärten. Auch die Tennisplätze daneben waren geschlossen. Schloss Frederiksberg, ganz oben auf dem Hügel, war aus irgendeinem Grund heute Abend erleuchtet. Vom Musiktheater Lorry ertönte laute Zirkusmusik, Musik von der Art, die den Auftritt der Artisten noch hunderte Meter weiter effizient verriet.

Der Herman-Bangs-Vej war eine kurze und klaustrophobisch enge Straße mit fünf, sechs mehrstöckigen Häusern auf jeder Seite, gebaut aus grauem Stein, der früher einmal elegant und diskret gewirkt hatte, jetzt aber nur noch trostlos beschissen aussah. Das Café Christopher verkündete seine Existenz mit einem violett leuchtenden Neonschild über einem kleinen Eingangsbaldachin. Von drinnen ertönte Klavierspiel. Die Gardinen waren so nachdrücklich zugezogen, dass man hinter den Fenstern nur ein schwaches gelbes Licht erahnen konnte.

Die Tür war verschlossen, unleugbar eine Seltenheit bei Kopenhagener Bars. Ich klopfte höflich. Eine Minute später erschien ein großer, breitschultriger, muskulöser Mann, genau der Typ von Rausschmeißern, die so aussehen, als wären sie für erstklassiges Profiboxen zu alt geworden, aber immer noch in der Lage, einen leicht beschwipsten Amateur in den Griff zu bekommen, und glotzte mit geschwollenen Augen prüfend auf mich herab.

»Ja?«, sagte er ausdrucksvoll.

»Kann man reinkommen?«

»Das ist ein privater Klub.«

»Ich muss mit einem Mitglied sprechen.«

»Das kann jeder sagen. Mit wem?«

»Willy Fontana.«

»Sag's noch mal.«

»Willy Fontana. Der Maler. Der, der eure Wände bemalt hat.«

»Will er dir *die* zeigen?«

»Keine Ahnung. Ich muss ihn sprechen und habe gehört, dass man ihn hier antreffen kann.«

Ich bekam erneut einen durchbohrenden Radarblick zugeworfen. Dann beschloss der Gorilla, es zu riskieren.

»Okay«, sagte er. »Komm ruhig rein. Willy ist nicht da, aber er wird wohl bald kommen.«

»Danke«, sagte ich.

Ich versuchte, an ihm vorbeizugehen. So hatte er es allerdings nicht gemeint.

»Für Gäste ein Zwanziger Eintritt«, sagte er und sah mich an, als hätte ich das nun aber auch wirklich *wissen* sollen. – »Garderobengebühr.«

Ich steckte ihm den Zwanziger zu, behielt aber meine Jacke an. Ich kann zur Not noch an Gott glauben, jedenfalls wenn es wirklich brenzlig wird, aber nichts kann mich dazu bringen, an Kneipengarderoben zu glauben.

Es war kein ganz gewöhnliches Lokal. Es war groß, lag im Halbdunkel und war voller Nikotinschwaden – insofern war alles normal. Der Kerl am Klavier spielte in absolut amateurhafter Manier einen alten Schlager, und auch das ist leider nicht so ungewöhnlich, wie man es sich wünschen könnte.

Aber die Wände waren es. Über den ganzen Raum, nur die Bar ausgenommen, gab es Malereien von Wesen, die in allen möglichen verzerrten Stellungen nach neuen Kopulationsarten zu suchen schienen. Jedes Wesen stellte ein Tier mit einer menschlichen Maske dar, Bulle, Elefant, Schlange, und jedes hatte einen oder mehrere wild wachsende Penisse auf dem Weg in oder aus den Mündern, Augen, Ohren und Mastdärmen der anderen in einer einzigen bunten Verwirrung und in allen Farben.

Bei näherem Überlegen war ›heftige‹ Kunst vielleicht gar kein so schlechter Name dafür. Jeder nach seinem Geschmack, bewahre, aber ehrlich gesagt waren mir persönlich die dunkelgrünen Wände des Stjernecafés mit den alten Plakaten für alkoholische Getränke-Marken wie Pernod und Dubonnet lieber.

Ich sah mich nach einem freien Tisch um.

Es gab keinen.

Und erst da, als ich meine Augen über das Lokal schweifen ließ und nach freien Plätzen Ausschau hielt, ging mir eine weitere ungewöhnliche Sache auf: Es war keine einzige Frau im Café Christopher.

Du kannst in jede beliebige Kopenhagener Kneipe gehen, und im Durchschnitt wirst du da – vielleicht von Ort zu Ort unterschiedlich – zu einem Drittel oder einem Viertel auf Frauen treffen. Es werden immer meistens Männer da sein, die Männer werden stets die absolute Mehrheit bilden.

Aber hier gab es einfach nichts anderes.

Ich stellte mich an die Bar und tat uninteressiert lässig. Wenn man Seemannskneipen in San Francisco und Opiumhöhlen in Kalkutta überlebt hat, ist man wohl auch Manns genug, die Selbstdarstellung der Schickeria im Café Chris zu ertragen, wie sie es hier im Herman-Bangs-Vej sicher nannten.

Ich bestellte einen Whisky.

»Neu hier?«, fragte der Barkeeper, als er einschenkte. Oder richtiger gesagt: Er fragte nicht, es war eine Feststellung. Er hätte dem Aussehen nach der alte Sparringspartner des Rein- und Rausschmeißers sein können.

Ich nickte.

»Kann ich dir irgendwie behilflich sein?«

»Ich müsste mit Willy Fontana sprechen.«

»Willy? Der kommt noch. Einer seiner Freunde?«

Er sah nicht so aus, als ob es richtig sein würde, diese Frage zu bejahen.

»Wäre etwas zu viel gesagt. Ich möchte gern mit ihm sprechen. Geschäfte.«

»Kaufst du Gemälde?«

»Bisweilen.«

»Du siehst gar nicht danach aus.«

»Wer tut das schon?«

»Wohl wahr, Kumpel. Wir wollen bloß keinen Ärger hier.«

»Wer will das schon? Möchtest du auch einen Whisky?«

»Ich trinke nur mit Freunden.«

»Woher nimmst du *die* denn?«

Das wirkte. Ein bisschen. Jedenfalls öffnete er seinen Mund ein wenig und schenkte uns jedem einen Whisky ein. Es waren zwei große.

Ich trank die Hälfte, steckte mir eine Zigarette an und schloss die Augen halb. Ich hatte nicht viel Spaß an der Szenerie, durfte mich aber auch nicht beklagen: Ich hatte mich ja selbst eingeladen.

Als mich der Barkeeper vorübergehend in Ruhe ließ und meine Augen sich an die Beleuchtung gewöhnt hatten, sah ich mich um, so diskret wie ein Dompropst auf einer Sex-Messe.

Mir fiel auf, dass viele der Herren geschminkt waren. Ich sah, dass einige sich die Haare gefärbt und das Gesicht angemalt hatten. Ich sah, wie ein paar andere voll dabei waren, sich gegenseitig die Köpfe zu besabbern oder sich gegenseitig am Schritt herumzufummeln. Sie schienen sich dabei gut zu amüsieren. Einzelne blickten ab und zu zu mir herüber, als wollten sie andeuten, dass sie genau wüssten, was *ich* für einer wäre. Ich war mir vorher noch nie ganz klar darüber gewesen, wie offensichtlich und verletzbar Heterosexualität anscheinend ist.

Ein junger Typ in Leder mit bis zum Nabel offen stehendem Hemd kam zu mir rüber und legte eine Hand zärtlich auf meine Hüfte.

»Willst du nicht rüberkommen und dich ein wenig setzen?«, fragte er.

Das ganze Lokal folgte uns mit den Augen.

Ich war der einzige Außenseiter. Für einen Abend war ich schlicht und einfach Jude. Ich hatte nicht besonders viele Möglichkeiten der Wahl.

Ich kümmerte mich nicht um die starrenden Blicke. Ich folgte dem Ledertypen zu seinem Tisch.

»Einen süßen Jungen hast du da gefunden, Marcus«, sagte der Typ am Nachbartisch. Er trug eine Metal-Jacke und grüne Ohrringe.

Ich war mindestens zehn Jahre älter als die beiden.

Sie brachten mich dazu, dass es mir wie zwanzig vorkam.

»Du bist neu hier«, sagte Marcus. Genau wie der Barkeeper gesagt hatte. Es war deutlich, dass sich alle untereinander kannten. Ein Privatklub, das war genau das richtige Wort.

»Ich suche Willy Fontana«, sagte ich. Lieber sich an die Story halten. Zum Teufel, es musste doch eine ehrliche Sache sein, selbst nach einem heftigen Maler zu suchen.

Er kicherte und zwinkerte mit den Augen. Er legte eine Hand auf meinen Oberschenkel. Ich ließ sie da liegen.

»Ich glaube nicht, dass Willy heute Abend kommt«, sagte er. »Sicher ist das jedenfalls nicht. Du musst vielleicht lange warten.«

Da hatte er Recht. Ich würde vielleicht *sehr* lange warten müssen. Und dann war es noch zweifelhaft, ob ich was davon haben würde.

»Weißt du, wo Willy wohnt?«, fragte er. Er lehnte sich vertraulich an meine Wange.

»Nein«, sagte ich. »Ich habe gehört, er würde quasi hier wohnen.«

Ich steckte mir eine Zigarette an, fast direkt vor seinem Gesicht – reine Selbstverteidigung.

Er verzog keine Miene. Er zog auch nicht seine Wange zurück.

»Ich kann dich zu ihm nach Hause begleiten.«

»Ist das weit?«

»Gleich da hinten runter.«

»Okay.«

»Muss es sofort sein?«

»Warum nicht?«

»Wir könnten erst noch einen Drink nehmen.«

»Wir könnten nachher einen nehmen.«

»Okay ... Komm.«

Ich folgte ihm zur Tür. Ich sah wohl, dass er mit dem Barkeeper einen Blick wechselte, aber das ist ja nichts Ungesetzliches.

Niemand schlug mir in den Rücken. Ich war froh, die graue Straße wiederzusehen. Es war ein Tag mit vielen Straßen-Freuden.

Marcus führte mich durch die Grünanlagen der Allégade, dorthin, wo die Statue von Holger Drachmann mit dem ausladenden Hut steht. Etwa genau da schlug er zu.

Er wusste nur nicht, dass ich nicht ganz unvorbereitet war. Er wusste nicht, wie gut ich gewisse alte Tricks kannte. Vielleicht wusste er auch nicht, dass man Muskeln nicht gerade von Lederkleidung kriegt. Ja, er schien auch keine Ahnung zu haben, dass ein bisschen Hirn bisweilen besser funktioniert als Muskeln. Nicht immer natürlich, aber jedenfalls an diesem Tag.

In dem gleichen Moment, als ich sah, wie er mit dem Arm ausholte, einen metallähnlichen Gegenstand in der Hand, trat ich ihn so richtig gründlich direkt in den Bauch. Er fiel vor mir nieder, und ein Schraubenschlüssel rollte dabei ins Gras. Ein hübscher, großer, niedlicher, neuer Schraubenschlüssel, den so mancher Heimwerker sicher gern sein Eigen genannt hätte.

Als er aufstand, trat ich erneut zu, und diesmal traf ich ihn mit meinem robusten Winterstiefel, Größe 46, genau am Solar Plexus.

Er stand nicht wieder auf. Er war nicht bewusstlos, aber er kriegte keine Luft, und er hatte nichts zu gewinnen, wenn er aufstand. *Ich* hatte jetzt den Schraubenschlüssel.

»Marcus!«, rief jemand ein paar Meter hinter uns. »Marcus!«

Ich konnte sehen, wie er versuchte zu rufen. Er bekam nur noch nicht genug Luft.

Ich benutzte den Schraubenschlüssel so, wie *er* ihn benutzt hätte: Ich stellte sicher, dass er ihm nur noch ein bisschen mehr die Luft nahm. Dann ging ich. Sein Freund oder seine Freunde konnten nicht weit weg sein, und sollte es eine abgekartete Sache sein, würden sie uns schnell finden.

Glücklicherweise ist die Allégade nicht lang. Direkt gegenüber gab es eine Kneipe, eine stinknormale, heterosexuelle Kneipe mit lateinamerikanischer Tanzmusik, so eine, wo Jungen und Mädchen sich ein bisschen kennen lernen. Havanna hieß sie.

Ich ging rüber. Den Schraubenschlüssel nahm ich mit.

Als eine Art Souvenir. Mir schien, ich hätte es verdient.

Und wie gesagt: Es war wirklich ein sehr hübscher, blank geputzter Schraubenschlüssel. Er lag gut in der Hand. Man weiß ja nie, wozu so einer das nächste Mal gut ist.

9

Mal abgesehen von der lateinamerikanischen Kapelle – sie klang so, als hätte sie ihre musikalische Ausbildung in einem Abendkurs für rhythmische Musik an der Volkshochschule in Århus genossen – herrschte in dem Restaurant eine liebenswürdige und ruhige Atmosphäre. Ich setzte mich und stellte fest, dass ich – wie jeder andere Amateur – Herzklopfen hatte. Man wird eben älter. Man wird so alt, dass man nach einer kleinen Rauferei schon Herzklopfen kriegt. Vielleicht wird man eines Tages so alt, dass das Herz schon vorher stehen bleibt.

Die Tänzer – sie schienen Aspiranten für dieselbe Volkshochschule zu sein – schwangen herum und versuchten in einem verworrenen Klumpen, wie Brasilianer bei einer ausgelassenen Samba auszusehen. Allen Anstrengungen zum Trotz, oder vielleicht gerade deswegen, glichen sie eher Teilnehmern eines Abschlussballs in Irene Holms Tanzschule in der Herlev-Hoved-Gade.

Nach nur einem Whisky begann meine Sympathie für das Café Christopher wieder zu wachsen. Man konnte ja viel über die Menschen dort sagen, aber zumindest wussten die, was sie taten, und sie hatten sich entschlossen, es zu tun. *Die* hier alberten bloß rum. Sie hatten einmal gelernt, *wie* man ›sich zu amüsieren‹ hatte, und *so* ›amüsierte man sich‹ immer noch. Und zwischendurch streckte man alle verfügbaren Arme und Beine aus oder winkte und blinzelte kokett seinem Partner zu, um das Vergnügen zu demonstrieren. Es war ergreifend. Hätte ich eine Kamera dabei gehabt und sie alle fotografiert, jeder Einzelne von ihnen hätte mir am nächsten Morgen alles Erdenkliche angeboten, um die Negative zu vernichten.

Ein guter Plan. Die einzige Schwachstelle daran war, dass ich keine Kamera dabei hatte.

Dafür hatte ich aber einen Schraubenschlüssel. Man kann nicht alles haben. Man muss dankbar sein für das, was man hat. Man muss sich glücklich preisen, *überhaupt was* zu haben. Und wenn es nur ein

Schraubenschlüssel oder ein Whisky ist. Sein Leben im Übrigen, und andere Details dieser Art.

Zum Beispiel – nachdem man einem Typen wie Marcus begegnet war – seine Geldbörse. Die es einem ermöglichte, noch einen Whisky zu trinken.

Erst als ich den gekriegt hatte, begann ich mich genauer umzusehen; ich sah an dem Klumpen tanzender Männlein und Weiblein vorbei auf die Menschen, die rundherum im Lokal saßen.

Da war niemand, mit dem ich direkt verwandt war, und ich muss gestehen, dass mich das fast freute. Aber es gab jemanden, den ich heute schon einmal gesehen hatte: Irene Liljencrone.

Sie saß zusammen mit einem Herrn an einem kleinen Tisch gegenüber dem Orchester – um es etwas hochtrabend zu bezeichnen – in einer kleinen, geschützten Nische. Ich konnte nur den Rücken ihres Kavaliers sehen, aber sowohl er als auch sein Jackett sahen genauso graublau aus wie ihre Augen.

Ich war überrascht. Ich hätte nicht gerade gedacht, dass Irene Liljencrone der Typ war, der seine Freizeit in Samba-Spelunken verbrachte, aber was wissen wir Menschen – wie mein Freund, der Barkeeper, einmal so verständig gesagt hatte – in unserem tiefsten Innern schon voneinander? Die unabänderliche Einsamkeit der Seele und all so was.

Es sah so aus, als würde auch Irene gerade etwas über die unabänderliche Einsamkeit der Seele erfahren. Es war kein glücklicher, verliebter Blick, den sie auf ihren Tischherrn richtete. Es waren ein Paar nahezu vorwurfsvolle Augen, die sich auf ihn richteten, als ob er etwas getan hätte, das er nicht hätte tun sollen, und obendrein sich noch nicht entschuldigt und um Verzeihung gebeten hätte.

Mich sah sie nicht, aber sie verkehrte ja täglich mit auserleseneren Kunstwerken.

Sie sah nicht gerade aus, als würde sie um ihren verstorbenen Bruder ›Trauer tragen‹, jedenfalls nicht auffallend viel. Sie sah *wütend* aus. Sie schimpfte ihren Tischherrn aus.

Nun ja, es ist das freie Recht in einem freien Land, wütend auszusehen und seinen Tischherrn in öffentlich zugänglichen Lokalen auszuschimpfen. Die polizeilichen Vorschriften haben jedenfalls – es sei denn, es kommt zur Anwendung von Gewalt oder zur Zerstörung des Eigentums Dritter – nichts gegen eine solche Praxis einzuwenden.

Als ich sie so weiter anstarrte, über den dritten Whisky hinweg, stand ihr Kavalier auf und ging in Richtung Toilette. Die Tanzenden verhinderten in solidarischer Zusammenarbeit mit der Beleuchtung, dass ich sein Gesicht deutlich erkennen konnte, als er sich den Weg zum Herren-WC bahnte, aber eins konnten sie nicht verbergen: Er trug einen Schnäuzer.

Aber wer hatte so was nicht? Sogar Liljencrone. Und ich selbst ja auch.

Als *er* zu seinem legitimen und juristisch voll vertretbaren Geschäft verschwand, hatte *sie* bessere Aussicht – jedenfalls in gewissen Punkten. Sie bekam zum Beispiel Gelegenheit, sich die Kapelle näher anzusehen, falls sie Spaß daran hätte. Sie bekam auch die Chance, mich näher in Augenschein zu nehmen, falls sie Spaß daran hätte.

Das war nicht der Fall.

Als ihre Blicke meine trafen – wie bei einem stillschweigenden Duell, quer hinweg über den Tanzboden und die verschwitzten Körper –, runzelte sie nachdenklich die Stirn. Sie schien darüber zu spekulieren, wo sie mich schon einmal gesehen haben könnte.

Ich grüßte höflich mit einem zuvorkommenden Beugen des Oberkörpers.

Sie grüßte nicht zurück.

Allein das sagte schon einiges über sie aus. Statistisch gesehen grüßen neun von zehn Frauen zurück, wenn man sie grüßt. Das kostet nichts, und sie können nie ganz sicher sein, ob sie einen nicht beim 60. Geburtstag ihres lieben alten Großvaters getroffen haben oder bei einem Empfang aus irgendeinem Anlass, der zufällig – oder nicht zufällig, je nach den Umständen – ihr Interesse findet. Neun von zehn würden höflich grüßen, und danach vielleicht – nach reiflicher Überlegung – das Gesicht abwenden, um deutlich zu machen, dass mehr *absolut* nicht drin war.

Die neun von zehn, ja.

Aber sie war die zehnte.

Sie schlug nicht einmal die Augen nieder. Sie sah mich nur weiterhin ausdruckslos inspizierend an, ganz unbeirrt, als wäre ich ein stummes Gemälde in einer Ausstellung, ein sympathisches Bild ohne Stimme, das man nur zu dem einzigen angemessenen Zweck aufgehängt hatte, es anglotzen zu können.

Als der Schnäuzer wieder herauskam und direkt zu ihr hinging, während ich intensiv die Rückseite seines graublauen Jacketts studierte und vage mit meinem Unterbewusstsein diskutierte, wie groß *sein* Budget für Kleidung wohl sein konnte, beugte sie sich zum ersten Mal über den Tisch und sagte etwas Vertrauliches zu ihm.

In dem Lärm, den sie Musik nannten, war es unmöglich, die Wörter selbst zu verstehen, wohl aber deren Bedeutung. Egal, was sie gesagt hatte, die Wirkung sprach für sich: Im selben Moment hob er die Hand, eine vermutlich überaus fein manikürte Hand, um die Bedienung zu rufen.

Die weibliche Bedienung – die ein halbes Jahrhundert alt war und eher an eine Weib-Leiche erinnerte – nickte zurück, um zu signalisieren, dass sie verstanden *hätte*. Keine Kommunikationsschwierigkeiten also.

Auch nicht bei mir. Sie waren dabei zu gehen.

Jetzt oder nie.

Ich stand auf und ging hinüber zu ihrem Tisch, bevor die Kellnerin mit ihrer schleppenden Gangart diesen erreichte.

Ich verbeugte mich und machte dabei meinen besten Konfirmanden-Diener – den gleichen, der mir seinerzeit in einem größeren Prachtbau von Kirche in der Kopenhagener Umgebung den Segen des Herrn eingebracht hatte, einen Segen, von dem ich keinen sonderlichen Nutzen hatte, der mir andererseits aber auch keinen Grund zur Beschwerde gab, insofern er ja kostenlos war – und erinnerte sie daran, dass wir uns nachmittags getroffen hätten. Ich sagte, es täte mir Leid wegen ihres Bruders. Ich ›kondolierte‹ geradezu, wie man es – angeblich – in den besseren Kreisen tut.

Das wirkte. Jetzt war sie gezwungen, etwas zu sagen.

In einem durchschnittlichen Leben ist man viel zu oft gezwungen, *etwas* zu sagen. Darüber habe ich mich oft geärgert.

Jetzt ärgerte *sie* sich darüber.

Sie dankte, höflich und zurückhaltend, während sie ein Paar Handschuhe vom Tisch aufsammelte, mit einer Miene, als ob sie zu einer für den Weltfrieden entscheidenden Sitzung des UN-Sicherheitsrats zu spät kommen würde.

Der Herr, den ich jetzt endlich aus der Nähe sehen konnte, winkte noch einmal nach der Bedienung.

Ihn grüßte ich genauso höflich. Ich gab ihm sogar die Hand – sauber gewaschen, möchte ich betonen – und nannte meinen Namen. Den habe ich auswendig gelernt.

Er grüßte gezwungenermaßen zurück – eine gute Erziehung kann einem viel kaputtmachen – und nannte seinen: Cortzen.

Nicht mehr, aber das war schon ausreichend.

Eine Minute später hatten sie bezahlt und waren weg. Man hatte es eilig. Man war nicht gesprächig. Man *hätte* es möglicherweise vorgezogen, direkt aus dem Fenster zu springen, aber man war ja korrekt: Man zahlte, bevor man ging. Man sagte artig ›Auf Wiedersehen‹ und ›Dankeschön‹.

Sie verschwanden durch die Tür hinaus. Ich blieb noch eine Weile nachdenklich sitzen. Erst nach ein paar weiteren Samsø-Sambas, die ich kaum noch aushalten konnte, folgte ich ihrem guten Beispiel.

Draußen war es still und kühl. Es war geradezu angenehm. Es gibt nichts Besseres als so eine Musikkapelle, wenn es darum geht, Stille schätzen zu lernen.

Ich konnte es mir nicht verkneifen, einen Blick hinüber zum Café Christopher zu werfen. Das lag da, wo es hingehörte, auf dem Herman-Bangs-Vej. Es sah immer noch genauso aus wie vorher.

Irgendetwas hielt mich davon ab, dort rüber zu gehen und noch einmal nach Willy Fontana zu suchen. Irgendetwas brachte mich auf die Idee, dass es heftig werden könnte, so heftig, dass es wohl besser wäre, wenn Ehlers das übernehmen würde.

Von der Bar wanderte mein Blick weiter zur Drachmann-Statue, wo ich meine kleine Auseinandersetzung mit Marcus gehabt hatte. Drachmann stand artig da und ragte aufrecht und unbefangen empor, aber neben ihm schien etwas zu sein, was nicht mehr stehen *konnte*.

Ich hielt den Schraubenschlüssel in meiner Tasche mit festem Griff umklammert und erklärte mir selbst fieberhaft, dass ich Marcus nicht so hart geschlagen haben konnte. Sollte *er* wirklich das Opfer meines ersten – obendrein unfreiwilligen – Mordes geworden sein?

Das war er nicht.

Als ich näher kam, sah ich, dass es nicht Marcus war, der neben Drachmanns Statue lag. Es war auch kein Literaturstudent oder junger Dichter, der sich der Meditation zu Füßen des Meisters hingab.

Es war Moritz. Der Mitarbeiter für das Ressort Kunst beim BLADET.

Besser gesagt, der ehemalige Mitarbeiter für das Ressort Kunst beim BLADET. Er war tot. Er war sogar *sehr* tot.

10

Ich hatte Moritz zu Lebzeiten nicht sonderlich geschätzt, aber als totes Modell erschien er mir ein ganz klein wenig anziehender. Ich empfand fast Sympathie für ihn. Fast.

Er war von jemandem getötet worden, der Messer schätzte, so sah es jedenfalls aus. Das Blut hatte sein ohnehin schon nicht kleidsames Hemd verfärbt. Das ursprünglich hellblaue Hemd vermischte sich mit den roten Tropfen eines ausgesuchten Jahrgangs anämischen Kritiker-Bluts zu einer eigentümlichen psychedelisch zusammenfließenden Farbe, die er selbst in einer Kritik sicherlich als ›interessante koloristische Erneuerung‹ bezeichnet hätte.

Aber das Messer hatte der Mörder mitgenommen. Man läuft nicht einfach so rum und verschlampt ein gutes Messer. Ein gutes Messer lässt sich unglaublich gut wiederverwenden.

Warum war Moritz hier, ausgerechnet *hier*, und nicht in der Galerie Grenå, wo er hingehörte, plappernd und posierend mit einem Glas voll ekligem, halb vergorenem Traubensaft in der Hand? Und warum war er gerade mit einem *Messer* ermordet worden, genau wie Liljencrone?

Früher hatten die Mörder der Stadt mehr Fantasie. Früher fand man Leute erdrosselt auf – so wie vor zwei Monaten, als ein verrückter Kerl in Nørrebro gleich drei Mädchen stranguliert hatte. Früher fand man Leute, die vergiftet, erschossen, ja sogar totgeprügelt worden waren.

Jetzt *musste* es offenbar jedes Mal ein Messer sein, das lag an der Zeit, die Mode verlangte es so.

Vielleicht gab es zurzeit gute, solide, scharfe Messer im Supermarkt Brugsen im Schlussverkauf. Vielleicht hatten viele die Gelegenheit genutzt und entsprechend investiert.

Vielleicht würde einer der vielen denken, *ich* wäre ein passendes Versuchskaninchen, um das Messer auszuprobieren, bevor er sich größeren Herausforderungen und anspruchsvolleren Aufgaben widmete.

Ich zwang mich, rational statt zynisch zu denken.

Eine Leistung, die mir gar nicht so leicht fiel, aber ich tat es, und das ganz allein, ohne rauschenden Beifall. Niemand störte mich, als ich mich diskret verzog, weg von Moritz und seinem immer noch hervorrinnenden Blut, um mir den zeitlichen Ablauf des Abends einzuprägen.

Moritz hatte mich um 20.00 Uhr verlassen. Jetzt war es 23.00 Uhr. Eine Stunde hatte ich im Christopher verbracht, eine weitere mit verwässerten Samba-Rhythmen, dazu etwas Transport, ein wenig Schlägerei und die Kleinigkeiten. Das passte ausgezeichnet zusammen. Meine Uhr war in Topform.

Ein Auto fuhr scharf an mir vorbei. Ich drehte mich um und konnte flüchtig ein Paar Augen sehen, die mich durch das Fenster ansahen. Sie dürften nicht viel von mir gesehen haben, in dieser Dunkelheit und mit Hut. Sehr beruhigend.

Es ist schon ein merkwürdiger Gedanke, dass direkt neben Drachmann so einfach eine Leiche liegt, während die Autos daran vorbeifahren. Während der Verkehr weitergeht, während die Schwulen im Christopher weitermachen, während die Musikkapellen so unbeirrt wie zehntausend Jahre alte Buddhas weitermachen. Rund herum in den Wohnungen in der Allégade saßen die Leute jetzt vermutlich vor dem Fernseher, falls es im Programm ›etwas *gab*‹, und ansonsten schmierten sie sich sicher gerade ein Käsebrot oder eins mit Salami, bevor sie zu Bett gingen. Morgen würden sie sich sehr wundern, wenn sie in ihrer Zeitung lesen würden, dass in der Nacht zuvor ein Mann in *ihrer* Grünanlage niedergestochen worden war.

Hier konnte ich nicht bleiben. Früher oder später würde jemand vorbeikommen.

Ich fasste einen schnellen Entschluss, riss mich von Moritz' faszinierendem Anblick los und ging zügig die Allégade runter, Richtung Frederiksberg-Rathausplatz und zum Gammel Kongevej. Ich fluchte ein bisschen über mich selbst, weil ich nicht plan- und routinemäßig die Leiche untersucht hatte. Ich gestand mir selbst ein – in einer Debatte, so intern wie in einer kommunistischen Parteifraktion mit besonderer Vorliebe für das albanische Staatsmodell –, dass die Ursache darin lag, dass ich ein Schlappschwanz war. Der Typ, Sie wissen schon, der zu kindlich und zu weich ist, in Blut herumzuwaten und in Gedärmen herumzumanschen, um nachzusehen, was ein Mann in den Taschen hat.

Bei der ersten Telefonzelle am Gammel Kongevej, eine der letzten alten, geschlossenen, rostroten Zellen, die man nur in Frederiksberg sieht – und da wohl bald auch nicht mehr –, blieb ich stehen, um die Polizei anzurufen. Ich hätte bei der Leiche Wache halten *sollen*, natürlich, aber ich hatte genug Wache bei Leichen gehalten, erst vor zwei Monaten, und daher meinte ich – was wohl kaum unangemessen war –, dass ich meine Dosis an Leichenwache schon bekommen hätte. Vielleicht sogar eine Überdosis. Wenn jemand Moritz' Brieftasche – wie es in der Fachsprache der Branche heißt –›einsackte‹, bevor die Polizei erschien, dann hätte der Betreffende die Wache übernehmen müssen. Falls es nicht schon geschehen *war*.

Ich warf eine Münze ins Telefon, und es funktionierte tatsächlich. Die Zeit der Wunder ist noch nicht vorüber, wie oft behauptet wird. Es gibt sie noch, sie sind nur älter geworden und nehmen es etwas gelassener.

Erst als sich der Wachhabende auf der Polizeiwache am Halmtorvet meldete, überlegte ich, wie sehr doch Diskretion Ehrensache ist. Ich entschloss mich, die Probe aufs Exempel zu machen. Ich hatte keine Lust, mich noch mehr in die Fälle einzumischen, als ich es bereits getan *hatte*.

Ich nahm augenblicklich die Stimme an, die ich einmal als Junge gezwungenermaßen hatte einüben müssen, als wir in der jährlichen Schulkomödie eine Parodie der Wiener Sängerknaben aufführen sollten, diese Jungen in kurzen Hosen und mit Fistelstimmen wie Kastraten. Blitzartig dachte ich an das letzte Mal, als ich diese Nummer abgezogen hatte – damals, als ich Gitte Bristol in Rødby begegnete und im Zusammenhang mit den Morden in dem Bordell Taubenschlag über ein abgehörtes Telefon anrufen musste. Es war nur ein blitzartiger Gedanke, aber in bestimmten Situationen ist es unglaublich, wie viel einem durch das so genannte Gehirn laufen kann. In einem relativ normalen, nichtswürdigen Menschenleben können Wochen vergehen ohne einen einzigen Gedanken. Es kann auch Sekunden geben, in denen es so viele und verdichtete gibt wie Kaulquappen in einem Waldteich zur Paarungszeit.

Mit einer piepsigen Fistelstimme in klassischem Frederiksberg-Dialekt vertraute ich dem Wachhabenden an, dass eine Leiche abholbereit in der Allégade neben der Statue von Holger Drachmann lag. Als ich den Satz beendet hatte und er gerade ansetzte, Fragen zu stellen, legte ich den Hörer auf.

Ich steckte die Hände in die Taschen – ein sehr natürlicher Aufenthaltsort, kann man sagen, bestimmt nicht *meine* Erfindung – und spielte meine Lieblingsrolle, die des einsamen Herrn, der noch einen kleinen gesunden Spaziergang durch die Stadt machte, um sich ein bisschen Bewegung zu verschaffen und frische Luft zu schnappen, bevor es Zeit war, zu Bett zu gehen.

In der sich spiegelnden Schaufensterscheibe eines Geschäfts, in dem Ledersofas ausgestellt wurden, sah ich sehr überzeugend aus. Ich sah aus wie einer, der so leer im Kopf war wie ein Diskjockey im Radioprogramm von P3.

Aber das kleine Gehirn dachte und dachte, sodass es seiner früher oder später unumgänglichen Sprengung gefährlich nahe kam. Das mochte das kleine Gehirn nicht.

Es schien ihm langsam zu reichen. Es geschahen allmählich allzu viele Dinge. Und die schienen darauf zu bestehen, alle zusammen in einem ganz bestimmten, kleinen Gebiet stattzufinden.

Es konnte kein Zufall sein, dass Moritz, drei Stunden, nachdem er mir vom Café Christopher erzählt hatte, fünfzig Meter von demselben ehrwürdigen Ausschank entfernt tot dalag. Es konnte auch kaum ein Zufall sein, dass Irene Liljencrone mit dem Anwalt und Freund ihres Bruders, Cortzen, zwanzig Meter weiter weg saß.

Oder vielleicht konnte es doch gut sein. Das hing ausschließlich davon ab, wie viel – oder wie wenig – man an den Zufall glaubt.

Jedenfalls gab es keine Informationsbüros, an die ich mich wenden konnte, um eine erschöpfende Antwort zu bekommen, so viel war sicher. Das machte auch nichts – ich war nicht davon überzeugt, dass ich wirklich, wenn es darauf ankam, besonders viel Wert auf irgendeine Antwort legen würde. Geschehen ist geschehen.

Wie schon so oft. Wie immer.

Ich war noch keine hundert Meter auf dem Gammel Kongevej gegangen, als heulende Sirenen die Geräusche-Umwelt verschmutzten und zwei Polizeiwagen mit grellem, rotierendem Blaulicht durch die Straße in entgegengesetzte Richtung jagten.

Sicher gesunde, robuste und zuverlässige Leute. Jedenfalls machten sie ihren Job.

Das sollte *ich* auch tun. Das sollten *alle* tun. Wenn alle Menschen bloß ihren Job machen würden, sähe es besser um die Welt aus. Wenn alle Menschen tagaus, tagein ihren Job machten, wäre keine Zeit für Weltkriege und all so was.

Vorausgesetzt, es gab niemanden, dessen Job es war, die Kriege zu verursachen und sie in Gang zu halten. Das musste man auch in Betracht ziehen.

Überhaupt mussten viele Dinge in Betracht gezogen werden. Möglicherweise völlig unbedeutende Sachen für einen Einstein, zweifellos lächerliche Bagatellen für einen Niels Bohr, aber die waren nicht hier, sie waren davon ausgeschlossen mitzumachen – aus dem gleichen guten Grund wie auch Moritz vom Mitmachen ausgeschlossen war.

›Mitmachen‹ ... das klingt wie ein Kinderspiel. ›*Du* darfst nicht mitmachen, *ha-ha*-ha-*ha*-ha-ha‹, gesungen von den glücklichen vier, fünf Jungen, die endlich den Sündenbock gefunden haben, *gegen* den sie zusammenhalten können – und die nur zusammenhalten können, weil es jemanden *gibt, gegen* den man zusammenhalten kann. Wie politische Parteien, wie ›Milieus‹, wie Verbände und Unternehmen, wie unterschiedliche ›Gesinnungen‹ und ›Glaubensrichtungen‹, wie ...

Wie *alles*. Als ob nicht das ganze Leben so ein Kinderspiel war. Als ob diese Einstellung nicht ein Fernglas war, durch das man das ganze Leben sehen sollte. Jedermanns Leben.

Ich bat höflich mein Gehirn, das Maul zu halten. Seine Antwort war, nichts lieber als *das*, aber es könnte nicht. Es behauptete, es wäre mein eigener Fehler.

In diesem erregenden Stadium derartiger tiefsinniger Überlegungen stand ich, geführt oder verführt vom allzeit bereiten Autopiloten meiner Beine, vor dem Gebäude des BLADET.

Die Laufschrift blinkte großzügig, und die Rathausuhr verkündete, dass es 23.30 Uhr war. Die wusste sicher, wovon sie redete.

Es war ein langer Tag gewesen.

Er würde noch länger werden.

Ich zögerte einen Moment an der schweren Glastür im Eingang und sah über die dunkle Stadt, wo Menschen ›heimwärts‹ hasteten, raus aus Kinos und Theatern und Bars zu Zügen und Bussen, die sie zu ihren sicheren, weichen, ordentlich gemachten Federbetten transportieren würden. Es herrschte allgemeine Aufbruchstimmung. Wie an jedem Tag um diese Zeit.

Aber *einige* Aufbrüche sind unleugbar endgültiger als andere.

11

Das BLADET summte wie ein Bienenkorb, wie es jede anständige Zeitung – und auch all die anderen 99 Prozent – um Mitternacht *sollten*. Boten liefen mit Manuskripten und Druckvorlagen herum,

Journalisten krümmten ihre Rücken über Schreibmaschinen, der Verbrauch an Kaffee und Zigaretten erreichte Schwindel erregende Werte, die an jedem anderen Ort, in jedem anderen Umfeld, zu jedem anderen Zeitpunkt als unmöglich empfunden worden wären.

Klappernde Schreibmaschinen, staubige Gänge, lausige Büros und ein alles durchdringender Geruch von abgestandenem Zigarettenrauch. Ich war zu Hause. Es war nichts, auf was man besonders stolz sein konnte, andererseits bot es auch keinen Anlass zu Depressionen. Lieber das BLADET als Sozialhilfe.

Ich bog in den Gang zur Chefredaktion ein, vorbei an dem großen Gemälde, das den Gründer des BLADET, den verstorbenen Chefredakteur M. P. Metz, in voller Größe mit Weste und Füllfederhalter zeigte. Seine *Büste* stand im Foyer, und an den Wänden gab es hier und da Fotografien von ihm, die eindeutig seine nahe Verwandtschaft mit den Aasgeiern dokumentierten. Man hatte *alles* getan, damit die Mitarbeiter nicht vergaßen, damit sie nicht einen einzigen Moment lang die Chance haben sollten zu vergessen, dass *sie* nur aufgrund der Initiative und des Weitblicks des verstorbenen M. P. Metz an jedem Ersten ihren Gehaltsscheck abholen konnten.

Ich klopfte mir an Otzens Tür die Knöchel wund. Er sagte nur ein einziges Wort, ›Herein‹, mit einer Intonation, als wäre er der Wolf, der mit einem halben Dutzend Großmütter im Wanst Rotkäppchen hereinbitten würde.

»Guten Abend, mein Junge«, sagte er, wobei er den Schreibtischstuhl von einem hoffnungslos unaufgeräumten, überfüllten Tisch wegdrehte und mir durch einen dichten Zigarrenrauchnebel sein offenes, ehrliches Chefredakteur-Gesicht zuwandte. »Was Neues?«

»Du hast einen Mitarbeiter verloren.«

»Du willst doch nicht *wieder mal* aufhören? Müssen wir den ganzen Blödsinn *noch einmal* durchkauen? Hör zu, mein Junge. Das BLADET schätzt dich, und das weißt du. Du gehörst hierher. Du und das BLADET.«

»Es geht nicht um mich«, unterbrach ich seine traditionelle, routinemäßige Rede. »Es geht um Moritz, Moritz ist tot.«

»Kunst-Moritz? Das tut mir Leid. Na ja, dann müssen wir zusehen, dass wir in den nächsten Tagen einen Neuen finden. Das kann der Kulturredakteur regeln. Da gibt's sicher viele Möglichkeiten. Darüber müssen wir morgen reden.«

Er schrieb eine Zeile auf einen offenen Block, der sich um mindestens zehn Seiten Notizen rund gebogen hatte.

»Wen können wir kriegen, um einen Nachruf zu schreiben?«

Er blickte hoffnungsvoll zu mir auf.

»Mich nicht«, sagte ich. »Und jetzt hör mal zu, Moritz starb nicht friedlich in seinem Bett an gewöhnlichem Lungenkrebs oder an Kunstharz-Vergiftung. Moritz wurde ermordet. Er wurde mit einem Messer niedergestochen, und die Polizei hat gerade erst seine Leiche. Es ist noch nicht einmal offiziell.«

»Woher weißt du das?«

»Als Journalist bin ich nicht verpflichtet, meine Quellen preiszugeben. Das solltest du wissen.«

»Erzähl es dem BLADET! *Woher weißt du es?*«

»Ich hab ihn gefunden. Tot.«

»Wo?«

»In einer Grünanlage in der Allégade, bei einer Statue des Dichters Drachmann.«

»Aber ... Warte mal, du hast doch selbst heute Abend wegen Moritz angerufen.«

»Nicht, um ihm ein Messer reinzustechen.«

»Das habe ich auch nicht gesagt. Aber dann bist du Zeuge in dem Fall. Du musst einer von denen gewesen sein, die ihn zuletzt noch gesehen haben.«

»Darauf näher einzugehen, gibt es für mich absolut keinen Grund – weder im BLADET noch gegenüber der Polizei. Er verließ meine Wohnung um 20.00 Uhr, ich fand ihn um 23.00 Uhr. In der Zwischenzeit kann er einer Menge Menschen begegnet sein. Als er mich verließ, sagte er, dass er dienstlich zu einem Empfang in der Galerie Grenå sollte. Dort müssen wir anfangen. Jedenfalls können wir wohl herausfinden, ob er dort gewesen ist. Wann er wieder gegangen ist, mit wem zusammen und all der ganze Kram. Es ist einen Versuch wert.«

»Und was dann?«

»Das ist Aufgabe der Polizei. Ich habe es anonym angezeigt.«

»Warum das?«

»Weil ich eine Story habe, *Herr Chefredakteur*, und keine Zeit für Festnahmen und Verhöre. Die besondere Eigenschaft, die den geborenen Journalisten vor allem auszeichnet, ist, dass seine erste Sorge der Story gilt; nicht wahr, *Herr Chefredakteur*? Ein Zitat aus Ihrer eigenen Gastvorlesung an der Journalistenhochschule.«

»Bei Gott, du musst der einzige Mitarbeiter sein, der daran teilgenommen hat.«

»Wahrscheinlich bin ich der einzige Mitarbeiter, der lesen *kann*. Aber der Fall liegt – ›streng sachlich gesehen‹, wie du in deinem Leitartikel zu schreiben pflegst – demnach so, dass wir nichts schreiben können, bevor die Polizei bestätigt oder selbst mitteilt, dass Moritz tot ist, aufgefunden und in irgendeiner Kühlfabrik auf Eis gelegt, um ihn bis zu seiner Obduktion frisch zu halten. Oder es wird, wenn wir vorher darüber schreiben, sehr schwer zu vertuschen sein, wieso wir dazu überhaupt in der Lage sind, und in diesem Fall hätte sich ›ein herausragender Mitarbeiter vom BLADET‹ – ich zitiere deine Worte über meine letzte Solo-Story – der kriminellen Vergehen schuldig gemacht, die Leiche nicht überwacht zu haben, seinen Namen und seine Adresse bei der Anzeige der Leiche nicht genannt zu haben, nicht ... Du kennst alle die Paragrafen. Die scheißen selbstverständlich drauf, wenn eine verwirrte ältere Dame oder ein schwerhöriger Rentner eine Leiche findet, aber nicht, wenn es sich um einen aktiven Journalisten handelt – und besonders nicht, wenn es ein Journalist ist, der über Kriminalfälle und bei derselben Zeitung schreibt wie der Verstorbene.«

»Da ist was dran.«

»Das hast du aber nett gesagt.«

»Was schlägst du vor?«

»*Safety first*. Die Nacht ist noch jung. Ich kriege wie üblich leihweise das Büro von einem der Mitarbeiter, die krank, verkatert oder verreist sind, setze mich hin und hacke die Story vom Mord an dem Kunsthändler Liljencrone in die Schreibmaschine, wobei es in diesem Zusammenhang nur natürlich ist, dass ich die Polizei anrufe, um nachzufragen, ob es in diesem Fall entscheidende Neuigkeiten gebe, und dann ...«

»Dann?«

»Dann werden wir sehen. Wir müssen ›warten und hoffen‹, wie der Graf von Monte Christo sagte.«

»Da ist nur eine Sache, die mir daran nicht gefällt«, sagte Otzen, »also abgesehen davon, dass ich prinzipiell dagegen bin, dass meine Mitarbeiter ermordet werden, *während* sowie auch außerhalb der Arbeitszeit. Wenn *wir* nämlich nicht über Moritz schreiben – der Herr segne ihn, auch wenn er saumäßig schrieb –, riskieren wir, dass die Konkurrenz ihn morgen vor uns hat.«

»Nur mit der Ruhe. Ich sagte doch gerade, die Nacht ist noch jung. Und übrigens würde es nicht so viel ausmachen. Wir haben immer noch Liljencrone als Sensationsstory, gefunden hat ihn das BLADET, daran können sie nicht rütteln.«

»Okay. Tu, was du kannst.«

»Das tun wir alten Pfadfinder immer, Chef.«

»Du bist doch nie Pfadfinder gewesen.«

»Ich war mal Pfadfinder auf Probe. Der Fähnleinführer überraschte mich auf dem Klo, als ich gerade dabei war, den anderen Zigaretten einzeln – zum doppelten Preis – zu verkaufen. Ich habe mich danach später immer gefragt, was *er* dort gewollt hatte.«

»Die Geschichte kannst du später immer noch für ›Das Beste‹ schreiben. Setz dich jetzt in Mavis' Büro – sie ist krank, *behauptet* sie, und das ausgerechnet mitten während des Besuchs des isländischen Präsidenten! *Krank!* – und sieh zu, dass du deine Story geschrieben bekommst. Liefer sie direkt an mich ab, und ruf sofort an, wenn etwas ist – etwas ...«

»Etwas.«

»Genau.«

Mavis' Büro lag eine Etage tiefer. Ich war bislang noch nie dort gewesen, aber es war ein bemerkenswertes Büro. Zeig mir dein Büro, und ich sage dir, wer du bist.

Mavis – dralle, runde, gutmütige Mavis, Verfasserin der täglichen Kolumne ›Neues über Namen‹ beim BLADET und führende Klatsch-Kolumnistin der Sonderklasse in der Stadt – hatte alle Wände ihres Büros in Rosa streichen lassen – *Pink*, wie sie selbst es sicher nennen würde. In der Mitte der Wand, direkt gegenüber dem Schreibtisch, genau dort, wo man schielend in die Luft starrte, wenn man an der Schreibmaschine saß, hing ein riesengroßer Teddybär. Auf dem Bauch des Teddybären saß eine dieser Saugnapf-Spinnen, auf die Kinder so wild sind – diese geleeartigen, die an *allem* kleben bleiben.

Um den Teddybär und die Spinne herum hingen, auf allen Seiten und an allen Wänden, Bilder von verschiedenen Mitgliedern der Society, von Schauspielern, Leuten vom Film, Politikern, Sportlern, Wirtschaftsbossen, Showgrößen – alle mit persönlichen Widmungen für Mavis und mit großen, geschwungenen, schwülstigen Autogrammen.

Der Raum stank wie eine der größeren Parfümerien. Auf dem Schreibtisch standen Rosen, und in der obersten Schublade lagen drei ganze Schachteln mit Schokolade. Die Schublade war mit Glanzpapier ausgeschlagen.

Niedlich, geradezu *reizend*, wenn man so was mag. Ich fühlte mich in etwa so heimisch wie ein Goldfisch in einem Vogelkäfig.

Ich dachte, dass ich mir – später in der Nacht – lieber Moritz' Büro ein wenig ansehen musste. Zeig mir dein Büro und ...

Ich rückte einen meterhohen Stapel Wochenzeitungen auf dem Schreibtisch ein wenig nach links, öffnete das einzige Fenster, um etwas von dem schweren Parfümgeruch aus dem Raum zu bekommen, griff mir die erstaunlich effiziente Schreibmaschine, eine IBM, und begann mit der kurzen und traurigen Geschichte von Eric Liljencrones unerklärlichem, gewaltsamem Tod durch die Hand eines unbekannten Mörders.

Als ich alle Details notiert hatte – es waren nicht mehr, eher weniger als in einer normalen Notiz in ›Neues über Namen‹, wie sie dieses Büro zu sehen gewohnt war – kam ich nicht mehr darum herum. Ich musste anrufen und ein richtig langes, herzlich informatives und vertiefendes Gespräch mit meinem guten engen Freund, Polizeiinspektor Ehlers am Halmtorvet, führen.

12

Als meine kleinen fleißigen Finger auf Mavis' Tastentelefon tupften – zweifellos telefoniert eine der meistbeschäftigten Klatsch-Kolumnistinnen der Stadt *immer* –, sah ich unwillkürlich Ehlers in *seinem* Büro unten am Halmtorvet vor mir, mit Aussicht auf den Fleisch-Großmarkt und das ewige Hin- und Hergeschleppe von gesalzenen Schweinekörpern und halben Kälbern dort – eine Aussicht, zu der er für den Rest seines Lebens verdammt war.

Ehlers Büro, Gittes Büro, Mavis' Büro, jedermanns Büro. All die kleinen kranken, klaustrophobisch engen, viereckigen Boxen, in die wir uns mehr oder weniger freiwillig einsperren lassen, Tag für Tag, um

›unserer Arbeit nachzugehen‹. Die Arbeit, dieser rasende wahnsinnige Gott, das letzte übrig gebliebene Heiligtum des Zwanzigsten Jahrhunderts, dieser unersättliche Moloch: ›Arbeit‹. Davon starben mehr, jedenfalls rein mental, als von irgendetwas anderem.

Leichen finden, Mörder überführen, darüber schreiben – auch das war Arbeit. Das behauptete jedenfalls das Finanzamt.

Ehlers hatte nicht gerade strahlende Laune, andererseits war er aber auch nicht so schwierig, verschlossen und gereizt, wie er es manchmal sein konnte, wenn er bei einer Untersuchung überhaupt nicht weiterkam.

»Ich habe Neuigkeiten für dich, sagte ich.«

»Und ich habe Neuigkeiten für *dich*.«

»Okay. Du fängst an.«

»Nein, *du* fängst an.«

»*Du* fängst an, oder ich sage nicht ein Wort.«

»Wir können daraus ja ein Spiel machen.«

»Nicht am Telefon.«

»Okay.«

»Dann lass mal hören.«

»Ich habe herausgefunden, wer W. F. ist.«

»Ich auch. Es ist ein Kunstmaler, der Willy Fontana heißt.«

»Woher weißt *du* das denn?«

»Von Liljencrones Anwalt, tatsächlich. Er verheimlichte nicht, dass Liljencrone zuletzt kräftig in Willy Fontana investiert hatte. Er hatte sogar selbst einige seiner Bilder – der Anwalt, meine ich.«

»Was hältst du von denen?«

»Glücklicherweise ist es nicht *mein* Job, so was zu beurteilen.«

»Du kannst doch eine Meinung haben?«

»Vielleicht ein andermal. Hast du sonst noch Neuigkeiten?«

Ich dachte einen Moment lang nach. Eigentlich müsste ich Ehlers vom Café Christopher erzählen und von Anwalt Cortzens und Irene Liljencrones Tête-à-Tête à la Lateinamerika, aber ich war nicht gerade darauf versessen. Das käme der Statue von Holger Drachmann viel zu nahe, und nicht zuletzt den Dingen, die man neben dieser Statue finden könnte, wenn man die Augen aufhalten würde.

Andererseits lag eine reelle Spur darin, und die konnte ich ihm nicht verweigern.

»Nur eine Sache«, sagte ich. »Ich habe erfahren, dass Willy Fontana am häufigsten in einem Café namens Christopher anzutreffen ist – mit C und ph. Das liegt im Herman-Bangs-Vej. Angeblich würde er da geradezu wohnen.«

»Wer hat dir das erzählt?«

Ich entschloss mich, einigermaßen ehrlich zu sein. »Ein Kunstkritiker.«

»Doch wohl nicht ein Kunstkritiker namens Moritz Simony, der für das BLADET arbeitet?«

»Doch, selbstverständlich. Würde ich einen Kunstkritiker bei einer *anderen* Zeitung fragen, würde die Story ja durchsickern, oder nicht?«

»Du *weißt* nicht, was mit Moritz Simony passiert ist?«

Er war jetzt dicht dran. Sogar ganz dicht dran.

»Wir sind nicht gerade besonders eng befreundet«, sagte ich, so salopp ich konnte. »Ich rede fast nie mit ihm.«

»Du meinst, hast geredet«, sagte Ehlers. »Er ist tot.«

»Tot?«

Ich hoffte, ich klang überrascht genug. In diesem Moment wünschte ich mir, ich hätte nur ein paar Monate eine Schauspielschule besucht. Es kann oft nützlich sein, auf andere überzeugend zu wirken, ob im Krieg, in der Liebe oder im Beruf. Damit alles klappt, sollte jedermann in jedem Job eine kurze Schauspieler-Ausbildung genießen.

»Nicht nur tot, sondern ermordet. Mit einem Messer, genau wie Liljencrone. Bei uns wurde anonym Anzeige erstattet, wir fuhren raus und fanden ihn in einer Grünanlage an der Allégade. Seine Brieftasche und seine sämtlichen Papiere hatte er noch bei sich. Weißt du was darüber, wie er gewesen ist, oder kannst du das rauskriegen?«

»Er hatte mir gesagt, er müsste zu einem Empfang in der Galerie Grenå.«

»Wann war das?«

»So um 20.00 Uhr.«

»Wo liegt diese Galerie Grenå?«

»Keine Ahnung, bin ich *Kunstkritiker*? Vermutlich in der Grenågade, die Leute sind ja selten einfallsreich. Wenn du ein Branchentelefonbuch hast, kannst du ja selbst nachschlagen. Nein, warte mal – ich hab eins hier.«

Während ich das rote Branchentelefonbuch aus einem Fach unter Mavis' Schreibtisch hervorholte und es unter ›Galerien‹ aufschlug, sagte ich, nur um kühlen Kopf zu bewahren und das Gespräch in Gang zu halten:

»Übrigens, ich möchte meinen, für eine Leiche in der Allégade müsste doch die Polizei von Frederiksberg zuständig sein?«

»Das ist auch der Fall – aber zum einen glaube

ich, dass es eine Verbindung zum Liljencrone-Mord gibt – zuerst ein Kunsthändler, dann ein Kunstkritiker, das kann nicht nur Zufall sein – und dann auch noch jedes Mal mit einem Messer. Jetzt fehlt uns nur noch ein Künstler, und die Sache wäre perfekt. Und zum anderen hat die Polizei von Frederiksberg heute Abend *sehr viel* zu tun, denn im Schloss Frederiksberg gibt es ein offizielles Dinner für den isländischen Präsidenten, und es gibt Bombendrohungen von Terroristengruppen, und Ihre Majestät, unsere Königin, wird auch anwesend sein.«

»Was für ein Abend.«

»Ein ganz gewöhnlicher Abend in Kopenhagen, nicht mehr.«

Meine flinken Finger fuhren die Spalten im Telefonbuch entlang: Galerie Ganja, Galerie Gine, Galerie Gotik, Galerie Grenå – da war's: Grenågade 19, 2100 Kopenhagen Ø. Natürlich.

Ich gab es Ehlers durch. Er brummte.

»Weißt du, wo er gewohnt hat?«, fragte er.

»Moritz? Nein. Hab ihn nie besucht. Er hat mich auch nicht eingeladen.«

»Grenågade 17.«

»Dann hat diese Galerie wohl gute Kritiken im BLADET bekommen.«

»Tja. Das heißt, ich kann zwei Fliegen mit einer Klappe schlagen.«

»Spart die Belege für Dienstfahrten.«

»Genau.«

»Was hast du aus der Schwester herausbekommen?«

»Irene Liljencrone? Nichts. Sie war kühl und knapp. Sie sagte, sie hätte sich mit ihrem Rechtsanwalt beraten, um über ihre Rechten und Pflichten in

Verbindung mit einem polizeilichen Verhör genau informiert zu sein, und das kann ihr ja niemand verbieten, wir leben ja immer noch nicht in der Sowjetunion. Sie hatte nicht sehr viel zu sagen. Sie erzählte frei heraus, dass ihr Bruder homosexuell war und ihres Wissens ziemlich viele Bekanntschaften in ›diesen Kreisen‹ hatte, wie sie es ausdrückte, dass sie sich aber nie eingemischt oder nach diesen ›Bekanntschaften‹ gefragt hätte – aus einleuchtenden Gründen, die, wie sie sagte, ich sicherlich verstehen würde.«

»Vertretbar.«

»*Absolut* vertretbar.«

»Und der Rechtsanwalt?«

»Cortzen kannte Liljencrone seit dreißig Jahren. Er ist an dessen Geschäften finanziell beteiligt und hat sozusagen völligen Einblick in seine Angelegenheiten, was er gar nicht verhehlte. Sie haben so lange zusammengearbeitet, dass es – laut Cortzen – allmählich rein mechanisch ablief. Wenn Liljencrone ein gutes Geschäft witterte, rief er nur an, und Cortzen machte mit, ohne nach Einzelheiten zu fragen. Wie sich zeigte, gehört ihm ein Drittel von Liljencrone Invest.«

»Ist *er* auch schwul?«

»Hab ihn nicht gefragt. Ich glaube nicht. Jedenfalls *wirkte* er nicht so.«

Nein, Ehlers hatte Recht. Anwalt L. L. Cortzen hatte nicht den Eindruck eines Schwulen gemacht, jedenfalls nicht, als er so mit Irene Liljencrone dasaß. Andererseits gibt es viele Schwule, denen man es nicht unmittelbar ansieht. Liljencrone zum Beispiel.

»Und seine Firma?«

»Wirtschaftlich gesund und läuft gut – und ist so

gut wie abgewickelt. Ein hübsches Büro, und die Bücher sind in Ordnung. Cortzen ist mit mir rübergegangen und hat es mir erklärt. Er sagte, Liljencrone habe den täglichen Geschäftsbetrieb der Firma vor ein paar Jahren eingestellt, eine Sekretärin und eine Bürohilfe entlassen und sich aus dem praktischen Geschäft zurückgezogen. Er behielt die Firma jedoch, wie Cortzen es ausdrückte, aus ›verwaltungstechnischen Gründen‹, weil ein Teil der Papiere formal Firmeneigentum war. Cortzen hat es nicht mit genau den Worten gesagt, aber es lagen erhebliche Steuervorteile darin, die Firma zu behalten. Ganz legal.«

»Wer betreute dann die Buchhaltung?«

»Cortzen. Oder richtiger gesagt, dessen Personal.«

»Aha.«

»Ich glaube, ein ›aha‹ ist hier überflüssig. Wir werden natürlich einen Rechnungsprüfer rausschicken, der sich die Akten ansehen wird, das müssen wir, aber ich wette ein halbes Monatsgehalt, dass alles in Ordnung ist. Falls überhaupt irgendwas mit Cortzen ist – und ich gestehe, ich traue ihm fast alles zu – dann jedenfalls nicht so was Banales wie Mauscheleien mit der Buchhaltung.«

»Hat Liljencrone ein Testament hinterlassen?«

»Ja, Cortzen hat es. Er gestattete mir sogar ohne weiteres, es zu lesen. Es gibt einen hübschen Betrag für seine Putzfrau, ein paar ausgewählte Kunstgeschenke an Freunde und Bekannte – ganz genau spezifiziert –, und der Rest wird zwischen seiner Mutter, seiner Schwester und einem talentierten jungen Maler aufgeteilt, auf dessen Namen du nie kommen wirst.«

»Willy Fontana?«

»Toll, wie du *das* erraten hast.«

»Er muss an diesen Typen wirklich geglaubt haben.«

»Wir alle brauchen dann und wann etwas, an das wir glauben können.«

»Wie wahr, wie wahr. Wie viel kriegt er?«

»Das weiß man erst, wenn das Nachlassverfahren eröffnet ist. Nach Cortzens Ansicht dürfte es aber kaum *unter* einer halben Million sein.«

»Schön für ihn.«

»Angenehm, würde ich sagen.«

»Kann ich die Liljencrone-Story jetzt schreiben?«

»Mach das. Du hast genau eine halbe Stunde.«

»Was?«

»In einer halben Stunde komme ich beim BLADET vorbei und hole dich ab. Wir müssen uns mal kurz in Moritz Simonys Büro umsehen, und dann kommst du mit uns und identifizierst ihn. Er hat anscheinend keine Angehörigen, jedenfalls nicht hier in der Stadt, und er *muss* formell identifiziert werden – es besteht theoretisch immer noch die Möglichkeit, dass es ein anderer sein kann, der nur seine Brieftasche geklaut hat und mit dieser in der Tasche dann niedergestochen wurde, das ist schon vorgekommen. Und du bereitest besser auch deinen Chefredakteur darauf vor mitzukommen – wir haben ganz gerne, wenn ein Opfer doppelt identifiziert wird, und wir würden ihn auch ganz gern ein wenig nach seinem früheren Mitarbeiter ausfragen.«

»Da wird Otzen aber einen dicken Hals kriegen.«

»Möglich, aber von mir kriegt er keinen Halswickel.«

»Okay – in einer halben Stunde, so long.«

»So long.«

Eine halbe Stunde. Noch eine halbe Stunde – in Mavis' rosa Büro, einem Teddybären mit einer Spinne auf dem Bauch gegenüber –, um die Story in die Maschine zu hämmern. Eine halbe Stunde, um Otzen vorzubereiten und um mich – vielleicht – in Moritz' Büro umzuschauen, bevor Ehlers auftauchte.

Es galt nur, in Gang zu kommen. Das BLADET erwartet, dass jeder seine Pflicht tut.

Genau wie es die Polizei auch erwartet.

Überhaupt erwarten viele zu viel von anderen. Traurig, aber wahr.

13

Eine Viertelstunde lang drosch ich auf Mavis' Schreibmaschine ein, so verbissen, als handelte es sich bei jeder einzelnen Taste um einen meiner schlimmsten Feinde, an dem ich mich nach jahrelangen Demütigungen und Schmähungen endlich rächen konnte – was vielleicht, insgesamt gesehen, gar nicht so weit von der Wahrheit entfernt war. Als ich die Fakten einigermaßen klar zu Papier gebracht hatte und – mit den letzten Überbleibseln einer Art professionellen Stolzes – die Story auf die Zeichensetzung hin überprüft hatte, griff ich noch einmal zu dem Tastentelefon und versuchte, Gitte anzurufen. Es war 1.00 Uhr. Inzwischen *musste* sie doch endlich nach Hause gekommen sein.

Sie war es. Ihre Stimme klang im Telefon schläfrig, aber immerhin, sie *klang*. Allah, Buddha, Jahwe und Krishna seien gepriesen, sie hatte jedenfalls kein

Messer zwischen den Schultern. Sie konnte den Hörer abnehmen. Sie konnte sprechen.

»Danke für letzte Nacht, mein Schatz«, sagte ich. »Ich habe den ganzen Abend versucht, dich zu erreichen.«

»Ich bin gerade erst nach Haus gekommen. Den ganzen Abend habe ich in Besprechungen gesessen, und dann hatte ich Lust, mir auf dem Heimweg noch einen Film im Kino anzusehen.«

»Was für einen Film?«

»Einen von der Sorte, die *du* nicht ausstehen kannst. Einen tiefsinnigen, künstlerischen deutschen Avantgarde-Film über die psychologischen Aspekte von Zweierbeziehungen.«

»Masochismus für Millionen.«

»Er war sehr interessant.«

»Das Leben ist zu kurz für *etwas*, das nur ›sehr interessant‹ ist. Der läuft sicher im Grand-Kino?«

»Nein, im Dagmar.«

»Okay, gar nicht mal so weit daneben. Das sind und bleiben die Kinos, in denen man diese Art von Filmen sieht.«

»*Du* möchtest dir ja bloß alte Bogart-Filme ansehen.«

»Hör auf, ich bin überhaupt nicht einseitig. Zwischendurch gucke ich mir durchaus auch einen Edward-G.-Robinson-Film an. Ich habe einen variantenreichen und differenzierten Geschmack.«

»Warum reden wir dann darüber?«

»Ich weiß nicht, vielleicht sind wir einfach so. Ich liebe dich. Ich vermisse dich.«

»Gleichfalls.«

Ihre Stimme wurde ganz weich, in ihrem nahezu hypnotisch summenden Alt, den sie bisweilen hatte.

»Was machst du?«

»Ein Mordfall. Vielleicht auch zwei.«

Ich skizzierte ihr einen schnellen Überblick über den Stand der Dinge.

»Musst du dann die ganze Nacht durcharbeiten?«

»Das hoffe ich nicht. Aber ich kann nicht sofort hier weg.«

»Kommst du denn zu mir, wenn du dann fertig bist?«

»Wenn du möchtest.«

»Wenn *ich* es möchte! Möchtest du es nicht selbst?«

»Doch. Aber es kann spät werden ...«

»Es ist egal, wie spät es wird.«

Neue Töne von ihr. Herrliche Töne. Es gibt bei einem Telefongespräch Worte, die aufmunternder sind als andere. Es gibt Worte, die – mit der richtigen Stimme in der richtigen Tonlage gesprochen – einem telefonischen Beischlaf nahe kommen. Wenn dieses Mädchen wollte, konnte es mich zum glücklichsten Mann der Welt machen – na ja, wir wollen bescheiden sein, sagen wir, der westlichen Welt. Jedenfalls konnte sie mich dazu bringen, alles andere zu vergessen, und vielleicht ist das in Wirklichkeit die Definition des Glücklichseins.

Als ich Mavis' Büro verließ, hatte ich immer noch Sterne in den Augen; ich ging rauf in Otzens Büro, wo sich der Zigarrenrauch in noch dichteren Schwaden – genau eine Stunde dichter – verbreitete als zuvor, alles andere aber genauso unverändert war wie seine eigene Haltung am Schreibtisch.

Mit einem Grunzen schnappte er sich mein Manuskript, überflog es kurz und nickte mit gebührender Zustimmung, fügte hier und da ein paar Zeilen hinzu und setzte seine Unterschrift zur Freigabe für die Druckerei darunter. Dann bestellte er telefonisch einen Boten und lehnte sich, bis auf weiteres anscheinend zufrieden, in seinem Stuhl zurück.

»Großartig, mein Junge«, sagte er. »Ich meine nur, wir müssten *ein wenig* mehr hervorheben, dass der Fund der Leiche unserer bekannten Kampagne ›Erzähl es dem BLADET‹ zu verdanken ist. Was gibt's Neues über Moritz?«

»Er muss vorschriftsmäßig identifiziert werden, aber er hat keine Angehörigen hier in der Stadt. Rate mal, wer das machen soll.«

»Du?«

»Unter anderem. *Wir.*«

»*Wir?*«

»Polizeiinspektor Ehlers möchte, dass wir beide Moritz identifizieren, und er will dir auch einige Fragen über Moritz stellen. In fünf Minuten kommt er.«

»In fünf Minuten?«

Otzen stand so schnell und unüberlegt kraftvoll auf, dass der Stuhl umkippte. Sauer knabberte er mit seinen Zähnen an der Zigarre.

»Dann müssen wir Moritz' Büro durchsuchen. Und zwar *jetzt.*«

»Genau das Gleiche hab ich auch gedacht«, antwortete ich bescheiden.

Auf dem Flur begegneten wir dem Boten. Otzen gab ihm mein Manuskript und deutete an, dass es eilig wäre. Der Bote war nicht überrascht. Es war mindestens zwanzig Jahre her, dass Otzen etwas unternommen hatte – oder überhaupt mit etwas zu tun gehabt hatte, und war es auch noch so nebensächlich –, das *nicht* eilig gewesen wäre.

Wir gingen eine Etage tiefer, wobei Otzen leicht

asthmatisch keuchte. Er war Joggen in solchen Dimensionen nicht gewohnt.

»Hast du jemals Mavis' Büro gesehen?«, fragte ich auf dem Wege in leichtem Plauderton.

Otzen zog eine Grimasse, als würde er sich gruseln. »Ja«, sagte er. »Aber das BLADET verfolgt das unabänderliche demokratische Prinzip, dass jeder Mitarbeiter bei der Einrichtung *seines* Büros gemäß seinen eigenen Vorlieben freie Hand hat. Das steigert die Arbeitsfreudigkeit. Sagt man jedenfalls im Mitarbeiter-Verein.«

»Das klingt sehr einleuchtend. Was ist los mit Mavis?«

»Sie ist in der Tat wirklich entschuldigt. Sie liegt im Krankenhaus. Ihr steht eine Krebsoperation bevor.«

»Krebs? Mavis?«

»Ja. Das hätte man nicht von ihr gedacht, was? Ich meine, sie ist überhaupt nicht der Typ dafür.«

»Vielleicht kennt der Krebs nicht einmal die richtigen Typen.«

»Der *müsste* doch allmählich genug Erfahrung haben.«

Moritz' Büro lag vier Türen von dem von Mavis – arme, gute, sanfte Mavis, die niemals auch nur einer Katze etwas getan hatte und die jetzt in einem Operationssaal lag und von kundigen Chirurgen sachgerecht in kleine Stücke geschnitten wurde. Ich bedauerte, dass ich über ihren Teddybären geflucht hatte. Das war nicht nett von mir gewesen.

Die Tür war verschlossen. Otzen holte einen Schlüsselbund von enormen Dimensionen hervor, wählte einen Schlüssel aus und öffnete.

»Hast du zu allen Büros Schlüssel?«, fragte ich töricht.

»Selbstverständlich«, sagte Otzen. »Universalschlüssel. Für solche Fälle wie diesen.«

In diesem Moment freute ich mich aufrichtig, dass ich kein eigenes Büro hatte, das Otzen einfach mit seinem Universalschlüssel öffnen konnte, um in meinen Sachen herumzuschnüffeln. Jedes Wesen mit nur dem zartesten, schwächsten und leisesten Anflug von Menschlichkeit hat notwendigerweise *gewisse* Dinge, die es lieber für sich selbst haben möchte.

Falls Moritz solche Dinge privater Natur besaß, dann hatte er diese gescheiterweise zu Hause gelassen. Sein Büro war der krasse Gegensatz zu dem von Mavis.

Es war nett und akkurat und so überschaubar wie eine Klosterzelle. Alle Wände waren weiß gestrichen, und nur an zwei Stellen hingen unglaublich geschmackvolle Plakate der Galerie Maeght in sauber gefertigten Stahlrahmen. Der Schreibtisch war, abgesehen von der Schreibmaschine und einem Stapel Manuskriptpapier, völlig leer. Auf einem einzelnen Regalbord standen etliche Kunst-Lexika und Nachschlagewerke, sinnvoll in alphabetischer Reihenfolge geordnet. Der Aschenbecher schien mit einem chemischen Staubsauger gereinigt worden zu sein, und auf dem Fußboden fand sich kein einziges Stück zusammengeknülltes Papier.

Die Putzfrauen mussten diesen Mann einfach lieben.

Die Schreibtischschubladen enthielten nichts anderes als Einladungen zu Empfängen und Ausstellungen, sorgfältig nach Datum gebündelt.

»Wirklich ein ordnungsliebender Mensch«, sagte ich – nicht ohne eine gewisse widerstrebende Bewunderung – zu Otzen.

Der Chefredakteur zuckte – nicht ganz ohne körperliche Anstrengung – mit seinen imposanten Schultern. – »Von *mir* aus«, sagte er, »hätte er die Schublade voll Whisky haben und seine Kaffeetassen überall auf dem Fußboden herumschmeißen können, wenn er nur jemals eine Story hätte schreiben können.«

»Du hast ihn selbst eingestellt, stimmt's?«

»Ja. Zwangsweise.«

»*Du* lässt dich zu etwas zwingen?«

»Er war der Neffe eines Vorstandsmitglieds des BLADET.«

»Otto Simony? Der Politiker? Skives Antwort auf Ronald Reagan?«

»Ja.«

»*I see.*«

»Und außerdem«, sagte Otzen, wie um sein eigenes schlechtes Gewissen zu beruhigen, – »Außerdem ist es wirklich völlig egal, wer beim BLADET was über Kunst schreibt.«

»›In einer Zeitung ist nichts gleichgültig. In jeder einzelnen Ausgabe müssen sämtliche Artikel so genau durchdacht sein wie Gewichtung und Position jedes einzelnen Wortes in jedem einzelnen Artikel.‹ – Ich zitiere immer noch aus deiner eigenen Vorlesung.«

»Ich sprach damals von Idealzuständen.«

»Bewahre. Ich wusste gar nicht, dass du Prophet geworden bist.«

»Du liest zu viele Ansprachen.«

»Verzeihung. Nur eine schlechte Angewohnheit.«

»Und was noch schlimmer ist, du hast ein zu gutes Gedächtnis. Ich verstehe überhaupt nicht, dass du dein Gedächtnis nicht schon längst kaputt gesoffen hast.«

»Ich hatte mich eigentlich darauf eingestellt, kann's mir aber nicht leisten.«

»Du kannst damit zufrieden sein, dass du das Doppelte bekommst, was du eigentlich wert bist.«

»Wir sollten jetzt lieber gehen. Der Inspektor ist sicher schon gekommen.«

»Dann hab ich ja endlich mal die Chance, diesen Ehlers kennen zu lernen, von dem du so viel hältst.«

Wir traten wieder auf den unendlichen Flur hinaus, bogen nach rechts und kamen in das Foyer.

Da stand Ehlers, allein, und wartete mit beharrlichem Gesichtsausdruck vor den beiden vom Nachtdienst, die verschlafen den Postausgang sortierten.

Er und Otzen begannen auf Anhieb, sich unwillkürlich schweigend zu taxieren – wie zwei Gegner vor einem Ringkampf oder Hahnenkampf.

14

Aber Ehlers war die Höflichkeit selbst. Er, der mich bisweilen am ehesten an einen Igel erinnerte, dessen Stacheln wild in alle Richtungen abstehen, konnte sich auch – mit der gleichen Selbstverständlichkeit – hinter einem Panzer unerschütterlicher und tadelloser Liebenswürdigkeit verbergen. Genau das tat er auch jetzt, und das war klug von ihm. Das war nämlich genau die richtige Art, wie man Otzen zu nehmen hatte.

Innerhalb weniger Minuten waren die beiden so gut im Gespräch, dass Otzen ihm eine Zigarre anbot – so von Chef zu Chef. Fünf Minuten später waren wir alle drei unten in Moritz' Büro. Ehlers untersuchte es mit etwas größerer Sorgfalt, als wir es getan hatten – aber andererseits ohne größere Ergebnisse.

Danach schlug Otzen vor, in eines der Konferenzzimmer des BLADET zu gehen. Wir machten es uns in den tiefen, weichen Ledersesseln bequem, ein Mobiliar, das ansonsten vorzugsweise dem Vorstand des BLADET vorbehalten war, und in einer Wolke von Zigarrenqualm vertraute Otzen Ehlers an, was er mir zuvor darüber erzählt hatte, wie Moritz zum BLADET gekommen war. Otzen betonte – wie ich es auch getan hatte –, wie wenig er *eigentlich* von seinem verstorbenen Kunstkritiker wusste.

»Genau das verstehe ich nicht«, sagte Ehlers, mit der gleichen unerschütterlichen Höflichkeit. – »Wie können Sie Ihre Mitarbeiter so schlecht kennen?«

»Bei uns gibt es zwei Typen von Mitarbeitern«, sagte Otzen in fachlichem, nachsichtig belehrendem Ton. – »Da sind erst mal die eigentlichen Journalisten – wie unser gemeinsamer Freund hier –, die das rohe Fleisch liefern, von dem wir leben. Und dann haben wir einige andere, die wir in der Branche ›Paradiesvögel‹ nennen – die verfeinern das Gericht mit etwas Sahne, Kaviar und Crème fraîche, was aber vor allem der Verzierung dient. Natürlich, bei einer anders gearteten Zeitung – ich möchte da keine Namen nennen – könnte es möglicherweise umgedreht sein, aber hier ist es jedenfalls so. Wir sind ein Nachrichtenorgan. Wir sind eine Kampagnen-Zeitung.«

»›Erzählen Sie es dem BLADET!‹«, murmelte Ehlers, ihm zuvorkommend.

»Genau. Und unsere so genannten Kultur-Mitarbeiter tun im Großen und Ganzen – ähnlich wie der Theater-Kritiker – ihre Arbeit, während wir anderen schlafen. Dafür schlafen *die* bestimmt jetzt – während *wir* jetzt arbeiten.«

»Wir müssen seine Wohnung durchsuchen«, sagte Ehlers. – »Würden Sie mitkommen und ihn identifizieren?«

»Das ist wohl meine Pflicht. Wo ist er denn?«

Otzen gehört zu den wenigen Menschen, die ich kenne, die das Wort *Pflicht* so salbungsvoll aussprechen können, als wäre das Wort an sich schon ein unleugbares Zeugnis für einen unantastbaren ehrenhaften und moralischen Charakter. Mit einer solchen Sprechweise kann ein Mann Parlamentsabgeordneter, Redner am dänischen Verfassungstag oder Chefredakteur werden.

»Wir haben ihn im Städtischen Krankenhaus«, sagte Ehlers sachlich. – »Es handelt sich um eine reine Formalität. Es wird Sie nicht mehr als eine halbe Stunde in Anspruch nehmen.«

»Ausgezeichnet. Ich habe eine Zeitung, die erscheinen muss. Da ist nur eine Sache, wenn Sie eine Minute warten könnten?«

»Ja.«

Otzen gab mir ein Zeichen, mit ihm das Vorstandszimmer zu verlassen. Zeitungsgründer M. P. Metz blickte uns höhnisch hinterher – diesmal, abwechslungshalber, von einem leicht verstaubten Stahlstich herab.

»Du kommst zurück«, sagte er, »und schreibst die Story von Moritz' Tod, sobald wir ihn identifiziert haben. Und während wir eben unsere Zigarren zu Ende rauchen, könntest *du* da nicht schnell zu Barbara raufgehen und *sie* bitten, einen Nachruf auf ihn zu schreiben?«

»Warum *sie*?«

»Sie ist gerade da. Sie ist schnell. Und sie schreibt gute Nachrufe. Taktvoll und ausgewogen.«

»Okay.«

Barbara, die hübsche, schwarzhaarige Barbara, ist unsere Brief- und Kummerkasten-Redakteurin. Während sich Mavis von Klatsch und Tratsch ernährt, lebt Barbara von Kümmernissen und Problemen. ›Vertrauen Sie sich Barbara an!‹ Und die Leute schreiben ans BLADET – stunden- und säckeweise, einen abgeholzten finnischen Wald nach dem anderen – und erzählen ihr aus tiefstem Herzen und frei von der Leber weg von ihren misslungenen Ehen, ihrer Zukunftsangst, ihrer Entfremdung von Kindern oder Eltern, ihrer zunehmenden Abhängigkeit von Aufputschmitteln, ihren kleinen Seitensprüngen, bei denen sie nicht wussten, ob Sie sich mit ihrem Partner ›aussprechen‹ sollten, von ihren Krankheiten, ihren Frustrationen, ihrem Übergewicht, ihrer unreinen Haut – und Barbara antwortet ihnen allen, ›taktvoll und ausgewogen‹, wie Otzen so treffend gesagt hatte.

Außerhalb der Arbeitszeit nahm sie ihren Job nicht genau so ernst wie Mavis, ganz im Gegenteil. Sie war der persönlichen Auffassung – nicht ganz unähnlich dem, was man Berufskrankheit nennt –, dass man, hatte man persönliche Probleme schwereren Kalibers, den Mund halten und nicht noch *andere* damit belästigen sollte; das wäre das Mindeste, was man für seine Mitmenschen tun könnte. Sie selbst tat das immer. Sie war eine sehr konsequente Frau.

Und dazu noch eine sehr *hübsche* – auf eine ganz eigene Art.

Die Schreibmaschine klapperte, als ich an die Tür ihres Büros klopfte. Überall klapperten jetzt gerade die Schreibmaschinen. Es waren nur noch ein paar Stunden bis zum endgültigen Redaktionsschluss.

»Hallo«, sagte ich. »Ich bin der neue Redaktionsbote. Ich komme nur mit einem Bescheid.«

Sie blickte von ihrem Manuskript auf. Sie lächelte so entspannt wie eine Katze auf einem weichen Kissen vor einem gemütlich brennenden Kamin, eine Schale Milch und ein Bündel Heringe in bequemer Reichweite.

»Augenblick«, sagte sie. »Ich bin gerade dabei, ein 15-jähriges Schulmädchen, das sich ›Steinbock‹ nennt, zu trösten, weil ihr die beste Freundin auf einer Party den Freund ausgespannt hat.«

»Das hab ich schon mal gelesen.«

»Ich bekomme nur Briefe, die ich schon mindestens zehn Mal vorher gelesen habe. Teufel noch mal, die Leute haben heutzutage die gleichen Probleme wie damals, als ich beim BLADET anfing, und das ist *lange* her. Übrigens schreibe *ich* auch die gleichen Antworten, also darf ich mich gar nicht beklagen. Herrgott noch mal, die Arbeit als Briefkastentante ist gar nicht so schwierig. Sie sollen nur den Eindruck haben, dass man sie ernst nimmt, dann klappt's auch. Das ist genau wie mit kleinen Kindern, die sich das Knie aufgeschlagen haben und die gegenüber den Spielkameraden so tun, als wäre das gar nichts, nur um groß zu tun und erwachsen zu scheinen. Dann gehen sie nach Hause zu ihrer Mutter und schluchzen und heulen zehn Minuten lang herzzerreißend, und dann gehen sie wieder raus und spielen weiter. Der Briefkasten ist eine Zusatz-Mutter. Eine Mutter für Erwachsene.«

»Sofern jemand das überhaupt jemals wird. *Du* selbst hast keine Kinder, nicht wahr?«

»Ich bin aber selbst einmal Kind *gewesen*, glaubst du nicht?«

»Ich hab da so meine Zweifel. Aber egal, hör mal: Du sollst einen Nachruf schreiben.«

»Ach!«

»Du *musst*. Order vom Chefredakteur. Eine eilige Sache. Es geht um einen unserer eigenen Mitarbeiter. Moritz Simony, der Kunstkritiker. Ich weiß nicht, wie gut du ihn kennst?«

»Der Schwule?«

»War er schwul?«

»Ja, wusstest du das nicht? Ich sag's doch immer: Du siehst aber auch gar nichts, Mann.«

»Ich habe schwache Augen. Ansatz zu Grauem Star. Woher weißt *du* es denn?«

»Ich habe mich mit ihm auf unserem letzten Betriebsfest unterhalten. Ich hab sogar mit ihm *getanzt*. So was merkt man doch. Jedenfalls gibt es *einige* von uns, die es merken.«

Ich nickte innerlich zustimmend. Das ergab einen Sinn, das ergab sogar einen verdammt guten Sinn. Jetzt hatten wir nicht nur zwei künstlerische Leichen, sondern darüber hinaus zwei künstlerische Schwulen-Leichen. Plus eine – sagen wir ›pikante‹ – Bar für eben dieses vortreffliche Völkchen. Ein hübscher Zusammenhang auf der ganzen Linie.

»Wie ist er gestorben?«

»Das ist Stoff für *meine* Story.«

»Er ist also ermordet worden?«

»Genau das. Ich selbst hätte es nicht klarer formulieren können.«

»Gut, das brauche ich in einem seriösen Nachruf nicht zu erwähnen. Das wirst *du* wohl schon auf der Titelseite schön breit treten, stimmt's?«

»Mit Otzens Hilfe.«

»Okay, mein Freund. Verlass dich nur auf Barbara.«

»Selbstverständlich. Wir sehen uns später.«

»Doch wohl nicht auf *die* Art? So wie in alten Zeiten? Ich hab da einen Vogel singen hören, dass du dich *richtig* verliebt hast.«

»Was für ein Vogel?«

»Ich gebe meine Quellen nicht preis.«

»Okay. Sicher war es ein Aasgeier. Mach's gut.«

»*Ciao*, Romeo.«

Frauen können alte Affären nie vergessen. Nicht einmal die besten.

Also die Frauen, meine ich.

Aber davon abgesehen konnte man sich auf Barbara wirklich verlassen. *Ich* kannte jedenfalls niemanden, der es nicht tat.

Ehlers und Otzen warteten im Foyer, und wir gingen zusammen die Treppe hinunter zu einem bereits wartenden Einsatzwagen der Polizei. Mit stereofonem Sirenengeheul und blitzender Light-Show kamen wir nach weniger als fünf Minuten Fahrt durch die nachtschlafende Stadt zum Städtischen Krankenhaus.

Ein Pförtner ließ uns durch eine Kellertür herein. Durch einen langen, klaustrophobisch engen unterirdischen Korridor kamen wir in das Leichenschauhaus. Fünf Körper, die dort zurzeit gerade logierten, lagen da, jeder auf seiner Rollbahre, sorgsam mit weißen Laken bedeckt in einem ebenso weißen Raum. Nur ein kleiner, alter, verschrumpelter Mann stand dort und schrieb in einem Berichtsheft. An einer Wand stand ein Bulle in Uniform, die Arme hinter dem Rücken verschränkt, und übte sich darin, völlig ausdruckslos dreinzublicken. Was ihm glänzend gelang.

»Der mutmaßliche Moritz Simony?«, fragte Ehlers lakonisch den Alten.

Der Mann hob sein müdes, graues Gesicht von dem Berichtsheft und deutete auf die zweite Bahre von links. Vielleicht war er stumm.

Mit einem raschen, aber doch angemessen gefühlvollen und ehrerbietigen Griff schlug Ehlers das Laken vom Kopf der Leiche zurück. Otzen und ich traten näher.

»Na?«, sagte er dann.

Otzen und ich starrten völlig entgeistert die Leiche an, jeder aus unterschiedlichen Gründen. Otzen war verwirrt, weil er dieses Gesicht *nicht* kannte. *Ich* war verwirrt, weil ich es kannte.

Das war nicht Moritz. Das war Marcus – Marcus aus dem Café Christopher. Marcus, dessen solider, schwingender Schraubenschlüssel sich jetzt in meinem Besitz befand.

15

Im Bruchteil von einer Sekunde lösten sich viele Möglichkeiten, die eine verwirrender als die andere, tanzend auf dem Plattenspieler ab, wie mein alter Klassenlehrer mangels einer besseren Bezeichnung mein Gehirn zu bezeichnen pflegte.

Was war geschehen? Wie konnte die Leiche von Marcus plötzlich Moritz ablösen? So etwas gab's doch nicht. So etwas passierte vielleicht in alten amerikanischen Kriminalromanen von Craig Rice und Jonathan Latimer aus den 30er Jahren, aber nicht in Kopenhagen im kühlen nüchternen Monat März.

Und wie war Marcus zu Tode gekommen? *Warum* war er tot? Hatte er versucht, Moritz' Leiche zu fleddern, und war dann von einem Dritten getötet worden, der wiederum Moritz mitgenommen hatte, Leiche für Leiche, *Fairplay* – nein, es war unmöglich. Das war *zu* fantastisch.

Über die Leiche gebeugt, begegnete ich Otzens inquisitorisch scharfem, durchbohrendem und zugleich sanft fragendem Blick. Du hast doch *gesehen*, dass Moritz tot war, stimmt's?, fragten seine Augen. Du *wirst* doch nicht etwa allmählich verrückt?

Es konnten nur drei Sekunden vergangen sein, auch wenn sie mir wie eine Stunde in der Kirche an einem Sonntagvormittag vorkamen, bis Ehlers seine sparsame Frage wiederholte:

»Na?«

»Kenn ich nicht«, sagte Otzen schulterzuckend. – »Hab ihn noch nie gesehen.«

Ich konnte das Gleiche nicht ganz ehrlich behaupten, aber ich log auch nicht. Ich sagte nur: »Das ist nicht Moritz.«

Ehlers starrte uns an, als hätte er uns im Verdacht, speziell ihm zu Ehren eine Laientheater-Komödie einstudiert zu haben.

Keiner von uns bewegte sich von der Stelle. Der Alte schrieb unbeirrt in seinem Berichtsheft weiter.

»Und es gibt keinen Zweifel?«, fragte Ehlers, anklagend und bedauernd zugleich.

Otzen und ich schüttelten beide gleichzeitig den Kopf, egoistisch, wie wir als Anhänger des Rechts auf Privateigentum waren.

»Hol's der Teufel!«, brach es explosiv aus Ehlers

heraus; es hörte sich an, als würde aus einem in seinem Bauch eingebauten automatischen Gewehr ein Projektil abgefeuert.

Der Alte wendete sich ihm indigniert zu.

»Sie dürfen hier nicht fluchen!«, sagte er. – »Haben Sie denn keinen Respekt vor den Toten?«

Ehlers sah aus, als könne er sich in eine detonierende Bombe erklecklich destruktiven Kalibers verwandeln, falls der Alte noch ein Wort mehr sagte.

»Das ist die falsche Leiche«, erklärte ich, behilflich wie ein Pfadfinder in Uniform.

»Falsch? Was soll daran falsch sein?«, zischte der Alte. Ganz entrüstet kam er zu uns herübergehumpelt.

»Sehen sie her«, sagte er und deutete auf ein kleines Schild am Ende der Bahre, ein kleiner Zettel mit kleinen Buchstaben, befestigt mit einem Stück Klebeband. – »Sehen Sie selbst, Sie *können* doch sehen, oder nicht? Steht da nicht ganz klar und deutlich ›Moritz Simony, 5. März, 23.45 Uhr‹?«

»Doch, ja«, sagte ich. »Das ist schon richtig. Aber es ist *nicht* Moritz Simony.«

Der Alte schraubte sich von den Höhen seines Ärgers herunter und räusperte sich unschlüssig. Ihm war klar, dass da etwas vorlag, was ein Politiker als ›eine neue Situation‹ bezeichnen würde.

»Dann kann ich gut verstehen, dass Sie enttäuscht sind«, sagte er. – »Hm, hm. Das ist schon einmal passiert, fürchte ich. Das ist schon einmal passiert.«

Er ging zu der Bahre ganz links und hob das Laken an. Weder Otzen noch Ehlers oder ich wandten die Augen ab.

Es war eine alte Frau mit einem Gesicht wie ein runzliger Apfel, der den ganzen Winter hindurch im

Keller gelegen hatte. Sie sah aus, als wäre sie hundert Jahre alt und zu dem Schluss gekommen, dass es nun genug sei und dass es das war. Ihr Gesicht strahlte tiefen Frieden aus, als hätte sie sich bis zuletzt gesagt, dass es herrlich sein würde, morgen keine Kartoffeln mehr schälen zu müssen.

Der Alte deckte sie wieder zu, humpelte zu seinem Berichtsheft zurück, studierte *ihr* Schild und verglich es mit dem Berichtsheft.

»Petrine la Cour«, sagte er. – »92, Tod durch Herzschlag. Das müsste stimmen.«

»Donnerwetter«, flüsterte Ehlers Otzen zu.

»Das kann man wohl sagen. Ich bin noch nie hier gewesen. Hätte nicht gedacht, dass es hier *so* zugeht. Sie?«

»Ich hätte es wissen müssen.«

»Dann wissen wir jetzt, wo wir einmal enden«, sagte ich. Ich sah keinen Grund zu flüstern. So viele waren es ja nun auch wieder nicht, die wir hier hätten stören können.

Der Beamte stand immer noch unbeweglich da, die Hände auf dem Rücken. Ich glaubte langsam, dass man ihn wohlwollend aus Madame Tussaud's Wachsfigurenkabinett ausgeliehen hatte.

Der Alte ging an Marcus vorbei zum Nachbarbett. Es sah fast leer aus. Auf der mannsgroßen Bahre lag ein klitzekleines Bündel, fest eingewickelt in ein Laken.

Es war ein Kind, ja kaum ein Kind. Jedenfalls hatte es nicht geschafft, sehr lange ein Kind zu sein.

»Junge ohne Namen, bei der Geburt erstickt.«

Wir alle drei, drei erwachsene Männer, wandten die Augen ab, während der Alte seine Liste abhakte. Trotzdem konnte ich es nicht lassen, meinen Kopf zu wenden und noch einmal hinzusehen, mir das kleine, zerbrechliche, bläuliche Wesen anzusehen, dem im Moment seiner Geburt die Eintrittskarte zur Welt verweigert worden war. Es glich einem sterbenden Vogeljungen mit immer noch angezogenen Beinen. Es hatte in seinem Leben wohl kaum mehr sehen können als ein paar weiße Laken.

Auf der vierten Bahre, die den Eindruck machte, als wäre sie überlastet, lag eine fette, aufgequollene vierzigjährige Frau, deren rotes Gesicht streifenartige Blutergüsse aufwies.

»Sonja Matthiasen, Selbstmord, Schlaftabletten«, sagte unser Fremdenführer mit seiner knarrenden Stimme. – »Stimmt.«

Ja, es schien zu stimmen. Das sah nach typischem Selbstmord durch Schlaftabletten aus. Ganz dicke Augen. Aufgerissene Haut. Jemand, der aufgegeben hatte. Oder vielleicht nur jemand, der nichts aufzugeben hatte.

Jetzt war nur noch eine Bahre übrig. Wir tauschten stumme Blicke, auf das Schlimmste gefasst, während sich der Alte, wie bei einem Crazy-Farce-Stummfilm-Hüpfwalzer, an dem Beamten vorbeischob und das letzte Laken hochhob.

»Nicht identifizierte männliche Leiche«, sagte er.

»Moritz«, sagten Otzen und ich wie aus einem Munde.

Es war kein Zweifel möglich. Da lag Moritz, sauber gewaschen und so gut und geschmackvoll in Stand gesetzt, wie dies gewisse Menschen von Berufs wegen *können*, nachdem gewisse andere Artgenossen einen auf die geschmackloseste Art ausgerottet haben. Er war ganz weiß im Gesicht, aber das wird man vielleicht in dem Zustand.

»Ist *das Ihre* Leiche?«, fragte unser Aufseher.

»Ja«, antworte Ehlers. »Sieht so aus.«

Der Alte kontrollierte sein Berichtsheft. Dann sah er auf das Schild und nickte betrübt.

»Ja«, sagte er dann. »Ja, es ist also wieder passiert. *Ihre* Leiche kam um 23.45 Uhr, gleichzeitig mit der anderen, und dann sind die Anhängerschildchen bei der Registratur vertauscht worden. Da ist sehr bedauerlich. Ja, das ist außerordentlich bedauerlich ... Aber so was passiert manchmal. *Jeder* macht ja wohl mal Fehler.«

Letzteres sagte er mit einer Miene uralter Weisheit, gesammelt in den tiefsten menschlichen Brunnen im Laufe eines Menschenalters.

»Passiert das oft?«, fragte Otzen mit journalistischer Neugier.

»Es ist schon mal passiert«, sagte der Alte ausweichend. – »Besonders, wenn zwei Leichen gleichzeitig eintreffen und sie das gleiche Alter und Geschlecht haben.«

Er ging zu seinem Pult zurück und machte sich daran, sein Berichtsheft zu korrigieren, wobei er nicht versäumte, zunächst die Schilder an den beiden Leichen sorgfältig auszutauschen, damit für die vermutlich zu erwartende mehrfache Überprüfung alles seine Ordnung hatte.

Ehlers, Otzen und ich gingen zu Moritz hinüber. Otzen und ich sahen ihn zum letzten Mal gründlich an. Ehlers tat es zum ersten Mal. Einige Leute *haben* eben einfach mehr Glück als andere.

Wir starrten alle drei die Leiche an, als warteten wir in unserem Innersten darauf, dass Moritz sich im nächsten Moment erheben, auf die Beine kommen und uns erzählen würde, was geschehen war.

Aber das würde er natürlich nicht tun. Er *konnte* nicht. Er konnte es genauso wenig wie die friedlich aussehende 92-jährige Frau, wie der kleine bläuliche Junge, der bei seiner Geburt erstickt war, wie die aufgeblähte Schlaftabletten-Selbstmörderin, wie mein Freund oder mein – jedenfalls flüchtiger, beziehungsweise naher – Bekannter Marcus.

Der hygienisch weiße Raum schien voller toter Augen zu sein.

Es gibt einige, die behaupten, die Toten würden die Lebenden nie ganz verlassen, sie würden ihnen im Nacken sitzen, sie ausspionieren und sie betrachten, würden Tag für Tag in denselben Räumen existieren – ungesehen, ungehört, unkörperlich, nicht wahrnehmbar. Eine Theorie, zu der ich mich normalerweise nicht bekenne, aber in dieser Nacht im Leichenkeller des Städtischen Krankenhauses kam sie mir überhaupt nicht unwahrscheinlich vor.

Wir unterschrieben eine formelle Erklärung, die Ehlers aus seiner Jackentasche zog, und bedankten uns bei dem Alten, der wie ein Kustos in der Königlichen Kupferstichsammlung dastand und uns wohlwollend zunickte, als hoffe er aufrichtig, dass wir den Besuch in seinem Museum genossen hätten. Wir kamen aus den Korridoren hinaus nach oben in die kühle, vom Regen gereinigte Nachtluft. Die Luft auf der Haut zu spüren war wie ein lang ersehntes kaltes Bad. Wir schnupperten wie erfahrene Kokain-Schnüffler, die ihre Droge monatelang hatten entbehren müssen.

»Was jetzt?«, fragte ich Ehlers, als wir wieder vor dem Wagen standen.

»Ich fahre jetzt raus und durchsuche seine Wohnung in der Grenågade – oder vielleicht macht Kaspersen das. Und dann versuchen wir, Willy Fontana zu finden.«

»Wer ist das?«, fragte Otzen vertraulich.

Der gute, alte, ewige Chefredakteur Otzen. Allzeit bereit. Es *könnte* ja eine Story dahinter stecken.

»Ein Zeuge«, sagte Ehlers knapp.

»Ich komme mit«, sagte ich spontan.

»Nein, mein Junge«, sagte Otzen. »Du fährst *nicht* mit. Du musst zurück zum BLADET und deine Story schreiben.«

Wie wahr. Das hatte ich doch glatt vergessen.

Es passierte einfach zu viel. Viel zu viel, für einen solch lausigen Tag.

Ehlers zwinkerte mir zu. Ich konnte sehen, dass er sich – mal von allem anderen abgesehen – darüber amüsierte, meinen Chef getroffen zu haben.

»Es ist höchste Zeit!«, sagte Otzen.

Er hatte Recht. Wir waren kurz vor dem allerletzten Redaktionsschluss, verdammt kurz davor.

Auf dem Rückweg im Wagen überlegte ich, was wohl mit Marcus geschehen sein mochte. Ich hatte nicht gewagt, zu neugierig zu sein. Hätte ich zu viele Fragen gestellt, würde jemand wissen wollen, *warum* – weder Otzen noch Ehlers hatten ja nicht gerade einen auffällig unterdurchschnittlichen IQ –, und dann wäre ich mehr oder weniger verraten und verkauft. Ich wusste zu viel. Eigentlich wusste ich zwar nichts, aber trotzdem wusste ich zu viel. Ich war zu dicht dran gewesen. Ich hätte es besser wissen müssen. Ich hätte ...

Beim BLADET, zurück in Mavis' rosafarbenem Büro, das nach dem weißen Leichenschauhaus irgendwie noch hässlicher wirkte, schaffte ich es, meine Story auf den letzten Drücker zusammenzuschreiben, und überließ sie einem scheinbar unbeeindruckten Otzen. Barbara *war* gegangen, aber nicht ohne vorher ihren ausgewogenen Nachruf abzuliefern.

»Endlich mal gutes Material von Moritz!«, sagte Otzen aufgekratzt.

Ich war nicht in der Stimmung für bürointernen Zynismus. Es war ein langer Tag gewesen, ein ungewöhnlich langer Tag.

Ein Taxi brachte mich bis vor Gittes Tür, und drei Minuten später lag ich an ihrer Seite in ihrem Bett.

Sie schlief – *sie beide* schliefen –, und ich versuchte, dieses imponierende Kunststück auch fertig zu bringen, die Arme um ihre Hüften geschlungen.

Es gibt an der Hüfte der Frau eine gewisse Stelle, die geradezu dafür *bestimmt* ist, dass die Hand des Mannes dort liegt, genau so sicher, wie ein Schlüssel für ein Schloss gemacht ist. Es ist *die Stelle* für die Hand eines Mannes.

Und ich schlief, und ich träumte von Leichen jeglichen Alters, aber ich löste meine Hände nicht von ihren Hüften. Im Leben eines jeden Mannes gibt es Momente, in denen *das* das Wichtigste ist, was es gibt. Das einzig *Reale*. Das einzig *Lebendige*.

Zweiter Teil:

Zweiter Tag

[illegible]

[illegible] Frank Stanton und [illegible]

[illegible]

[illegible]

[illegible]

[illegible]

[illegible]

16

Als ich aufwachte, war der Vormittag schon weit fortgeschritten. Zeit genug dazu hatte er ja gehabt.

Es schien ein klarer, kühler Tag zu sein – wieder einer dieser Tage, an denen man angeblich – auch Frank Sinatra hat das eindringlich behauptet – *forever and ever and ever more* sehen kann.

Gitte war natürlich schon ins Büro gegangen, um darauf zu achten, dass Gesetz und Ordnung strikt eingehalten wurden.

Ich kam schwerfällig auf die Beine, fand meine Kleidung, die – bedauerlicherweise ohne jegliche Eleganz – über einem Sessel hing, und fing an, mich mit so unsicheren, steifen Fingern anzuziehen, als hätte ich nicht schon dreißig Jahre lang meine Hosen und Hemden selbst zugeknöpft.

Well, well, es war nur ein Morgen. Ein weiterer Morgen. Ein *neuer* Morgen, wie Romantiker sagen würden.

Allerdings, von Gittes Fenstern aus betrachtet, sah er jetzt – bei näherem Hinschauen – schon etwas gebraucht aus. Es *war* klares Wetter, aber am Himmel zirkulierte eine Mafia grauer Wolken, die wie erwartungsvolle Geier nur den taktisch richtigen Moment abzupassen schienen, um das Design zu verhunzen.

Auf Gittes Tisch standen, gleich neben ihrer geschmackvollen Vase mit Rosen, eine Thermoskanne mit Kaffee und sogar eine saubere Tasse. *Sehr* bedenklich. Wenn Frauen erst einmal mit so was anfangen, hat das was zu bedeuten.

Ich schalt mich selbst einen alten Zyniker, entschuldigte mich aber umgehend damit, dass mir tatsächlich keine Wahl blieb. Es ist schwer, jünger zu werden. Hat man erst mal eine Reihe von Morgen hinter sich, dann stecken sie einem in den Knochen und auch im Bewusstsein. Und man kann nichts daran machen.

Unter der Thermoskanne lag ein kleiner liebevoller Morgengruß. Auch das noch ... Er war sogar datiert. Die Anwälte haben wirklich ordentliche Angewohnheiten. Man datiert sogar seine kleinen morgendlichen Liebeserklärungen.

Ich sollte nicht so sarkastisch sein. Ich sollte vielmehr aufrichtig dankbar sein, dass *überhaupt jemand* so unvernünftig war, *mir* Liebeserklärungen zu senden, ohne unmittelbare Aussicht auf Entschädigung in bar.

Ich nahm ein Bad, trank den Kaffee und sah mich währenddessen voll Bewunderung in der kleinen, ordentlichen Wohnung um. Hier, wo Gitte wohnte, war alles so praktisch, war alles so geordnet, war alles so geplant. Man konnte ihre Persönlichkeit schon an der Art und Weise erkennen, wie jeder einzelne Stuhl stand, wie die Bücher im Regal geordnet waren. Von überall lugte ihr Gesicht hervor.

Natürlich sind alle Wohnungen so, sie verraten vieles über ihre Bewohner. Genau wie Büros.

Gott sei Dank waren bei Gitte wenigstens die Wände nicht rosa gestrichen.

Ich machte artig das Bett, schaute mich in der Wohnung um, wie um sicher zu sein, dass es keine unnötigen und übertriebenen Anhäufungen von Leichen gäbe, die die Ordnung störten, und trat hinaus auf die Straße in die frische Luft. Ich war noch keine zwanzig Schritte gegangen, als ich an einem Tabakgeschäft vorbeikam, in dessen Schaukasten der Waschzettel des BLADET hing. In den kleinen, festen Buchstaben, dem Vorreiter, stand da wie immer: ›Lesen Sie alles über ...‹ Darunter stand, in den größten Schrifttypen, die die bestsortierte Setzerei des Landes hatte beschaffen können, sodass es das ganze Plakat ausfüllte: ›Die Messerstecher-Morde in Kopenhagen‹.

Ich kaufte mir eine Zeitung, um alles darüber zu lesen. Aus alter, eingefleischter Gewohnheit kehrte ich bei Ronnie im Gasværksvej ein und trank beim Lesen noch mehr Kaffee. Wenn ich einfach weiter Kaffee trinken würde, könnte das erfahrungsgemäß dazu führen, dass ich endlich wach würde. Die Chance bestand jedenfalls.

Otzen hatte an nichts gespart. Zum Henker auch, für einen Chefredakteur war das ja auch schlicht und einfach wie ein Traum von einem Weihnachtsgeschenk in Zellophan mit roter Seidenschleife. Die beiden Morde und die zwei Nachrufe nahmen allein sechs Seiten ein – darüber hinaus hatte man offenbar im letzten Augenblick in den Schubladen des Kulturredakteurs eine Ausstellungs-Rezension von Moritz gefunden, die anscheinend einige Tage auf Lager gelegen hatte, jetzt aber mit großem Tamtam als »Sein letzter Artikel« veröffentlicht wurde.

Er war nicht die Spur interessant. Drei Spalten brauchte er, nur um zu sagen, dass irgendein Schwede ein guter Landschaftsmaler sei, mit einem scharfen Auge für Landschaften eben.

Barbaras Nachruf dagegen war so richtig ›ausgewogen‹. Er endete mit der Feststellung, dass dieser hervorragende Autor und geschätzte Kollege eine Lücke beim BLADET hinterlassen würde.

Amen. R. I. P.

»Du hast gestern wohl ziemlich viel zu tun gehabt, was?«, fragte Ronnie von seinem Tresen aus. Er stand da und war ganz in die Ausgabe des BLADET vertieft, auch er. Ungefähr eine Million Dänen waren jetzt gerade stehend oder sitzend ins BLADET vertieft, sofern man unseren Verkaufsstatistiken glauben konnte.

»Ja«, sagte ich. »Zurzeit ist wirklich was los. Da tut sich was.«

»Diese Stadt wird immer irrer«, sagte Ronnie. Er sagte das todernst, als wäre es etwas, was er selbst – nach reiflicher Überlegung – herausgefunden hatte. Er nahm beim Sprechen sogar die Filterzigarette aus dem Maul.

»Dann zieh doch nach Næstved, mein Junge. Oder nach Struer! Wenn du wirklich *glaubst*, dass die da auch nur einen Deut besser sind.«

»Ich seh schon, dass *du* das nicht machst.«

»Ich meine, die Chancen, erstochen, erschossen oder niedergeschlagen zu werden, sind im Großen und Ganzen gesehen auf diesem Planeten überall die gleichen.«

»Tja«, sagte Ronnie seufzend. – »Dann muss man es ja wohl so sehen: Man hat einfach Glück gehabt, man ist, abgesehen von einem armseligen Überfall, davongekommen, weil man dreißig Jahre hinter seinem Tresen gestanden hat.«

Wir beließen es bei dieser Schlussfolgerung und verabschiedeten uns hoffnungsvoll, zum Gott weiß wievielten Mal, mit einem ›Guten Morgen‹. Ich ging hinunter zum Halmtorvet, um zu hören, ob es bei Ehlers etwas Neues gab. Ich *hätte* ja auch einfach anrufen können, aber es lag sowieso auf meinem Weg, und körperliche Bewegung soll ja gesund sein. Jedenfalls ist das eine weit verbreitete Auffassung.

Vor dem Eingang zum Fleisch-Großmarkt standen wie gewöhnlich die Kühlwagen, beladen mit Steaks und Schinken für die Bevölkerung der Stadt. Wenige Meter links von ihnen hatten die Frühaufsteherinnen unter den Prostituierten bereits ihr Tagewerk begonnen; langsam und wachsam gingen sie ihre jeweils zehn Meter auf und ab, und bisweilen verständigten sie sich mit einer verneinenden Geste des Kopfes. Durch die Schwingtür vom Café 45 hörte ich, wie sich drinnen Billardspieler gut gelaunt über einen Stoß stritten.

Alles war wie sonst. Das Viertel Vesterbro war ganz das alte. Es gab auch keinen vernünftigen Grund dafür, dass es das nicht sein sollte. Alles in allem war dieser 6. März bloß ein ganz gewöhnlicher, zweitrangiger, anonymer Donnerstag. Weder Ostern noch der Geburtstag der Königin oder sonst etwas.

Ehlers war ebenfalls zur Stelle und empfing mich in dem großen, hässlichen Polizeikasten unten am Halmtorvet – einer dieser langweiligen, viereckigen Bauklötze, die so aussehen, als habe der verantwortliche Architekt für die nahe Zukunft schon seinen eigenen Selbstmord geplant, sodass jetzt ohnehin fast alles egal ist, Hauptsache, die Klötze fallen den Fußgängern nicht direkt auf den Kopf.

Er saß an seinem Schreibtisch. Er sah müde und sauer aus. Sicher hatte er seine Gründe dafür.

»Was Neues?«, fragte ich. Ich versuchte, heiter zu klingen. Als würde schon alles werden.

»Nicht sehr viel«, sagte er lakonisch. – »Gestern Abend bin ich noch in Moritz Simonys Wohnung in der Grenågade 17 gewesen. Dachwohnung.«

»Wie idyllisch.«

»Überhaupt nicht. Klaustrophobisch. Die einzige Aussicht ist der Anblick einer Dachwohnung im Haus gegenüber.«

»Vielleicht wohnt da ein hübsches Mädchen.«

»Das würde *ihn* wohl kaum interessiert haben.«

»Nanu, weißt du da was?«

»Ich rate nur. Aber wenn ein Mann so viele Bilder muskulöser nackter Männer an seinen Wänden hängen hat, kann man wohl den Grund dafür erraten.«

»Eine Mitarbeiterin des BLADET hat gestern das Gleiche angedeutet.«

»Warum hast du mir das nicht gesagt?«

»Es war ja wohl kein Sexualmord, nicht wahr?«

»Das war es wohl nicht. Aber man weiß ja nie ...«

»Hm.«

»Genau. Hm. Hm-hm, würde ich sogar sagen. Die Wohnungsdurchsuchung hat jedenfalls nichts ergeben. Und dann habe ich alle Laborberichte über Liljencrone bekommen. Keine Fingerabdrücke auf dem Messer. – Und ich habe mit Liljencrones Mutter gesprochen – Frau Astrid.«

»Wie ist sie?«

»Eine kleine, stille, alte Dame – in Grau. Sie ähnelt einem Vogel. Sie lebt inmitten von Fotos, Nippes und alten Erinnerungen und kommt nur aus der Wohnung heraus, wenn ihre Kinder sie holen. Sie weiß nichts, und ehrlich gesagt, glaube ich auch nicht, dass sie sich für irgendetwas draußen vor ihrer Haustür interessiert. Sie wartet einfach nur darauf zu sterben – ganz still und friedlich.«

»Hast du Willy Fontana gefunden?«

»Nein. Ich kann nirgendwo eine Adresse finden.«

»Kannst du nicht nach ihm fahnden lassen?«

»Daran gedacht habe ich. Vielleicht tue ich das später noch. Es müsste sowieso um 19.30 Uhr in den Fernsehnachrichten kommen, um überhaupt Wirkung zu erzielen. Cortzen sagt, er gäbe schon Bescheid, sobald er von ihm hören würde.«

»Wie kommt Cortzen mit ihm in Kontakt?«

»Das tut er normalerweise auch nicht. Das hat Liljencrone immer selbst gemacht.«

»Nanu.«

»Ja, genau, nanu. Es ist, als bewege man sich in einem Labyrinth auf einem Kirmesplatz – so eins mit lauter verschlossenen Türen und Wänden, gegen die man mit dem Kopf knallt.«

Ich wollte gerade als guter Steuerzahler meinem solidarischen Bedauern über die schwierigen Arbeitsbedingungen der Polizei Ausdruck verleihen, als das Telefon läutete.

Ehlers nahm den Hörer ab, müde und mechanisch, so wie man nach einer Zigarette greift, die in einem Aschenbecher liegt und vor sich hin qualmt.

Jemand sagte etwas, und er belohnte den Betreffenden mit einem mürrischen ›Ja‹.

Jemand sagte noch mehr, und diesmal stand er halb auf und sagte: – »Was? Ich komme sofort. Bleiben Sie da.«

Dann legte er den Hörer auf und blickte mit leerem Blick abwechselnd auf mich und hinaus auf den Fleisch-Großmarkt, als könne er sich zwischen zwei so charmanten visuellen Möglichkeiten nicht recht entscheiden.

»Das war Kaspersen«, sagte er. – »Er war in der Galerie Grenå, um wegen gestern zu fragen. Moritz hatte sich dort überhaupt nicht sehen lassen. Die konnten das überhaupt nicht verstehen, denn er war da immer so was wie ein Ehrengast. Bis sie heute Morgen das BLADET gelesen haben.«

»Das BLADET erklärt alles. Ohne BLADET wissen Sie gar nicht, was so passiert. Niemand kennt den Tag, bevor das BLADET auf der Straße ist.«

»Das war doch eure *vorige* Aktion, nicht wahr?«

»Ja.«

»Na ja, aber hör jetzt mal zu: Auf dem Rückweg von der Galerie fährt Kaspersen am Drachmannsvej vorbei, um den Beamten abzulösen, der in Liljencrones Wohnung Wache hält.«

»Nett von ihm, dass er daran denkt. Hat das Herz auf dem rechten Fleck und was sonst nicht alles.«

»Sei ruhig. Kaspersen findet den Beamten – ein junger Kerl namens Falk – niedergeschlagen, sorgfältig gefesselt und geknebelt vor. Und ...«

»Und?«

»Und Kaspersen sagt, er könne darauf schwören, dass *auf jeden Fall* ›einige‹ Bilder fehlen, die gestern noch an den Wänden gehangen haben. Und das, während die Wohnung in *unserer* Obhut war!«

Ehlers griff resolut nach seinem Mantel. Er sah ihn scheel an, als hielte er ganz tief in seinem Innern *ihn* für den Dieb.

»Ich fahre jetzt sofort dahin«, sagte er überflüssigerweise, so überflüssig wie das meiste, was zwischen Menschen täglich geredet wird. »Ich muss Falks Erklärung hören. Willst du mit?«

»Gerne.«

»Auch mit Maulkorb? Ich kann meine eigene Abteilung nicht gut dem Gespött der Presse ausliefern.«

»Auch mit Maulkorb. Ich schätze deine Loyalität. Eine gute Eigenschaft, sagt man.«

»Dann halt den Mund und komm.«

Innerhalb von vierundzwanzig Stunden saßen wir dann zum zweiten Mal in dem diskreten grauen Sedan der Polizei und fuhren zum Drachmannsvej 5. Die Rechnungsprüfer des BLADET wären entzückt, wenn sie entdeckten, wie viele Taxi-Rechnungen ich auf diese Weise sparte.

17

Was war das, was du noch für deinen Chef erledigen solltest, bevor wir gestern Abend weggefahren sind?«, fragte Ehlers, während wir den Vesterbro Torv überquerten, als habe er plötzlich einen Anfall von akutem Misstrauen.

Er hatte genug Gründe, misstrauisch zu sein, niemand wusste das besser als ich. Aber gerade in diesem Fall gab es für ihn keinen Grund. Ich wandte den Blick von dem sattsam bekannten Anblick der Penner und Alkoholiker am Springbrunnen, und sah ihm offen und ehrlich in die Augen:

»Eine rein berufliche Angelegenheit. Ich sollte einer Mitarbeiterin Bescheid geben, einen Nachruf auf Moritz zu schreiben.«

»Bevor ihr die Leiche identifiziert hattet?«

»Sonst hätten wir ihn einfach für eine andere Gelegenheit aufgehoben. Wir sind verdammt oft gezwungen, so was einfach auf Lager zu haben. Ich werde dir ein Beispiel nennen: Neulich, als Ihre Majestät, die Königin, entbunden hat, hatten wir, schon drei Stunden vor der Geburt, drei Leitartikel parat – einen, der sie im Namen der Bevölkerung zu ihrem Sohn beglückwünschte, einen, der ihre kleine Tochter in dieser Welt willkommen hieß, und einen, der den tragischen und unglückseligen Ausgang der Geburt, der die Nation in Trauer versetzt habe, zutiefst bedauerte.«

»Willst du mich zum Narren halten?«

»Nein. Das sind berufliche Tatsachen.«

Ehlers schien mir zu glauben. Das konnte er auch ruhig. Ich wusste, wovon ich sprach – auch wenn ich mir oft das Gegenteil wünschte.

Ein leichter Nieselregen hatte gerade eingesetzt, als wir vor dem Haus Drachmannsvej 5 hielten, vor dem imposanten roten Backsteinhaus mit all seinen Erkern und Türmen. Ein leichter, sanfter Regen, der in seiner Feinheit geradezu angenehm war, da er außerdem noch die ohnehin so klare Luft durch einen weiteren natürlichen Filter reinigte. Würde das Wetter weiter so bleiben, könnte man sich das Atmen in Kopenhagen letzten Endes durchaus erlauben.

Wir gingen durch die hohe Tür, die aristokratischen Wandtäfelungen entlang und die Treppe hinauf in den dritten Stock. Bevor wir anklopfen konnten, öffnete Kaspersen schon.

»Herein«, sagte er ironisch. – »Falk ist hier drinnen.«

Wir traten in das Vorzimmer, dasselbe kleine Zimmer, das wir uns gestern schon angesehen hatten. In einem Ledersessel saß ein dünner, junger, blonder Bulle in Uniform. Man war zwar aufmerksam gewesen und hatte ihn mit schwarzem Kaffee und Cognac versorgt, er sah aber trotzdem so aus, als ginge es ihm nicht gut, jedenfalls nicht besonders gut und schon gar nicht auffallend gut. Seine Augen lagen tief in den Höhlen, das Gesicht war geschwollen, das Atmen bereitete ihm Mühe, und allein schon das leichte Anheben des Kopfes um wenige Zentimeter, als er uns hörte, schien ihm große Schmerzen zu bereiten. Er ähnelte glatt einem Demonstrations-Modell für einen fortgeschrittenen Drei-Tage-Kater.

Mal ganz abgesehen von der hervortretenden Beule am Hinterkopf und den Resten versuchsweise ausgewaschener blutiger Streifen in den blonden Haaren.

Falk sagte nichts. Seine Augen schienen um Gnade zu flehen.

»Na, Falk«, begann Ehlers, sachlich, aber nicht unfreundlich.

»Wie ist *das* denn passiert?«

Falk stöhnte. Es war jetzt deutlich erkennbar, dass er nicht nur jung war, sondern *sehr* jung.

»Sie haben nicht an der Tür geläutet«, sagte er. – »Die hatten einen Schlüssel. Ich hatte seit 16.00 Uhr Wache geschoben und hab vielleicht ein bisschen gedöst, aber ich habe nicht *geschlafen* ... Ich habe den Schlüssel im Schloss gehört und auf die Uhr gesehen. Es war so um Mitternacht. Vielleicht ein paar Minuten drüber.

Ich bin raus in den Flur gegangen, um nachzusehen, wer es war. Im Treppenhaus war kein Licht, und das im Flur anzuschalten, habe ich nicht mehr geschafft. Ich bekam einen Lichtkegel direkt ins Gesicht und war sofort völlig geblendet. Dann bin ich von hinten niedergeschlagen worden, mit etwas Schwerem und Flachem – das konnte ich noch registrieren. Mehr weiß ich nicht.«

»Aber du weißt, dass es zwei waren?«

»*Auf jeden Fall* zwei. Einer, der die Lampe gehalten hat, und einer, der zugeschlagen hat.«

»Wenn du nicht gar mit der Lampe niedergeschlagen worden bist.«

»Nein, ich wurde dabei immer noch von ihr geblendet. Währenddessen hörte ich, wie sich jemand hintenherum an mich heranschlich. Ich versuchte, mich umzudrehen, und bekam einen Schlag auf den Hinterkopf. Das Ganze dauerte nur eine Sekunde.«

»Das ist immer so«, sagte Kaspersen ruhig. – »Danach kommt es einem vor, als wären es Stunden gewesen.«

Er konnte kaum viel älter als Falk sein. Bloß hatte er offensichtlich schon mehr erlebt.

»Dann«, fuhr Falk mit gekränkter Stimme fort, – »haben sie mich gefesselt und geknebelt und mir die Augen verbunden, während ich bewusstlos war. Ich bin später auf dem Fußboden aufgewacht und war allein. Kein Laut war zu hören, und sehen konnte ich nichts. Ich hatte teuflische Kopfschmerzen. Ich bin auf die Beine gekommen und habe zu gehen versucht, bin aber wieder hingefallen und mit dem Kopf auf den Boden geschlagen.«

»Und als ich ihn gefunden habe, hat er immer noch dagelegen«, sagte Kaspersen fast fröhlich, als ob dies das i-Tüpfelchen wäre, die Pointe einer guten Story. – »Die sind auch verdammt gründlich gewesen. Seht euch diese Abdrücke an!«

Er krempelte Falk die Hemdsärmel hoch. Die Stricke hatten in die Haut eingeschnitten und tiefe Abdrücke hinterlassen. Falk war so empfindlich, dass ihn das Hochkrempeln leise wimmern ließ.

»Hier sind die Teile«, sagte Kaspersen und präsentierte sie uns.

Hinter Falks Stuhl lagen eine Rolle solider Schnur, die Sorte, wie sie als Hinterhof-Wäscheleine gebräuchlich ist, ein zusammengeknülltes Handtuch und ein Kissenbezug, von dem Streifen abgerissen worden waren.

Ehlers betrachtete nachdenklich die Beweisstücke dieses Falls.

»Das sieht nach Profis aus«, brummte er.

Das war *sein* bis dahin einziger Kommentar.

»Ich fürchte, er hat vielleicht eine Gehirnerschütterung«, sagte Kaspersen. Liebevoll befühlte er Falks Beule. – »Ich glaube, wir sollten ihn untersuchen lassen.«

»Noch eins«, antwortete Ehlers. – »Falk, siehst du die geringste Chance, die wiederzuerkennen?«

»Ich habe nichts sehen können.«

»Hast du auch nichts *riechen* können, oder hast du *irgendwas* bemerkt, was verwendbar sein könnte?«

»Die haben ja kein Wort gesprochen«, antwortete Falk. – »Und nach Knoblauch gerochen haben sie auch nicht, falls du das meinst.«

»Ich meine gar nichts«, sagte Ehlers kurz. – »Okay, du kommst in die Ambulanz, Falk. Kaspersen, ruf an und bestell einen Krankenwagen und dann wollen wir uns ein wenig die Verwüstung hier anschauen.«

In dem großen Konferenzzimmer mit der blendenden Aussicht über die Stadt herrschte keine weitere Unordnung. Nur einige große, leere, gähnende Löcher an den Wänden: die Löcher, in denen vorher die Bilder gehangen hatten, die jetzt entfernt worden waren.

Ehlers starrte sie an.

»Kannst *du* dich an die Bilder erinnern?«, fragte er. – »Du hast damit geprahlt, einige davon zu kennen.«

Ich schloss die Augen – im Gegensatz zu Falk aus eigenem Antrieb – und versuchte entschlossen, mich darauf zu konzentrieren, wie die Wände vierundzwanzig Stunden vorher ausgesehen hatten. Seitdem war viel passiert, vieles, das sich in meinem Gedächtnisspeicher festgesetzt und vorherige Informationen gelöscht hatte.

Langsam aber kehrte das Bild wieder, das Gehirn – selbst das minderwertigste – ist eine verblüffende Konstruktion. Da war der Léger mit dem muskulösen Maschinenarbeiter gewesen; die zappelnde Miró-Lithografie; ein Jackson Pollock und wahrscheinlich ein Oluf Høst. Die anderen konnte ich nicht mehr genau benennen. Dafür schämte ich mich auch nicht besonders.

Ich öffnete die Augen und sah mich erneut um.

Die Miró-Lithografie lächelte von der Wand am anderen Ende immer noch entgegenkommend auf uns herab, mit dem hintergründigen, strahlenden Miró-Lachen. Légers Muskelpaket, das direkt gegenüber gehangen hatte, war fort.

Der goldfarben glühende Sonnenaufgang über Gudhjem, den ich Høst zuschrieb, hing an seinem angestammten Platz. Aber das Jackson-Pollock-Bild, das wohl eine Bonbon-Dose, gefüllt mit unterschiedlich gefärbten Kieselsteinen darstellen sollte, war ebenfalls fort.

»Ein Léger und ein Pollock«, sagte ich. – »Das ist sicher alles.«

Ich inspizierte die Sammlung ein weiteres Mal. Doch, das *war* alles. Das übrige Inventar war unangetastet, einschließlich eines typischen Willy Fontana. Noch gestern hätte ich den nicht einordnen können, aber in der Zwischenzeit hatte ich ja im Café Christopher meine Kunst-Lektion gelernt. Ein neongrüner Pekinese mit einem Penis, der sich in eine ausgestreckte Hummerschere verwandelte, die die Hoden einer violettfarbenen Auster umfasste, ja das konnte nur ein Willy Fontana sein. Hoffentlich würde er sich darüber ärgern, dass Leute mit Initiative und Unternehmungslust einen Léger vorzogen.

»Sind das die teuersten?«, fragte Ehlers.

»Jedenfalls nach internationalem Maßstab«, antwortete ich.

»Ein Vermögen?«

»Zweifellos.«

Wir gingen weiter, ins Büro und durch das Schlafzimmer in die Küche. In keinem dieser Räume war etwas passiert, jedenfalls nichts, was sichtbare Spuren hinterlassen hatte.

Als wir zurückkamen, war Kaspersen dabei, Falk zur Tür zu führen, wobei er ihn stützte; hier wurde Falk von zwei wartenden Rettungssanitätern übernommen. Er sah hoffnungslos groggy aus. Er blickte flehend zu Ehlers, wie ein kleiner Junge, der beim Apfeldiebstahl erwischt worden ist und der sich *ganz einfach* nur wünscht, dass seine Eltern nichts davon erfahren, dann würde er so etwas auch nie wieder tun.

Ehlers klopfte ihm leicht und väterlich auf die Schulter. Nicht gerade ein Ritterschlag, aber auch keine geballte Faust an die Birne. Ehlers verfügt, wie schon zuvor angedeutet, über feine menschliche Qualitäten.

Als Falk verschwunden war, zuckte er mit den Achseln, wobei er instinktiv Kaspersen anblickte.

»Das hätte jedem passieren *können*«, sagte er, mit der Miene eines Diplomaten, der versucht, äußerst komplizierte internationale Verwicklungen zu entwirren und zu glätten.

»Es hätte nicht passieren *müssen*«, lautete Kaspersens kaltblütiger Kommentar.

Die beiden delphischen Orakel sahen sich einen Moment lang unschlüssig an.

Während sie ihre gut bezahlte Arbeitszeit zu dieser Art von Freizeitvergnügen nutzten, geschah – als wäre es ein einstudiertes Schauspiel – das Gleiche wie gestern. Ein Schlüssel wurde ins Türschloss gesteckt. Die Flurtür ging – den ungeschriebenen Gesetzen und Zielsetzungsparagrafen getreu – auf, und eine Person kam herein.

Auch bei der Person handelte es sich um eine Wiederholung. Es war Irene Liljencrone. Immer noch rank und schlank, immer noch im weißen Pelz, wenngleich der Regen seine Haare ein wenig platt gedrückt hatte. Seine, wohlgemerkt.

Ihre graublauen Augen glitten über die Wände des Konferenzzimmers und bekamen einen scharfen Ausdruck, als sie mit einem Blick die beiden viel sagenden Lücken an den Wänden entdeckte. Wütend knallte sie ihre Tasche auf den Tisch und sagte, mit einem harten Blick auf Ehlers, in einem lehrerhaften, schneidenden, untersuchungsrichterlichen Jetzt-müssen-wir-das-hier-aber-mal-klären-Tonfall:

»Darf ich fragen, was hier vorgeht?«

18

Jetzt war es Ehlers, der den Eindruck eines kleinen Jungen machte, der Äpfel geklaut und mit ihnen auf frischer Tat erwischt worden war – *in flagranti*, wie die Studenten sagen. Einen Augenblick lang sah es aus, als ob sein Hemd – besonders vielleicht der Kragen – vier bis fünf Nummern zu klein wäre; dann räusperte er sich, wie ein Parlamentsabgeordneter, der seinem Interviewer eine halbe Minute Bedenkzeit signalisiert, während er überlegt, wie er eine so unerwartete wie auch unerwünschte Frage beantworten soll, und sagte – mit einer Stimme, die nach offizieller staatlicher Selbstsicherheit klang:

»Hier ist in der Nacht eingebrochen worden.«

»Was Sie nicht *sagen*!«, antwortete Irene Liljencrone. Sie klang nicht wenig sarkastisch.

Wieder glitten ihre Augen nach oben zu den zwei Lücken an der Wand. Danach glitten sie über Kaspersen hinweg. Genau, *über ihn hinweg:* Sie blieben nicht einen Moment stehen. Zuletzt erreichten sie mich – ohne *meine* begeisterte Zustimmung, geschweige denn aufmunternden Beifall. Sie waren schon hübsch, ihre Augen, aber sie ähnelten allzu sehr denen von Gitte, wenn sie bei regelmäßig vorkommenden Anlässen – präzise und ausführlich – betonen will, in welch hohem Maß es das Ideal einer modernen Frau sei und sein müsse, allein und unabhängig zu leben.

»So sieht man sich wieder«, sagte sie. »Hat ihnen die Musik gefallen?«

Sofort leuchtete in Ehlers' Augen ein Fragezeichen auf – wie in einem Zeichentrickfilm.

Meiner zweifellos wohl gemeinten guten Erziehung zum Trotz hätte ich ihr in diesem Moment in die Eierstöcke treten können. Ich bekam jedoch meine spontanen Impulse schnell wieder unter Kontrolle – was man laut den psychiatrischen Gurus unserer Zeit gerade nicht tun sollte, aber die heutigen psychiatrischen Gurus geraten vermutlich selten in derartige delikate Situationen – und sagte, dass mir die Gesellschaft entschieden interessanter vorgekommen wäre als die Musik.

Das veranlasste sie, einen Moment lang zu schweigen, gerade lange genug, dass ich – mit einem wie ganz zufällig hingeworfenen Satz, der so klang, als versuche ein erfahrener Toastmaster die einschlafende Konversation auf einer Cocktail-Party in Gang zu halten – zu Ehlers sagen konnte:

»Fräulein Liljencrone und ich sind uns gestern im Havanna begegnet.«

»Havanna?«, sagte Ehlers, als würde er eine gemütliche, ganz alltägliche Konversation an einem Teetisch fortsetzen. – »Havanna? Ist das nicht gleich gegenüber der Drachmann-Statue in der Allégade?«

»Es ist gleich in der Nähe des Rathausplatzes in Frederiksberg«, sagte ich diplomatisch.

Das war völlig korrekt und meiner Meinung nach auch eine objektivere Formulierung.

Ich versuchte, meine Gedanken für eine Art Verteidigung zu sammeln, falls Ehlers mit seinen Fragen fortfahren würde, aber das war nicht notwendig – noch nicht, jedenfalls. Irene Liljencrone hatte *selbst* auch etwas zu sagen.

»Wenn *Sie*«, sagte sie mit einem harten, ausdruckslosen Blick auf Ehlers, »sich *etwas* weniger für die legitimen Nachtklubbesuche anderer Menschen interessieren würden und *etwas* mehr für Ihre Arbeit, wäre *dies* vermutlich nicht passiert.«

Dabei zeigte sie mit einer theatralischen Geste auf die Wände.

»Und jetzt verlange ich hierfür eine Erklärung!«, sagte sie abschließend.

In der internationalen Politik nennt man so was eine ›Ultimative Forderung‹.

Ich wusste, dass Ehlers laut Gesetz das Recht hatte, diese abzulehnen – unter Hinweis auf die Notwendigkeit, dass die Polizei ungestört und in aller Diskretion weiterarbeiten könne. Ich wusste auch, dass er es nicht tun *würde*; dazu war er psychisch gar nicht in der Lage. Ich hatte ihn früher schon Frauen vom Typ Irene Liljencrones gegenüberstehen sehen. Besonders eine, die Annie Andersen hieß und jetzt tot war, war eine starke Frau gewesen und wie Irene über jeden Zweifel erhaben. Ich wusste, dass Ehlers gegenüber Frauen dieser Art schwach war. Ich überlegte, ob seine eigene Frau auch dazu gehörte oder vielleicht gerade *nicht*. Die eine Theorie war so wahrscheinlich wie die andere. So verhält es sich ja oft mit gegensätzlichen Theorien.

Jedenfalls bekam ich – in der Praxis – die notwendige Denkpause, während Ehlers erklärte, was passiert war – wenn er auch dabei, loyal wie er war, einige geringfügige Details ausließ, die Falks rechtmäßige Rolle bei den Ereignissen betrafen.

»Und sie hatten einen *Polizeiposten* hier?«, war Irene Liljencrones einziger – tödlich lang gezogener – Kommentar nach dem Bericht.

Kaspersen stand auf einem Fuß wie ein Storch oder ein Kranich am Rand eines Moors und versuchte verbissen so zu tun, als wäre er gar nicht anwesend, ungeachtet dessen, wie viele Frösche frotzelnd um ihn herumhüpften, um ihn zu einer flotten kleinen verrückten Jagd zu ermuntern. Es war Ehlers, der antworten musste.

Er war der Chef.

»Polizisten sind auch nur Menschen«, sagte er diplomatisch.

»Das beantwortet zweifellos eine dringliche Frage

innerhalb der biologischen Grundlagenforschung«, sagte Irene bissig. »Aber es ist wohl kaum entscheidend für das verlorene Vermögen.«

»War ihr Bruder denn nicht versichert?«

Endlich ermannte sich Ehlers zu einer Gegenoffensive.

»Selbstverständlich war er das, aber kaum für jedes Bild einzeln, hatten Sie das gedacht? Hätte er jedes einzelne Bild versichern wollen, hätte er jede Woche neue Versicherungspolicen abschließen müssen. Ich weigere mich zu glauben, dass er das getan hat.«

»Was waren die Bilder wirklich wert?«

»Welche Bilder?«

»Die, die fehlen.«

Ich beschloss, mich in ihr internes Pokerspiel einzumischen. Sonst würden sie womöglich mit diesem Spielchen noch lange weiter machen. Länger als *meine* Geduld reichte.

»Der Léger und der Pollock«, sagte ich.

Sie drehte sich zu mir um, wobei sie mir so etwas wie einen anerkennenden Blick schenkte, wie eine herrische Musiklehrerin ihrem Schüler, der bei der Abschlussprüfung als Einziger Chopins Polonaise in As-Dur fehlerfrei spielen konnte.

»Sie sind Kenner?«, fragte sie, als hätte sie in einer Ansammlung heulender, Tomahawk schwingender Indianer oder Knochen knabbernder Menschenfresser einen weißen Mann mit Krawatte getroffen, der englisch sprach und einen passablen trockenen Martini mixen konnte.

»Nur ein Laie«, sagte ich bescheiden. Meine Bescheidenheit war völlig berechtigt.

»Na ja«, sagte sie in deklassierendem Tonfall, als hätte ich mich im letzten Moment – zu ihrer Enttäuschung – letztlich doch als einer der Tomahawk-Schwinger entpuppt, bloß dass ich der Einzige war mit einem – vermutlich gestohlenen – Schlips.

Sie sah wieder Ehlers an. Ihre Augen blickten nachdenklich. Jedenfalls sah es so aus.

»Ich kann Ihnen nicht genau sagen, wie viel sie wert waren«, sagte sie. – »Für Bilder dieser Art gibt es keinen Festpreis. Sie werden nicht nach Kilo und Gramm gewogen.«

»Sie müssen doch eine ungefähre Vorstellung haben?«

»Sie sind unschätzbar. Für den richtigen Käufer.«

»Wenn ich mich recht entsinne«, sagte ich, – gerade als eine alte Zeitungsnachricht der Agentur Ritzau aus dem Urnebel des obszönen Ozeans meines Bewusstseins aufzutauchen begann, – »wenn ich mich recht entsinne, gab es da kürzlich einen Artikel in der Presse, dass das Moderna Museet in Stockholm einen Léger gekauft hat.«

»Den hatte Eric ihnen verkauft«, sagte sie – nicht ohne Stolz.

Wieder sah sie mich an, nicht Ehlers.

»Und er hat sie«, fuhr ich, zu Ehlers gewandt, fort, »– der Presse zufolge – eine Viertelmillion Kronen gekostet. Schwedische.«

Ehlers sah aus, als hätte jemand *ihn* niedergeschlagen.

»Und dieser Léger«, fügte Irene hinzu, wie um ihm den Rest zu geben – »der war schlechter als der, der hier hing. Jedenfalls nicht so bedeutend. Es war ein *früher* Léger. Ein Entwurf. Dieser hier stammte aus der Zeit, als er auf seinem künstlerischen Höhepunkt war.«

Ehlers sah aus, als würde er sich den Teufel um Légers Höhepunkt scheren, als wünschte er sich vergebens, dieser Léger hätte eine solide bürgerliche Arbeit von 9.00 bis 16.00 Uhr gefunden, dazu eine Familie und einen Schrebergarten und eine Stammkneipe, anstatt herumzuflitzen und Leinwand zu bemalen, zu einem Preis, der alles überstieg, was jeder Mensch mit gesundem Verstand bereit wäre, für einen Quadratmeter Wandschmuck zu opfern. Ehlers hätte es sicher abgestritten, wenn ich es laut gesagt hätte, aber er strahlte *Entrüstung* aus. Entrüstet wie die Leute, die ›in bescheidenen Verhältnissen‹ in Nørrebro leben und darüber reden, was da *eigentlich* in den Villen der Reichen in Rungsted so vor sich gehen mag.

»Und das andere Bild?«, sagte er. Höflich, als würde er zugeben, dass er nur ein Kind sei und bereit zu lernen, bereit dazu, sich in die gänzlich unbekannte Welt der Erwachsenen führen zu lassen.

»Nicht ganz so viel«, sagte sie und zuckte mit den Schultern.

»Es sind zu viele Pollocks auf dem Markt«, sagte ich trocken. »Die Preise für seine Bilder fallen.«

Diesmal sah sie mich geradezu mit Respekt an. Das freute mich. Das zeigte wieder mal, dass ein Schuss in den Nebel oft der beste Schuss ist, den man abfeuern kann. Es war genau der gleiche Trick, mit dem ich bisweilen beim Pokern gewann. Ein guter alter Bluff.

»Ja«, sagte Ehlers, als wachte er langsam auf, als wäre er ein mechanisches Klavier, das von einem unsichtbaren Museumswärter aufgezogen *würde*. – »Ja, ich gebe zu, dass ich diesen Vorfall aufrichtig bedaure. Ich verstehe gut …«

Er machte noch drei, vier Minuten so weiter. Er klang wie ein Beamter mit eingebautem Anrufbeantworter.

Auch das gehörte zu seinem Job.

Wohl zu jedermanns Job, wenn es darauf ankommt.

Als er sie – wie man in gewissen Kreisen der Bevölkerung sagen würde – »voll gelabert« hatte, nickte Irene zurückhaltend und machte Anstalten, sich zurückzuziehen. Sie ›machte Anstalten‹ allein dadurch, dass sie den Rücken bewegte. Sie hatte nicht einen Augenblick lang gesessen. Das hatten wir anderen auch nicht, aber es machte nicht ganz den gleichen Eindruck.

»Ach, nur einen Moment noch«, sagte Ehlers zu ihrem Rücken. »*Warum* sind Sie jetzt gekommen?«

Sie drehte sich um, mit einem Profil, so scharf wie ein frisch gewetztes Küchenmesser. »Meinen Sie, *ich* bin *Ihnen* dafür Rechenschaft schuldig?«

»Ich dachte, Sie hätten dafür vielleicht einen besonderen Grund«, sagte Ehlers. Er sagte das ganz lammfromm, so kindlich-unschuldig, wie er nur Dinge sagt, wenn er »gefährlich wie eine Klapperschlange« ist – wobei heutzutage ein tiefgefrorenes Supermarkt-Schweinekotelett im Grunde eine gefährlichere Bedrohung für einen Menschen darstellt.

»Ja«, sagte sie, als hätte sie das gesamte Polar-Inlandeis in ihrem Körper eingefroren. – »Ja, ich hatte einen guten Grund. Ich wollte nachsehen, ob alles in Ordnung war. Das *habe* ich getan.«

Die berühmten Letzten Worte.

Einen Augenblick später knallte sie mit einem gewissen Nachdruck die Tür zu.

19

Nach diesem Abgang herrschte einen Moment lang nachdenkliches Schweigen. Dreißig Sekunden Stille. Dann zeigte sich Ehlers von seiner praktischen Seite.

»Kaspersen«, sagte er. »Hör dich doch mal bei den anderen Bewohnern um.«

Kaspersen nickte und verschwand. In demselben Moment, als er die Tür schloss, erheblich sanfter als sie zuvor behandelt worden war, wandte sich Ehlers mit entschlossenem Blick mir zu. *Jetzt* müssen wir reden, sagte dieser Blick. Jetzt war es Zeit, dass gute Freunde sich frei von der Leber weg verständig und vernünftig über gewisse Dinge aussprechen sollten.

»Du hast *sie* also gestern getroffen?«, sagte er, nicht ohne einen gewissen vorwurfsvollen Nachdruck.

»Ja«, sagte ich.

»Erzähl«, sagte er.

»Da gibt's nicht viel zu erzählen. Ich bin ein bisschen rumgestromert und ins Havanna gegangen, um einen Whisky zu trinken. Du weißt ja, das mach ich zwischendurch schon mal. Rumstromern und Whisky trinken, meine ich.«

»*Das* weiß ich.«

»Und da hat sie also gesessen, mit ihrem Anwalt Cortzen zusammen. Kurz danach sind sie gegangen.«

»Welchen Eindruck hattest du von ihnen?«

»Als ob sie ernsthaft über etwas diskutieren würden. Als ob *sie* wütend war.«

»Kein Herumturteln?«

»Offenbar nicht. So jung sind sie auch nicht mehr. Aber ...«

»Aber was?«

»Aber wenn ich darüber nachdenke, dann behandelte er sie auf eine Art, also wie er ihr allein schon gegenübersaß, die darauf hindeutete, dass sie sich intim kannten. Weißt du, was ich meine?«

»Ich glaub schon. Die meisten Männer sitzen mit ihrer Frau anders zusammen als mit ihrer Geliebten.«

»Ja, und noch anders mit ihrer Schwester. Und wieder anders mit weiblichen Kollegen. Zum Beispiel solchen, die sie seit Jahren kennen und wo beide Seiten wissen, dass sie sich gegenseitig nicht attraktiv genug finden – so auf *die* Art.«

»Das waren ja eine Menge unterschiedliche Arten, wie Männer Frauen gegenübersitzen. Für welche stimmst du?«

»Eine irgendwo zwischen Frau und Schwester.«

»Hm. Es ist nichts Unnatürliches, wenn sie sich gut kennen. Komm jetzt zur Sache: Warum warst du dort?«

»Ich hatte einen Drink nötig, und ...«

»Quatsch, du hast immer Drinks nötig, und wenn das der Fall ist, gehst du gewöhnlich ins Stjernecafé oder in eine der anderen Spelunken in deinem eigenen Viertel – du nimmst gewöhnlich kein Taxi nach Frederiksberg wegen eines Drinks. Hast du sie beschattet?«

»Nein. Ich war da draußen, um Willy Fontana zu suchen. Ich wollte sehen, ob er in der Bar war, von der ich dir gestern Abend erzählt habe. Café Christopher.«

»Und, war er da?«

»Nein, natürlich nicht, sonst hätte ich's dir ja gesagt. Mir scheint, du schlägst allmählich wieder den guten, alten, skeptischen, bullenhaften Untersuchungsrichter-Ton an?«

»Ich habe das Gefühl, dass du mir was verheimlichst.«

»Du und deine Gefühle. Nichts.«

»Hm. Wann warst du im Christopher?«

»So um 20.30 Uhr. Um 20.00 Uhr habe ich mich von Moritz verabschiedet.«

»Und dann wurde *er* tot aufgefunden – fast auf der Mitte zwischen dem Havanna und dem Christopher. *Dein* Kollege, ein paar Stunden später, an derselben Stelle, an der du selbst gewesen warst.«

»Das streite ich ja gar nicht ab. Das stimmt alles. Das ist genauso sicher, wie die Kuh ›Muh‹ sagt und die Hühner Eier legen und die Sonne im Osten aufgeht und wie aus hässlichen, zuckenden, fetten Larven strahlend schöne umherschwebende Schmetterlinge werden. Nichtsdestoweniger habe *ich* ihn nicht ermordet, und Otzen hat auch nicht den Mordauftrag erteilt, selbst wenn er gut auf Moritz hätte verzichten können.«

»Du willst mich veralbern. Ich glaub immer noch, dass du mehr weißt, als du ausspucken willst.«

Das einzige ›Mehr‹, was ich wusste, war, dass ein Typ namens Marcus mich angegriffen hatte, dass ich ihn niedergestreckt hatte und dass sein nächster Stopp eine Bahre im Leichenkeller des Städtischen Krankenhauses geworden war.

Aber mir schien das kein geeigneter Gesprächsstoff für Ehlers' Ohren zu sein. Jedenfalls nicht im Moment. Vielleicht irgendwann einmal im Sommer, wenn wir draußen in einem der Cafés auf dem Bürgersteig sitzen, dem lebhaften Treiben um uns herum zusehen und genügend Zeit haben würden, uns gegenseitig kleine, unterhaltsame Kapitel aus unserem bewegten Leben zu erzählen.

Ich zuckte mit den Achseln. Sicher ohne besondere Anmut, aber bestimmt nicht ohne Routine.

Wir sahen uns an.

Kaspersen kam zurück.

»Nichts«, sagte er lakonisch. – »Der Anwalt unten ist immer noch verreist. Der Arzt hat nichts gehört. Und der Hausmeister sagt, er hätte dagesessen, aus dem Fenster geschaut und um Mitternacht Tee getrunken, und als er gerade ins Bett gehen wollte, seien zwei Männer hereingekommen. Sie hatten einen Schlüssel und sind gleich hineingegangen. Er sagte, er wäre davon ausgegangen, dass es die Polizei sei, die irgendetwas untersuchen wollte.«

»Wenn's wenigstens so gewesen wäre«, antwortete Ehlers. – »Haben sie sonst irgendwas gesagt, was für uns brauchbar sein könnte?«

»Es handelt sich ja hier nicht um diese Art von Häusern«, sagte Kaspersen.

Ich wusste genau, was er mit diesen wenigen nüchternen Worten meinte. Es gibt Häuser, sogar riesige Termitenhügel von Mietskasernen, wo das Privatleben aller Bewohner in Fetzen von den Balkons herunterhängt und aus den Briefkastenschlitzen quillt, wo jeder weiß, wo der Nachbar arbeitet, was er isst, wie oft er betrunken ist, und, mit einer Sicherheitsmarge von plus minus zehn Prozent, wie viel er im Jahr verdient. Aber es gibt auch Häuser, in denen man zehn Jahre lang wohnt, ohne überhaupt jemals ganz sicher zu sein, ob es ein Nachbar oder ein Gast war, dem man auf der Treppe begegnet ist. Insbesondere in großen, vornehmen Häusern in Frederiksberg.

Nein, hier würde niemand etwas wissen – gerade weil niemand das *wollte*.

In den Häusern der ersten Sorte interessierte man sich füreinander, dafür aber nicht für viel anderes. Man nahm Anteil an den Sorgen mit Kindern, Haustieren und Krankheiten, und eine Neuigkeit wie eine Verlobung konnte das Treppenhaus einen ganzen Tag lang mit Klatsch und Tratsch erfüllen.

In den Häusern der anderen Art war man für *sich*. Viel beschäftigte Ärzte, betriebsame Anwälte, reiche Kunstkenner. Die kümmern sich nur um ihre eigenen Angelegenheiten und mischen sich nicht in die anderer Leute. Wenn sie plötzlich entdecken, dass sie schon seit zwanzig Jahren unter demselben Dach leben, wird ihr gegenseitiger Gruß auf der Treppe nur um eine Nuance respektvoller. Aber ihr Tag ist von vornherein ausgefüllt: Sie sind sich per Definition völlig gleichgültig, es sei denn, es geschieht eine dieser Katastrophen, die fast einzig und allein noch Menschen vereinen können. Feuer, zum Beispiel.

Oder Mord.

Und doch: Selbst der zählt hier nicht. In diesem Umfeld fing man nicht an, einfach miteinander und mit jedermann zu plaudern, nur weil ein Mord geschehen war. Das war natürlich eine Tatsache, die man akzeptieren musste, aber es war nichts, über das man redete. Es war – wie alles andere in den so genannten ›besseren Kreisen‹ – etwas, das ›vorbeigehen würde‹, das ›sich legen würde‹.

»Aber etwas *müssen* sie doch gesagt haben?«, meinte Ehlers.

»Das Gleiche wie gestern«, sagte Kaspersen. »Nichts.«

»Das kann doch nicht *wahr sein?*« Ehlers war nahezu entrüstet.

Ich machte eine kleine individual-psychologische Entdeckung: Polizeiinspektor Ehlers *kannte* ganz einfach keine Häuser wie dieses. Das waren Organismen, die ihm fremd waren. Dass Leute so zusammenleben konnten, war für ihn ein Ding der Unmöglichkeit.

Da, wo *er* wohnte, veranstalteten sie vermutlich zu Fastnacht gemeinsame Spiele für die Kinder und gingen jeden Tag in den Küchen der Nachbarn ein und aus, tauschten Rezepte für pikante Kräuterschnäpse aus und gaben sich nützliche Tipps für den Kräutergarten. Jeder nach seinem Geschmack.

»Warum nicht den verdammten Willy Fontana suchen?«, sagte ich unternehmungslustig. »Alles scheint bei ihm zu beginnen und zu enden.«

»Vielleicht ist er abgehauen«, sagte Kaspersen.

»Es liegt keine Anklage gegen ihn vor«, bemerkte Ehlers. Er sagte dies widerstrebend, als wäre es ihm persönlich eine große Befriedigung gewesen – und darüber hinaus vielleicht sogar ein Quantensprung für das menschliche Geschlecht als solches –, wenn eine Anklage gegen ihn vorgelegen hätte, ganz egal, für welches Vergehen.

»Er war der Letzte, der Liljencrone lebend gesehen hat.«

»Der Letzte, von dem wir *wissen*, dass er Liljencrone lebend gesehen hat.«

»Wenn doch nur die verdammte Putzfrau nicht gerade krank wäre ...«

»So ist es immer.«

»Hört mal her«, sagte Kaspersen wieder. – »Er kriegt einen Scheck über vierzigtausend, er löst ihn ein ...«

»Habt ihr das gecheckt?«

Das war eine dumme Frage von mir. Selbstverständlich war das überprüft worden. Die beiden Polizisten sahen mich mitleidig an.

Kaspersen fuhr fort.

»Er löst ihn ein, er verduftet.«

»Das bringt nichts«, sagte Ehlers. – »Es war *mein* Fehler. Ich habe vergessen, *dir* von Liljencrones Testament zu erzählen. Er vererbt Fontana ein Drittel seines Vermögens. Cortzen sagt, es wird nicht unter einer halben Million sein. Wohl nur die wenigsten würden vor einer halben Million davonlaufen, die auf sie heruntergeflattert kommt.«

Pennies from heaven, pfiff ich vor mich hin.

Den Song kannten sie nicht. Aber wir können ja nicht alle alte Musiker sein.

»Nein, das glaube ich nicht«, sagte Ehlers. »Ich *habe* an die Möglichkeit gedacht, dass Liljencrone den Scheck vielleicht unter Zwang ausgestellt hat und danach von Fontana ermordet wurde. Aber das Testament widerlegt diese Theorie völlig – *falls* Fontana überhaupt davon gewusst hat.«

»Aber er hat sich doch versteckt.«

»Für eine halbe Million lohnt es sich doch wohl, wieder aufzutauchen.«

»Ja, das ist genau der gleiche Betrag, den auch Frank Sinatra dafür bekommt. Außerdem ist da der Quittungsabschnitt im Scheckheft. Wenn du jemanden zwingen würdest, einen Scheck auf deinen Namen auszustellen, bevor du ihn ermordest, würdest du es dann zulassen, dass er auf dem Quittungsabschnitt die Schecknummer und deinen Namen notiert?«

»Es war nicht der vollständige Name.«

»Den konnte man doch leicht herausfinden.«

»Dafür ist *er* nicht leicht zu finden.«

»Nein, das gebe ich zu.«

»Dann zum Henker«, sagte ich zu den beiden, »fahrt doch hin und versucht, ihn in der Bar aufzuspüren. Auf fast allen Wänden findet ihr dort seine Malereien, falls man das überhaupt Malerei nennen kann, und alle scheinen ihn da zu kennen. Wenn ihr ihn nicht im zentralen Einwohnerregister finden könnt, dann ist das dort die einzige Stelle, um anzufangen.«

»Okay«, sagte Ehlers. »Dann machen wir das. Und *du* kommst mit. Du kennst dich da ja gut aus. Du kannst unser Fremdenführer sein. Ich hab immer noch das Gefühl, dass du mehr darüber weißt, als du sagen möchtest!«

Ich sah seufzend durch die Fenster mit dem grauen Ausblick über die Dächer der Stadt. Die Welt kann manchmal so ungerecht sein.

Es begann allmählich dunkel zu werden, als wir Drachmannsvej 5 wieder verließen. Jetzt hatte man die Bewachung, völlig standesgemäß, sogar *zwei* Bullen überlassen. Doppelt hält besser.

20

Wie auf einen gemeinsamen stummen Beschluss hin gingen wir zum Herman-Bangs-Vej runter. Nicht gerade ein Spaziergang, der erwähnenswert war, jedenfalls erheblich weniger als eine Marathonstrecke.

Im Halbdunkel leuchtete das Havanna hässlich und goldfarben. Das Café Christopher schwül violett.

Als alter Stammgast klopfte ich an, als wäre ich zu

Hause. Mein Freund, der Rausschmeißer, kannte seine Verantwortung und seine Pflichten – er kam und machte auf. Genau wie am Abend vorher ließ er einen forschenden Blick über mich gleiten. Er erkannte mich wieder und sah nicht gerade erfreut aus. Ein merkwürdiger Mann. In Bars schätzt man üblicherweise Gäste, besonders solche, die immer wieder kommen.

Dann sah er Ehlers und Kaspersen an, und seine Augen zogen sich zu schmalen Schlitzen zusammen, so weit das mit diesen dicken Augensäcken möglich war.

»Das ist ein Privatclub«, sagte er, wie eine Spieldose, die man aufzieht. »Gäste haben hier keinen Zutritt.«

»Und das ist die Polizei«, sagte Ehlers, mit der typischen autoritären Sicherheit in der Stimme, die sich nur Militärpersonen, Polizisten und Steuerbehörden in Bruchteilen von Sekunden zulegen können, wenn es ihnen gelegen kommt. – »Das hier ist kein bisschen privat. Und hier ist mein Ausweis.«

Der Wachhund vom Café Christopher guckte Ehlers sauer an.

»Wir haben hier noch nie Ärger mit der Polizei gehabt.«

»Dann wollen Sie auch sicher nicht gerne welchen *bekommen*, nicht wahr?«

»Wir kümmern uns hier nur um unsere eigenen Dinge.«

»Und was sind das für welche?«

»Was sind das wohl für Dinge in einer Bar?«

»Das können ziemlich viele Dinge sein.«

»Aber das ist ein Club.«

Er sagte das, als würde er einen Royal Straight Flush ankündigen.

»Für wen?«

»Für die Mitglieder des Clubs selbstverständlich.«

»Ich würde gerne hereinkommen.«

»Haben sie einen Durchsuchungsbefehl?«

Ehlers zog die Augenbrauen hoch. Dieser Zerberus schien einige Erwiderungen parat zu haben, die bei ihm auf Resonanz stießen. Er sah ihn sich genauer an, und in seinen Augen leuchtete ein Licht des Verstehens auf.

»Sie sind vorbestraft«, sagte er.

Der Mann zuckte mit den Schultern, als gäbe es für ihn keinen Grund, eine so banale Bemerkung zu kommentieren.

»Schmuggel und Raubüberfall«, fügte Ehlers informativ-vertiefend hinzu.

Immer noch gab es keine Tendenz zu mehr Gesprächigkeit. Vielleicht verfügte der Mann nicht über ein großes Repertoire an Sätzen. Vielleicht *hatte* er schon alles gesagt, was er konnte. Er sah jedenfalls fast danach aus.

»Gut«, sagte Ehlers. »Sie können selbst entscheiden. Entweder lassen Sie uns *jetzt* hinein, oder ich gehe zehn Meter zur nächsten Telefonzelle, hole mir einen Durchsuchungsbefehl und führe eine gründliche und ganz legale Razzia mit zwölf Beamten, Einsatzwagen und Verhör sämtlicher Anwesenden durch. Wir sind genug Leute, um in der Zwischenzeit die Tür im Auge zu behalten.«

Der Grobian hatte daran zu kauen, war aber nicht gerade ein Schnellkäuer.

»Was wollen Sie eigentlich?«, fragte er endlich, als hätte er einen ganzen Tag in tiefster Einsamkeit gebraucht, um sich zu so einer markanten und schlagkräftigen Erwiderung vorzumeditieren.

»Hinein. Ich möchte mit den Angestellten sprechen

und vielleicht mit einigen der Kunden. Es handelt sich um eine Fahndung nach einem Zeugen in einer Mordsache. Ein Zeuge, der gewöhnlich hier verkehrt.«

Der Rausschmeißer stellte keine weiteren Fragen mehr. Er schien auf einmal jegliches Interesse an der Affäre verloren zu haben, öffnete aber schließlich die Tür mit einem müden Blick, als ob *er* jegliche Verantwortung von sich weise, wenn die Leute eben so dumm wären.

»Sie hatten fünf Jahre gekriegt, stimmt's?«, sagte Ehlers zu ihm im Tonfall leichter Konversation, als er durch die Garderobe hineinging.

Es kam keine Antwort. Es kam aber auch keine Forderung nach drei Mal zwanzig Kronen Garderobengebühr. Offenbar hatte man sich auf diesem Gebiet zu einer neuen kundenfreundlichen Haltung entschlossen.

Ehlers und Kaspersen sahen sich mit lauernden Blicken in dem Lokal um, das sie zum ersten Mal betraten. So früh am Abend waren nicht viele Gäste da, vielleicht fünf, aber der Geruch im Lokal war der gleiche wie am Abend vorher, das Nikotin hing immer noch in dichten, schweren Schwaden in dem Raum. Vermutlich lüfteten sie hier nur einmal im Jahr, und wahrscheinlich näherte man sich gerade dem Höhepunkt dieses Jahres.

Ehlers und Kaspersen ließen ihre Bullen-Radaraugen von Tisch zu Tisch gleiten, um einen Überblick über die wenigen Gäste zu bekommen. Ich war mir sicher, einige Gesichter von gestern wieder zu erkennen. Andererseits war ich mir auch sicher, dass eines darunter war, das ich nicht wieder erkennen würde. Es gab immer etwas. Man sollte sich vom Leben nicht allzu viel auf einmal erwarten.

Der Barkeeper war derselbe wie gestern. Er sah mich nicht gerade besonders herzlich an. Na ja, vielleicht versuchte er nur seine Rührung über unser Wiedersehen zu verbergen, um nicht unmännlich zu erscheinen. Vielleicht wurde ich allmählich einfach zu kritisch, aber ich vermisste die überströmende menschliche Wärme in seinem Blick und seiner Haltung. Ich war froh, nicht allein in dieser kalten Welt zu sein.

Die Gäste schienen, wie durch einen Zauber, völlig fest gefroren zu sein. Von der Betriebsamkeit, die ich gestern hatte beobachten können, war nichts zu bemerken. Keiner von ihnen sagte ein Wort, keiner von ihnen schien den anderen überhaupt zu kennen, sie saßen alle da, als wäre jeder in seiner eigenen Welt eingeschlossen, und warteten – offenbar ohne Interesse – den Gang der Ereignisse ab.

Einen Augenblick lang überlegte ich, wie viele von ihnen wohl mit Schraubenschlüsseln oder Springmessern ausgerüstet sein mochten.

Während scheinbar die ganze Welt vorübergehend still stand und niemand etwas sagte und keine anderen Anzeichen für Aktivismus zu beobachten waren, als dass einer der Typen ein Bierglas hob und dies leerte, sahen Ehlers und Kaspersen sich Willy Fontanas Fresken mit den animalischen Penissen an. Die beiden machten nicht gerade den Eindruck eifriger Touristen, die sich bewundernd um die Akropolis drängen. Sie glichen eher Mitgliedern des Christlichen Rundfunkhörer-Vereins, die ein Bordell inspizierten.

Ehlers schloss einen Moment lang die Augen, wie um sich selbst davon zu überzeugen, dass er Halluzinationen hätte. Dann öffnete er sie wieder, stellte fest, dass *er* keine hatte, und ging zum Tresen. Kaspersen und ich folgten ihm wie zwei artige Schuljungen im Schlepptau des Vaters.

»Was wünschen Sie?«, sagte der Barkeeper. Während er dies sagte, blickte er auf. Seine Augen waren genauso ausdruckslos wie seine Stimme.

»Sind Sie der Wirt hier?«, fragte Ehlers.

»Ich bin der Geschäftsführer, nicht der Eigentümer.«

»Wie heißt der Eigentümer?«

»Manuel Thomsen.«

Es gab keinen Grund, darüber verblüfft zu sein. Manuel Thomsen war jahrzehntelang die rechte Hand des Königs der Unterwelt und führenden Dunkelmannes von Vesterbro, Victor Valentin, gewesen, der nur unter dem Namen ›Der Dünne‹ bekannt gewesen war. Sie waren zusammen in die Schule und seitdem ihren ganzen Lebensweg gemeinsam gegangen – eine ereignisreiche, bunt zusammengewürfelte Reihe von Stationen, von Alkoholschmuggel über Bordellgründungen und Drogenhandel bis hin zu Immobilienspekulationen, zweifellos gewürzt mit einigen wenigen schnellen Raubmorden. Nachdem ›Der Dünne‹ erschossen worden war, hatte der Schwarze Manuel, wie *er* genannt wurde, mit der Selbstverständlichkeit eines Thronfolgers die Leitung des Imperiums übernommen.

Es war ein großes Imperium. *Wie* groß es war, hatte noch niemand ganz herausfinden können, aber es war jedenfalls groß genug, dass den meisten die Lust verging, das zu versuchen. Es gab Häuser, Hotels, Bars, Bordelle. Es war nichts Merkwürdiges daran, dass der Schwarze Manuel auch eine Schwulen-Bar kontrollierte. Das zeigte nur, dass er ein Mann mit einem breit gefächerten Arbeitsspektrum und vielseitigen Interessen war.

Ehlers sah auch nicht weiter überrascht aus.

»Und nun?«, fragte er. »Gibt es ein Hinterzimmer, wo wir ungestört miteinander sprechen können?«

»Es *gibt* ein Hinterzimmer«, sagte der Mann unwillig. »Aber ich kann die Kunden nicht allein lassen.«

»Schließen Sie die Tür und sagen Sie dem Türsteher, er soll für fünf Minuten die Bar übernehmen.«

Er hätte gerne Nein gesagt, aber er konnte Ehlers ansehen, dass das nicht die richtige Antwort gewesen wäre. Er postierte den Gorilla hinter dem Tresen und schloss die Tür mit einigem Nachdruck. Als die Tür ins Schloss fiel, schauten alle Gäste hin. Sie schienen eine offene Tür vorzuziehen.

»Niemand verlässt das Lokal«, sagte Ehlers zu Kaspersen, der am Bar-Tresen stehen blieb.

Der Barkeeper führte uns andere in ein kleines, dreckiges Hinterzimmer mit einem Küchentisch und einem Schreibtisch. Das Spülbecken quoll über von Kaffeebeuteln und Zigarettenstummeln. Auf dem Tisch standen Unmengen von Flaschen, die nicht alle mit der vorgeschriebenen Banderole versehen waren.

Der Barkeeper fegte einige Kartons Zigaretten von einem verschlissenen Sessel herunter und zeigte ihn Ehlers mit einer Miene, als überließe er *ihm* den Reichtum und die Herrlichkeit der ganzen Welt. Er selbst setzte sich auf einen gichtbrüchigen Schreibtischstuhl, der unter seinem Gewicht ächzte und hoffnungslos davon zu träumen schien, statt ihm einem jungen appetitlichen Teenager in einer etwas leichteren Gewichtsklasse Platz zu bieten. Der Barkeeper steckte sich eine Zigarette an und sah Ehlers an.

»Nun«, sagte er dann nur.

»Ihr Name?«

Ehlers schlug den bei Verhören üblichen formellen Ton an. Korrekt und unbeschwert, wie ein Stromableser, der bei einem an der Tür schellt und den Wattverbrauch des vergangenen Quartals überprüft.

»Flemming Hoff.«

»Ausweis?«

Er fischte eine Brieftasche heraus und kramte einen Personalausweis hervor. Die Brieftasche klappte er sehr schnell wieder zu.

Ehlers warf einen kurzen Blick auf den Ausweis und gab ihn ihm zurück – nicht jedoch ohne zuvor die darin enthaltenen Informationen zu notieren.

Während die beiden Herren untereinander ihren Hahnenkampf austrugen, kümmerte sich niemand um mich. Ich blickte durch ein Fenster auf einen Hinterhof, wo der Regen – soweit man überhaupt durch die dreckigen blinden Fensterscheiben hindurchsehen konnte – auf das Wellblechdach eines Fahrradschuppens trommelte.

Ein hübscher Klang. Ich wäre gerne draußen gewesen, um ihn besser hören zu können.

Eine Minute später war dieser Wunsch noch stärker geworden. Ehlers klappte nämlich sein Notizbuch vorläufig zu, räusperte sich formell und sagte:

»Dies ist ein Verhör in einer Mordsache. Wir suchen einen wichtigen Zeugen, wir konnten bislang mit dem Betreffenden nicht in Verbindung kommen, und wir haben erfahren, dass Sie ihn kennen. Was können Sie uns über Willy Fontana sagen? Haben Sie seine Adresse?«

Der Barkeeper schien völlig cool zu bleiben. Er warf mir einen Blick zu, der etwa so viel sagte wie: Du, jetzt kommt's. Ein Blick von der Art, wie ihn ein

Elfmeterschütze in einem Fußballspiel dem Torwart senden würde, in der Hoffnung, ihn schon vorher zum Zittern zu bringen.

Dann antwortete er, langsam und sorgfältig, als wollte er sicher sein, dass jedes Wort auch in die Ohren eines ziemlich schwerfälligen Analphabeten einsickern würde:

»Ich kenne ihn, ja. Aber ich habe keine Adresse. Und ich habe ihn seit gestern nicht gesehen.«

Und gerade als Ehlers eine neue Frage stellen wollte – eine Zusatzfrage, wie man in parlamentarischen Kreisen sagt –, glotzte er mich böse an und ließ seine kleine, abgefeimte bereits geplante Bombe platzen.

»Aber ich verstehe nicht, warum Sie nicht lieber Ihren Freund da fragen«, sagte er. »Er hat doch gestern Abend die Bar zusammen mit Willy verlassen.«

21

Ehlers wandte mir sein Gesicht gerade so weit zu, dass er mir in die Augen sehen konnte – so wenig demonstrativ wie möglich. Er bewies freundschaftliche Loyalität in Anwesenheit Dritter, die noch schlechteren Umgang hatten als ich. Nichtsdestoweniger war es ein harter und kalter Blick, den ich schon früher bei ihm gesehen hatte, der jedoch nie – mehr – mir selbst gegolten hatte.

»Das ist eine Lüge«, sagte ich.

Meine Stimme hörte sich krächzig an.

Ich hatte einen ganz trockenen Hals.

Ich hatte einen Drink und eine Zigarette nötig.

Das letztgenannte der beiden Objekte zündete ich mir an. Ich erwiderte Ehlers Blick – geradeheraus und ehrlich. So ehrlich ich nur konnte. Ich tat mich dabei nicht leicht, denn ehrliche Leute waren mir immer vorgekommen, als litten sie an einer besonderen – wenn auch seltenen – Behinderung.

Er seinerseits ließ langsam seine Augen – mehr stand ihm nicht zur Verfügung – hinüber zum Barkeeper schweifen, mit dem gleichen Ausdruck darin, wie er mir soeben gegolten hatte.

»Ich kann es beweisen«, sagte der Barkeeper. »Und das können auch einige Gäste, die da drinnen sitzen.«

Einen Moment lang flackerte Ehlers' Blick zwischen uns beiden hin und her, wie die Blicke der Zuschauer, die mit hin- und hergewendeten Köpfen die Ballwechsel bei einem Tennisspiel verfolgen.

Dann wurde das Tête-à-Tête unterbrochen. Von der anderen Seite der Tür, drinnen im Lokal, ertönte ein dumpfer Knall – wie von einem – ohne weiteren Widerstand – umstürzenden Tisch. Auf den Knall folgten ein paar leisere Laute und etwas, das sich wie ein Heer von Tausendfüßlern in einem in Stereo übertragenen Trabrennen anhörte.

Ehlers sprang hoch und rannte zur Tür hinaus.

Der Barkeeper und ich folgten ihm – ich als Letzter.

Wir kamen in einen nahezu menschenleeren Raum. Ein Tisch war tatsächlich umgekippt, und ganz hinten am Bar-Tresen lag ein zerbrochener Stuhl.

Und vor dem Tresen stand der Türsteher und versuchte anscheinend Kaspersen auf die Beine zu helfen, als ob er dabei singen würde ›Sei immer kecken Mutes, wenn du gehst‹. Die beiden waren die Einzigen, die noch da waren.

Sie gaben wirklich ein hübsches Paar ab, der große,

tollpatschige, unrasierte Gorilla und der schlanke, gepflegte Polizist. Sie glichen dem klassischen *ewigen* Komikerpaar aus einem alten, englischen Varietéstück.

Die Tür stand weit offen. Zum ersten Mal in diesem Jahr drang ein zaghafter Hauch großstädtischer Abendluft durch die Garderobe in den Salon hinein. Eine ganz erfrischende Neuheit.

»Mach die Tür zu«, sagte Ehlers.

Zu *mir*, trotz allem.

Als ich zurückkam, nachdem ich etwas von dem erfrischenden, kostenlosen Frederiksberg'schen Sauerstoff geschnüffelt hatte, waren er und der Barkeeper gerade dabei, Kaspersen mit nassen Umschlägen zu befeuchten. Kaspersen stöhnte schwach. Ehlers ließ seine Finger mit langsamen, methodischen Bewegungen über ihn und seinen Kopf gleiten, wie ein empfindsam diagnostizierender Physiotherapeut.

»Kaffee, Cognac«, sagte er zum Barkeeper. – »Schnell. Wo können wir ihn hinlegen?«

Der Barkeeper schickte sich an, auf einer wenig Vertrauen erweckenden automatischen Kaffeemaschine, die aus der Zeit vor dem Ersten Weltkrieg zu stammen schien, Kaffee zu brauen. Er blickte dabei leicht missbilligend, als wäre *er* nicht das erste Mal in so einer Situation und als wäre es im Übrigen völlig überflüssig gewesen, *ihm* in einem solchen Fall Weisungen zu erteilen.

Ehlers, der Türsteher und ich trugen Kaspersen zu einem Sofa in der hintersten Ecke des Lokals und betteten ihn so vorsichtig darauf, wie wir konnten. Was gar nicht so leicht war.

Selbst schlanke, gepflegte Bullen können einiges wiegen, auch wenn ein bärenstarker Türsteher mithilft.

Wir stützten Kaspersens Kopf so gut wie möglich mit einem Kissen unter dem Nacken in der Sofaecke, sodass er jedenfalls nicht herunterfallen konnte.

»Was ist passiert?«, fragte Ehlers, bissig wie ein Wachhund, unseren lokalen Zerberus.

Die Kaffeemaschine hinter uns fauchte so hitzig, als wäre sie, was die momentan zulässige Temperatur anging, ganz auf Ehlers' Wellenlänge.

»*Ich* hab damit nichts zu tun.«

»*Was – ist – passiert?*«

»Er ist an den Tresen gekommen, um mit mir zu reden, und hat mich Verschiedenes gefragt. Wie lange wir geöffnet hätten, wie alt dieses Lokal sei und all so was.«

»Und *dann?*«

»Dann hat einer der Kunden plötzlich den Tisch umgestoßen, und wir haben beide dahingeguckt. Als wir den Kopf wendeten, ist einer von der anderen Seite gekommen und hat ihm mit einem Stuhlbein auf den Hinterkopf geschlagen, und dann sind sie alle rausgelaufen.«

»Und *Sie* haben nichts tun können?«

»Gegen *fünf* Mann? Außerdem waren die weg, ehe ich's bemerkte. Und dann habe ich versucht, Ihrem Mann aufzuhelfen.«

»Kennen Sie die?«

»Einige von ihnen hab ich schon mal gesehen – die kommen manchmal hierher. Aber ich weiß nicht, wie sie heißen.«

»Wollen Sie mir wirklich einreden, dass sie noch nie einen von ihnen mit ›Hei, John‹ – oder einem anderen Vornamen – angeredet haben?«

»*Ich* mische mich nicht in solche Sachen ein.«

Ich konnte Ehlers ansehen, dass er, wie er so dastand und anscheinend – gereizt, aber technisch beherrscht – mit leerem Blick in die Luft starrte, das Gleiche dachte wie ich: Der Bericht des Barkeepers war genauso wahrscheinlich, wie es andererseits eine 50-prozentige Chance gab, dass er falsch war, und man konnte unmöglich mit 100-prozentiger Sicherheit sagen, welche Hälfte davon nun stimmte, jedenfalls bis Kaspersen wieder zu Bewusstsein kommen würde – und vielleicht noch nicht einmal dann.

Ehlers wandte sich zu dem Barkeeper, der mit Kaspersens Cognac kam, ohne dabei ein allzu stressiges Tempo an den Tag zu legen.

»*Sie* kannten wohl einige von ihnen?«

»Auf die gleiche Weise.«

»Das hier ist ein *Club*, habe ich gehört. Das müssen Mitglieder gewesen sein. Es muss doch eine Mitgliederliste geben?«

Der Barkeeper und der Türsteher tauschten einen schnellen, verschwörerischen Blick. Mehr als zuvor waren sie sich in diesem Augenblick sehr ähnlich.

Und dieser Augenblick dauerte lange.

»Nun?«, sagte Ehlers.

»So was haben wir hier nicht«, sagte der Barkeeper. »Jedenfalls nicht hier.«

»Wo dann?«

»Weiß ich nicht. Ich bin nur der Geschäftsführer.«

»Das weiß ich. Aber wie führen *Sie* einen Club, ohne zu wissen, wer Mitglied ist?«

»Das sieht man denen an.«

Ehlers verfolgte diese Diskussion nicht weiter. Stattdessen tat er etwas, was ich vorher noch nie bei ihm gesehen hatte.

Sorgfältig und ohne etwas zu verschütten, stellte er den Cognac auf den nächsten Tisch, fuhr mit einer

Hand in die Jackentasche – und zog eine Pistole heraus. Keine gewaltige Waffe, eher ein kleines glänzendes – mancher würde sagen ›feminines‹ – Ding, aber doch eine Pistole.

»Los, an die Wand«, sagte er, lakonisch wie in einem Gangsterfilm.

Sie gehorchten, als wären sie die Schauspieler in einem Film und er der Regisseur. Sie stellten sich freiwillig an das einzige zur Verfügung stehende Stück Wand ohne Tische, genau an die Wand mit Willy Fontanas künstlerischen Kleinodien. Sie nahmen sogar, ohne dazu aufgefordert zu werden, die Arme hoch. Sie kannten die Vorschriften.

»Sie sind beide festgenommen«, sagte Ehlers lakonisch.

Die Kaffeemaschine stieß einen durchdringenden Seufzer aus, als hätte sie nun doch nicht damit gerechnet, dass es *so weit* kommen würde.

»Mach den Kaffee aus«, sagte Ehlers zu mir, ohne seine Pistole von der Stelle zu bewegen, – »und dann ruf am Halmtorvet an. Lass dir den Diensthabenden geben, sag ihm, es sei in meinem Auftrag, und sag, sie sollen mir *umgehend* einen Einsatzwagen und sechs Beamte liefern. Sag, dass es zum Teufel noch mal eilt.«

Ich gehorchte dem Befehl. Ich machte den Kaffee aus und verbrannte mich dabei, allerdings nicht so schlimm, wie es Kaspersen erwischt hatte. Er bewegte sich immer noch nicht auf seinem Sofa, atmete aber so pfeifend, dass es durch den gesamten Raum drang, nachdem die Kaffeemaschine erst einmal ausgeschaltet war. Wo die Luft so knapp war, konnte man sich über eine lächerliche Brandwunde nicht beschweren.

Von dem Münzfernsprecher links vom Tresen rief ich die Polizei am Halmtorvet an, wobei ich ständig auf Ehlers' unbeweglichen Rücken starrte. Er stand mit *seinem* Bart wie eine Statue da, fast wie die von Holger Drachmann. Die beiden Typen standen auch wie Statuen da, nur dass ihre Namen nicht überliefert waren. Das Ganze ähnelte einer Skulpturen-Gruppe in einer modernen Version des Thorvaldsen Museums.

Hinsichtlich der Telefonverbindung dauerte es – wie immer, wenn es *wirklich* dringend ist – anscheinend unendlich lange, um durchzukommen. Endlich erreichte ich einen trägen Diensthabenden. Der träge Diensthabende klang innerhalb von fünfzehn Sekunden, als hätte man ihm eine dreifache Überdosis an Amphetaminen, direkt und unerwartet, intravenös injiziert.

»Vier Minuten«, sagte ich zu Ehlers.

Das war mir einfach so herausgerutscht. Danach hatte ich meine Zweifel, ob ich es hätte sagen sollen.

Mangelnde Routine. Anfängerfehler.

Aber es schien egal zu sein.

»Nimm deine Pistole«, sagte Ehlers zu mir. – »Wenn's Ärger gibt, nimmst du den links, ich den rechts. Schieß in die Beine.«

Ich wollte Ehlers gerade sagen, dass die einzige Waffe, die ich hatte, ein Schraubenschlüssel war, als die letzten Reste meiner eingerosteten Intelligenz wieder zu funktionieren begannen. *Er* wollte nur nichts riskieren, und *sie* würden hinter ihrem Rücken nichts sehen können. Um *das* zu können, hätten sie geborene Magier oder Artisten sein müssen, und nicht Angestellte in einer Bar.

Ich zog also meine ›Pistole‹ und stand einige Minuten mit der imaginären Schusswaffe da und hielt sie in Schach. Ich freute mich schon darauf, später einmal meinen Enkeln davon erzählen zu können.

»Sie haben verdammt viel Vertrauen zu dem Typen«, sagte der Barkeeper sauer zur Wand hin gerichtet.

»Das Vertrauen ist jedenfalls größer als das, mit dem *ihr* rechnen könnt«, sagte Ehlers sachlich und berechnend.

»*Ich* lüge nicht. Er *ist* gestern zusammen mit Willy von hier weggegangen. Mein Bruder kann das bezeugen.«

»Yes«, sagte der Türsteher. Er sagte das wie jemand, der eine gewisse Routine darin hatte, ›yes‹ zu sagen.

›Mein Bruder‹!

Jetzt konnte ich die Ähnlichkeit zwischen den beiden besser verstehen.

Ich war froh, dass nicht auch noch der Rest der Familie anwesend war.

»Ich bin gestern hier gewesen«, sagte ich müde und in die Defensive gedrängt. »Und es stimmt, dass ich nicht allein gegangen bin. Ein Typ namens Marcus hat mich begleitet. Er hatte gesagt, er wollte mir von Fontana erzählen, aber letztlich wollte er doch nicht.«

»Sieh mal einer an, wollte er nicht?«, knurrte der Barkeeper. Er schien eine besondere instinktive Animosität gegen mich entwickelt zu haben. – »Sieh mal einer an, wollte er gar nicht? *Er* hätte eigentlich am ehesten dafür in Frage kommen müssen. Er hätte doch über sich selbst eine Menge wissen müssen, oder?«

Mir schien es in der Bar allmählich ein bisschen heiß zu werden. Mein Hemd war aus unerklärlichen Gründen eingeschrumpft.

Ehlers hörte aufmerksam zu – ohne seine Stellung zu verändern.

»Ja, Willy Marcus Fontana«, sagte der Barkeeper

abschließend und mit Nachdruck. »Für Freunde nur ›Marcus‹. Und *hier war* er unter Freunden.«

»Er hat mir nicht *gesagt*, dass er Willy Fontana sei …«, kam es à-la-Kaspersen lahm aus meinem mittelmäßig konstruierten, weniger konstruktiven Mund.

»Dann wird er sich wohl auch nichts aus Ihrer Gesellschaft gemacht haben«, lautete die knappe, kühle Antwort.

»*Sie* hatten mir gesagt, dass er nicht hier wäre.«

»Ich hatte ihnen das gesagt, weil mein Kunde mich dazu angewiesen hatte. Wenn er sich entspannen wollte, wünschte er mit überhaupt niemandem zu sprechen.«

Ehlers sah mich fragend an.

Sehr fragend.

Dann hörten wir die Polizeisirenen durch die Allégade heranheulen, jetzt bogen sie um die Ecke am Herman-Bangs-Vej, und eine Sekunde später wies Ehlers mich – ohne dass sich sein nachdenklicher Gesichtsausdruck veränderte – mit einer Handbewegung an, seine Sturmtruppen hereinzulassen.

Sie kamen angebraust wie die Kavallerie in einem Western.

22

Die sechs Mann wurden von Kellermann angeführt, ein großer, stattlicher, zuverlässiger Bulle, dem ich schon früher begegnet war und den ich jederzeit mit Begeisterung wiedersehen würde, auch unter weniger dringlichen Umständen als diesen hier. Kellermann glich einer Mischung aus Heinzelmännchen und Ib Schønberg in alten Volkskomödien oder vielleicht am ehesten dem durstigen dicken Mann auf der Landstraße von den alten Tuborg-Plakaten. Nicht wenige hatten sich im Laufe der Zeit von diesem Eindruck täuschen lassen. Niemand kann so gefährlich sein wie einer, der so übertrieben friedlich aussieht.

Zwei der sechs Mann hatten ihre Pistolen gezogen. Ehlers winkte ab.

»Das sind Flemming und Allan Hoff«, sagte er gewandt, als würde er sie auf einer vornehmen Abendgesellschaft in die besseren Kreise einführen. »Nehmt sie in Gewahrsam!«

Kellermann und einer seiner Kollegen griffen sich jeweils einen Mann. Ehlers steckte zufrieden seine Pistole wieder in die Tasche.

»Wie lautet die Anklage?«, fragte Bruder Barkeeper, als sie hinausgeführt wurden. Das Sprechen war offenbar *seine* Spezialität. Bruder Türsteher sah aus, als würde *ihn* nichts dazu bewegen können, die Lippen freiwillig auseinander zu kriegen.

»Verdacht auf Beihilfe zu einem Verbrechen, Verdacht auf Schmuggel, Verdacht auf Beihilfe zu illegalem Barbetrieb und Verdacht auf Versuch, die Arbeit der Polizei zu behindern«, sagte Ehlers. »Das reicht wirklich für einige Tage, würde ich tippen, nur so auf Verdacht.«

»Wir haben das Recht, innerhalb von 24 Stunden dem Untersuchungsrichter vorgeführt zu werden«, sagte der Barkeeper, der – solidarisch gestützt von Kellermann – bereits auf dem Weg zur Garderobe war.

»Das habt ihr«, sagte Ehlers. »Wahrlich, das habt ihr.«

»*Es sei denn*«, ergänzte Kellermann, der mit einem kräftig-liebevollen Griff die Schultern des Barkeepers umklammert hielt – »es sei denn, ›besondere Umstände‹ sprächen dagegen, stimmt's, Chef?«

»Genau, Kellermann. ›Besondere Umstände‹. Ein guter Begriff.«

Erst jetzt entdeckte Kellermann in der düsteren, schummrigen Beleuchtung Kaspersen. Sofort nahm sein ganzes lustiges, gutmütiges Gesicht einen besorgten Ausdruck an, als wäre ihm mit einem Mal bewusst geworden, dass das Leben – allen Erwartungen zum Trotz – kein ununterbrochenes Fest war, auf dem rund um die Uhr Hering und Schnaps serviert wurden.

»Kommt er wieder klar?«, fragte er ruhig. Seine Stimme schien seit seinen letzten Worten etliche Dezibel eingebüßt zu haben.

»Ja. Schafft die da raus, ich rede später mit denen. Lass vier Mann hier, um die Spelunke zu durchsuchen.«

Wie herrlich musste das sein, dachte ich, so einfach Befehle zu geben, die immer befolgt wurden. Gott sprach ›Es werde Licht!‹, und es ward Licht. Ehlers sagte ›Lass vier Mann hier!‹, und vier Mann blieben hier. Um die Spelunke zu durchsuchen.

Und das taten sie auch. Einer wurde an die Tür geschickt, falls Kunden kämen, die anderen bekamen das Hinterzimmer, die Toiletten und den Bar-Tresen zugewiesen, und jeder legte in seinem geografischen Zuständigkeitsbereich los.

Währenddessen öffnete Ehlers behutsam Kaspersens Kiefer und schüttete ihm den Cognac zwischen die Zähne.

Kaspersen schüttelte sich ein bisschen und klapperte mit dem Gebiss. Dann folgte der Kaffee und diesem eine zuckende Bewegung des Nackens, die darauf hindeutete, dass das Erwachen bevorstand.

Er versuchte – mit halb geöffneten Augen – aufzustehen. Einmal, zweimal.

Beim dritten Mal schaffte er es. Er stand unsicher schwankend da, wie ein Betrunkener, der sich gegen starken Wind stemmt, aber er stand. Er sah Ehlers verwirrt an.

»Hier«, sagte dieser und reichte ihm noch mehr Cognac. »Trink ruhig. Du bist bis auf Weiteres vom Dienst befreit.«

»Das ist nicht nötig«, sagte Kaspersen, so langsam und unbeholfen, als versuche er, nach zwei Stunden auf einer Berlitz School die ersten Wörter in einer Fremdsprache auszusprechen. – »Es geht gleich wieder.«

Aber er setzte sich doch hin.

»Wie ist das passiert?«, fragte Ehlers. Er stellte die Frage etwas gelassener als das letzte Mal.

»Der Barkeeper – also der Türsteher, der hinter dem Tresen stand – fing zu quasseln an. Ich stand da hinten, um den Überblick über den Raum zu haben. Ich dachte, es würde nichts ausmachen, ihn drauflosabern zu lassen.«

»*Er* hat angefangen zu quasseln?«

»Ja. Er hat gefragt, ob ich etwas zu trinken haben möchte, und als ich Nein sagte, hat er mich einfach weiter unterhalten.«

»Das hab ich mir schon gedacht. Und während du ihn angesehen hast, hat sich einer von hinten an dich rangeschlichen?«

»Und dann war da noch einer, der einen Tisch umkippte und dadurch alle abgelenkt hat, ja. So muss es passiert sein.«

»Würdest du die, die hier waren, wiedererkennen?«

»Jedenfalls drei von ihnen.«

»Ich auch«, warf ich ein. »Ich habe drei dieser Visagen gestern schon gesehen.«

»Ausgezeichnet«, sagte Ehlers zu Kaspersen. »Geh erst mal nach Hause und ruh dich aus.«

Mich ignorierte er völlig. Auch was die Cognac-Verteilung betraf, fühlte ich mich – empfindlich und verletzlich, wie ich war – unangemessen diskriminiert.

»Ist nicht nötig«, wiederholte Kaspersen störrisch. »Wenn ich nur noch ein bisschen hier sitzen bleiben kann …«

»Das ist ein Befehl«, sagte Ehlers mechanisch. »Du tust, was ich sage. Du bist der Zweite von unseren Leuten, der in den letzten vierundzwanzig Stunden niedergeschlagen wurde.«

»Und ich habe über Falk gelästert!«, antwortete Kaspersen, während er sich an den Hinterkopf fasste. »Dabei bin ich in genau die gleiche Falle gelaufen.«

»Wie ich schon sagte: Das hätte *jedem* passieren können«, antwortete Ehlers. »Ich glaube, du stimmst mir jetzt zu.«

»Ja«, gestand Kaspersen, mit dem etwas schwachen Anflug eines entkräfteten selbstironischen Lächelns. »Und *ich* sagte, es hätte nicht passieren *dürfen*. Und das meine ich immer noch.«

Sie verabschiedeten sich voneinander wie Vater und Sohn. Während sie in ihre familiären Herzlichkeiten vertieft waren, fand ich eine Flasche Whisky am Bar-Tresen, sogar guten Whisky, und schenkte mir ein ordentliches Glas ein. Vielleicht nicht ganz den Vorschriften des Gaststättengesetzes entsprechend, aber niemand schien Einspruch zu erheben.

Der Whisky half.

Ein wenig. *Zu wenig.*

Kaspersen wurde von dem Bullen nach Hause begleitet, der die Toiletten durchsucht hatte und bereits mit leeren Händen wieder zurückgekommen war.

Ehlers kam zu mir hinter den Bar-Tresen, wo ich mir gerade einen weiteren Whisky einschenkte. Er sah mich kopfschüttelnd an.

»Gib mir auch einen«, sagte er. »Und leg Geld in die Kasse. Und dann spuck endlich aus! Es wäre mir eine Freude zu erfahren, wer hier der führende Lügenbold ist, die Brüder Hoff oder du.«

Ich schenkte ihm ein. Barkeeper zu sein war ein angenehmes Gefühl. Es war ein gutes Gefühl, einfach so dazustehen und Flüssigkeit in Gläser zu gießen. Besonders, wenn man nicht zu zahlen brauchte. Wenn man sogar dafür bezahlt wurde. Vielleicht sollte ich – wie so viele andere – mein Hobby zum Beruf machen.

Dann begann ich mit meiner Beichte.

»Ich habe dir erzählt, dass ich gestern Abend hier war. Das war gestern Abend, nicht wahr? Es kommt einem schon wie eine Ewigkeit vor.«

»Überlass die Ewigkeit den Priestern. Das ist *deren* Job. Erzähl!«

»Ich habe Bruder Hoff gefragt, ob Fontana da wäre. Er sagte Nein, aber dass er vielleicht später auftauchen würde. Ich ging rein, wartete und bekam einen Whisky bei dem anderen Bruder Hoff. Ein Typ, den die anderen Marcus nannten, lud mich an seinen Tisch ein und fing an mich zu befummeln. Er sagte, er wüsste, wo Fontana wohnt, und dass er mich gern dahin begleiten würde.«

An der Tür gab es jetzt Lärm. Eine Stimme verlangte, hereingelassen zu werden. Eine andere Stimme verlangte, den Ausweis der ersten Stimme zu sehen.

»Wir checken jeden, der kommt«, sagte Ehlers trocken. »Und dann?«

»Dann, als wir aus dem Lokal raus waren, hat er mich mit einem Schraubenschlüssel angegriffen. Hier ist er.«

Ich legte ihn auf den Bar-Tresen. Abbildung 1. Ehlers war geradezu beeindruckt.

»Und *du* hast gewonnen?«

»Ich weiß, das klingt unwahrscheinlich, aber es war tatsächlich so. Mit einem Knock-out.«

»Offenbar steckt doch mehr in dir als nur Whisky.«

»Nicht gerade verdammt viel – es reicht so gerade. Aber was mich betrifft, endet die Story hier. Ich bin ihm entkommen und hab den Schraubenschlüssel als Souvenir mitgenommen, und dann bin ich ins Havanna gegangen.«

»Warum hast du das nicht schon früher gesagt?«

»Wie hätte ich wissen sollen, dass das etwas mit dem Fall zu tun haben könnte?«

»Das ist doch gar nicht das Entscheidende. Ein Überfall an sich ist ein Fall für die Kriminalpolizei.«

»Aber ich weiß doch, wie viel ihr zu tun habt. Ihr habt viel zu viele Kleinigkeiten um die Ohren. Und es ist ja auch nichts passiert – *mir*, jedenfalls.«

Hinter uns öffnete sich die Tür, und der Hinterzimmer-Prüfer kam heraus. Ein Bulle, wie ich noch keinen vorher gesehen hatte, ein rotwangiger, fünfundzwanzigjähriger Typ, der einem kürzlich, frisch vom Rübenacker importierten Bauern ähnelte. Er zuckte mit den Schultern, ganz stolz, als hätte er das gerade gelernt.

»Nichts außer einigen Flaschen ohne Banderole«, sagte er. Seine Enttäuschung war ihm deutlich anzumerken.

»Das ist in allen Kneipen so«, antwortete Ehlers, wobei er das Schulterzucken erwiderte, als wären sie beide Höflinge in einer französischen Komödie, die Komplimente austauschten. – »Egal, was wir machen, wir bekommen nie eine andere Erklärung als die, dass es sich um Flaschen handelt, die der Kellner angeblich auf einer kleinen Urlaubstour südlich der Grenze für seinen Privatverbrauch eingekauft und bloß im Hinterzimmer ›bis auf weiteres‹ aufbewahrt hat. Gibt es da *überhaupt nichts* anderes?«

»Haufenweise Müll, das ist alles. Es stinkt.«

»*Alles* stinkt hier. Geh trotzdem den Müll durch, Jacobsen.«

Mit einem dritten und vorläufig letzten Schulterzucken ging Jacobsen wieder.

Erneut entstand Lärm an der Tür. Erneut wurden Stimmen laut.

»Um diese Zeit kommen wohl gewöhnlich die meisten Gäste«, sagte ich.

»In der Tat«, sagte Ehlers. »Das ist bei den meisten Kneipen so. Hast *du* irgendeine Ahnung, wo wir *jetzt* Willy Marcus Fontana finden könnten?«

Jetzt wurde es wirklich eng, und das war noch untertrieben. Ich konnte genauso gut Farbe bekennen. Ich leerte mein Glas und machte eine kurze Pause, während ich in das dreckige, gelbliche Licht starrte und von draußen die lauter und leiser werdenden Stimmen hörte.

Dann tat ich einen tiefen Atemzug, so tief wie die Sargasso-See und sagte die Wahrheit:

»Ja«, sagte ich. »Ja, ich habe eine glänzende Idee,

wo er sein könnte. Wenn Fontana und mein Freund Marcus dieselbe Person sind, glaube ich, können wir ihn im Städtischen Krankenhaus finden. Genauer gesagt, im Leichenschauhaus.«

23

Sag das noch mal«, sagte Ehlers. Jetzt sah er so aus, als hätte *er* einen Schlag auf den Hinterkopf bekommen – mit einem stumpfen Gegenstand, zum Beispiel einem Stuhlbein.

»Kannst du dich an die erste Leiche erinnern, die wir gestern im Keller des Krankenhauses gesehen haben?«

»Ja klar! Ich bin doch nicht senil.«

»Das war Marcus. Es war jedenfalls der, den *ich* als Marcus getroffen habe.«

»Die ›nicht identifizierte männliche Leiche‹?«

»Genau.«

»Ja, aber dann ...«

Einen Moment lang machte Ehlers den Eindruck, als würde er sich so tief in Gedanken vergraben, dass eine elektronische Spezialausrüstung der Radar- und Scannerbranche erforderlich wäre, ihn wieder an die Oberfläche zu holen. Dann kam ihm ein Gedanke – genau der, den ich erwartet hatte.

»Warum hast du nichts gesagt?«

»Was hätte ich sagen sollen? Ich kannte ja nicht mal seinen Nachnamen. Ich habe auch keine Ahnung, *wie* er starb.«

Der Blick, den er mir zusandte, unterschied sich

nicht mehr merklich von den Blicken, die die Brüder Hoff geerntet hatten.

»Du bist festgenommen«, sagte Ehlers.

»Jetzt entspann dich«, sagte ich.

»Nein, *diesmal* bist du zu weit gegangen«, antwortete er verbissen, »das ist zu viel. Du hältst wesentliche Informationen zurück ...«

»Wobei ich nicht wusste, dass sie wesentlich sind. Vergiss das nicht.«

»Du bist kein Jurist und solltest auch nicht Perry Mason spielen. Und du bist allmählich ziemlich nahe dran. Falls Marcus der Fontana ist, nach dem wir gesucht haben, haben wir *drei* Leichen auf einem Haufen.«

»Ja, eben. Die heilige Dreifaltigkeit: ein Kunsthändler, ein Kunstkritiker und ein Künstler.«

Ehlers sah sich schaudernd die Wand an.

»Würdest du *das* Kunst nennen?«

»Der Kunsthändler tat das jedenfalls. Er zahlte dafür und rechnete damit, auch andere davon zu überzeugen, dass sie zahlten. Was sich als Kunst verkaufen lässt, *ist* Kunst. Kennst du andere stichhaltige Kriterien dafür?«

»Zum Teufel mit den stichhaltigen Kriterien. Wer kann Fontana identifizieren?«

»Die Brüder Hoff, die lieben Kerlchen.«

»Denen traue ich nicht über den Weg.«

»Ich auch nicht. Die lügen doch wie gedruckt.«

»Da sind sie nicht die Einzigen.«

»Ach, hör schon auf.«

»Ich denk gar nicht dran. Ich bin *stinksauer* auf dich!«

»Du hörst dich an wie ein eifersüchtiger Ehemann.«

»Jetzt ist keine Zeit für Witze.«

Der rotwangige Jacobsen kam aus dem Hinterzimmer zurück und starrte seinen Chef bewundernd an, ohne dass er wagte, etwas zu sagen.

Er hatte auch durchaus Grund, sich zu wundern. Sein Inspektor, der normalerweise stets sein seelisches Gleichgewicht bewahrte, hatte einen genauso roten Kopf wie er selbst, allerdings nicht aus den gleichen natürlichen Gründen – es sei denn, man würde akute Raserei als natürliche Ursache ansehen. Die Adern auf seiner Stirn waren angeschwollen, und er saß mit geballten Fäusten da.

Wie ein sterbender Patient, der für einen kurzen Moment ins Leben zurückkehrt, sah Ehlers zu Jacobsen auf.

»Ja?«, sagte er abgehackt.

»Nichts, Chef. Es *gibt* da wirklich nichts. Nur Küchenabfälle und ein paar zerbrochene Rahmen.«

Jacobsen machte den Eindruck, als wünschte er, er könnte sich unsichtbar machen oder wenigstens etwas aus der Luft herbeizaubern, etwas, das seinen Chef in bessere Laune versetzen könnte.

Einen Mörder, zum Beispiel.

Oder einfach verschiedenes, aber verwendbares Beweismaterial.

Sein Wunsch kam zweifellos genauso aus tiefstem Herzen, wie es den Eindruck machte. Aber ich war es, dem es schließlich gelang, die Stimmung zu verbessern.

»Ehlers«, sagte ich, angetrieben von einem unterbewussten Impuls, ohne zu wissen, was ich sagen wollte, bevor ich selbst den Satz hörte, – »hast du gehört, was er gesagt hat?«

»Was?«

»Rahmen.«

»Ja. Ich kann nicht sehen ...«

»Die gestohlenen Gemälde.«

Das wirkte. Er stand sofort auf und ging ein paar Schritte im Kreis herum, die Hände hinter dem Rücken verschränkt.

Ich improvisierte.

»Was würdest *du* tun, wenn *du* Kunstwerke gestohlen hättest?«, fragte ich. Ich sprach jetzt schnell, es war nun mal nicht *so oft*, dass ich eine Idee hatte, schon gar nicht eine, die *so* verrückt war. – »Ich werde es dir sagen. Du wärst gezwungen, die Bilder eine Zeit lang zu verstecken, jedenfalls, wenn sie so bekannt wären wie die, die Liljencrone gestohlen worden sind. Die Experten kennen sie, und allen anderen sind sie völlig egal. Aber trotzdem ziehen sie die Aufmerksamkeit auf sich. Also was machst du? Du nimmst die Rahmen ab, sodass du im buchstäblichen Sinn die Leinwände wie ein Plakat zusammenrollen und sie in ein einfaches Papprohr stopfen kannst. Anstatt zwei sperrige wiedererkennbare Gemälde mit dir rumzuschleppen, hast du jetzt ein fesches, kleines, unverdächtiges ...«

»Ich *habe* schon verstanden.«

»Und auf Rahmen *könnte* es Fingerabdrücke geben, nicht?«

»Jacobsen«, brummte Ehlers, als würde er zu sich selbst oder zu seinem besseren Ich sprechen, als ginge er immer noch in kleinen Kreisen herum, mit missbilligenden Blicken nach allen Seiten. – »An dem, was er sagt, ist was dran. Sammle die Rahmen auf, jedes einzelne verdammte kleine Stück, das du finden kannst, und sieh zu, dass wir sie ins Labor kriegen. So schnell du kannst. Und *mit* Handschuhen!«

Jacobsen sah nicht so aus, als würde er etwas verstehen, aber zumindest war er in der Lage zu verstehen, was man von ihm erwartete. Er legte sofort los.

Ehlers blickte mich immer noch scheel und aggressiv an. Seine Barthaare standen ab wie Igelborsten.

Schon merkwürdig, dass sich die Laune dieses Mannes immer an seinem Bart ablesen ließ.

»Und was die Identifizierung angeht«, sagte ich schnell. »Könnte Anwalt Cortzen ihn nicht identifizieren?«

Es kam keine Antwort, nicht einmal etwas, was man – mit gewissem Wohlwollen – hätte als Grunzen bezeichnen können. Aber er ging doch zum Bar-Tresen, fand ein Telefonbuch, blätterte darin und rief dann vom Münzfernsprecher an.

»Hier Polizeiinspektor Ehlers. Guten Abend, Herr Cortzen. Ich bedauere, Sie stören zu müssen ...«

Glück im Spiel.

Es war, wie ich sah, etwa 20.00 Uhr, nach der offiziellen Zeitrechnung. Nach *meiner* war es fast 3.00 Uhr.

Cortzen sagte etwas.

»Nein, leider«, sagte Ehlers, »wir haben keine großen Neuigkeiten, noch nicht. Aber wenn *Sie* uns bei der Identifizierung einer Leiche helfen könnten ...«

Lange Erwiderung.

»Nein, aber wir haben Grund zu der Annahme, dass es eine Verbindung zu dem Fall gibt. Es wird Sie nicht mehr als eine halbe Stunde in Anspruch nehmen. Wenn Sie mich in einer Viertelstunde am Eingang des Städtischen Krankenhauses treffen könnten ...«

Protestierende Laute.

»Ich muss leider darauf bestehen.«

Ein kurzer Laut.

»Ich danke Ihnen, dann also bis gleich.«

Ehlers legte den Hörer auf und strich sich ein paar Mal über die Stirn, als würde er schwitzen.

»Er hätte heute Abend Gäste«, sagte er. »Aber er kommt.«

Er ging zum Bar-Tresen und trank noch einen Whisky. Er war immer noch nicht er selbst. Er war so wenig er selbst, dass er nicht einmal protestierte, als ich vernünftigerweise seinem zuvorkommenden und brillanten Beispiel folgte.

»Ich rufe jetzt an und bestelle einen Wagen«, sagte er mit einer schlafwandlerischen Stimme, wie ein total zugedröhnter Schlaftabletten-Süchtiger, der meint, seine Mitmenschen in jedes einzelne gleichgültige Detail seiner Unternehmungen einweihen zu müssen.

»Du hast einen Wagen im Drachmannsvej stehen«, erinnerte ich ihn.

Es schien, als würde er seinen mentalen Deckel ein bisschen öffnen. Vielleicht war es nur der Whisky, aber jetzt war ich doch zumindest *drei Mal* konstruktiv gewesen. Was *könnte* nicht alles geschehen, wenn das zur Gewohnheit würde.

Er wies seine Leute an, in der Bar zu bleiben, bis nähere Befehle folgten, und wir gingen zusammen zum Drachmannsvej. Die kühle Luft und der leichte, reinigende Regen, gefiltert von den Bäumen der Allee, war genau das, was ein Arzt verordnet hätte.

Es war befreiend zu sehen, dass es um die Statue von Drachmann herum keine Leichen gab. Das Lorry – mit den munteren roten Lampen – hatte mit all seinem Lärm begonnen, und ein lautes Gelächter drang auf den Bürgersteig heraus, ein vereintes, solidarisches Gelächter eines größeren Publikums. Die

Welt wirkte jetzt ein ganz kleines bisschen normaler. Die Welt wird vermutlich immer dazu tendieren, ein ganz kleines bisschen normaler zu wirken, wenn man aus dem Café Christopher kommt. Es kommt auf den Ausgangspunkt an.

Als wir zum Auto kamen, blickten wir beide zugleich zu Liljencrones Wohnung hinauf, wo kein Licht die polizeiliche Bewachung verriet. Alles war dunkel – wie in einem Grab, wie man sicher zu sagen pflegt.

Ehlers fuhr schweigend.

Am Städtischen Krankenhaus wartete Cortzen bereits vor dem Tor unter dem Vordach; er trug einen schwarzen Anzug von einem Schnitt und einer Qualität, die an sich schon jedes einigermaßen demütige Staubkorn verschreckt haben würde, sofern es sich überhaupt in diese vornehme Gesellschaft gewagt hätte. Über dem Arm trug er einen hellen Mantel, und in der Hand hielt er eine Zigarre; sie roch so, als hätte man für den Preis, der für sie gezahlt worden war, im Rahmen der Entwicklungshilfe alle Einwohner einer ganzen Stadt in Indien mindestens drei Wochen lang mit Reis und Curry versorgen können.

Während wir durch den unterirdischen Korridor zu dem guten alten Leichenraum gingen, lieferte Ehlers kurz und präzise, mit unwillkürlich gedämpfter Krankenhaus-Stimme, einen Lagebericht.

»Ich habe ihn drei, vier Mal gesehen«, sagte Cortzen, genauso gedämpft-kultiviert, »ehrlich gesagt, ohne größere Sympathie. Aber das war ja Eriks Angelegenheit.«

Er zupfte sich bedauernd an seinem Schnäuzer und legte seine Zigarre in einem Aschenbecher ab, als wir das Leichenschauhaus betraten.

Der Alte von gestern war immer noch da. Vielleicht hielt er sich immer dort auf. Vielleicht schlief er sogar hier, auf einer der Bahren. Heute hatte er die Präsidentschaft über sieben Leichen.

»Sie wieder«?, sagte er.

»Ja«, sagte Ehlers. »Wir würden gern versuchen, die ›nicht identifizierte männliche Leiche‹ zu identifizieren, die Sie gestern mit Moritz Simony verwechselt haben.«

Der Mann machte den Eindruck, als fühlte er sich durch eine unpassende Anspielung verletzt, ging aber doch zu der Bahre von Marcus und schlug das Laken zurück. Ehlers und ich starrten beide gleichermaßen gespannt Cortzen an.

Er nahm sich viel Zeit, wie ein Mann, der sich seiner Sache ganz sicher sein will, bevor er eine Aussage macht.

Typisch Anwalt. Er glich einem Anwalt auf einer Bühne.

Dann nickte er nachdenklich und sagte: »Doch, das *ist* Fontana. Es wirkte nur ein wenig befremdlich, ihn so sauber gewaschen zu sehen.«

»Es gibt keinen Zweifel?«

»Gar keinen.«

Er ging zu dem Tisch des Alten, nahm seine Zigarre aus dem Aschenbecher und sagte: »Es ist eine fürchterliche Tragödie, muss ich sagen. In jeglicher Hinsicht bedauerlich. Kann ich jetzt wieder nach Haus zu meinen Gästen fahren?«

»Natürlich«, sagte Ehlers. »Und nochmals vielen Dank. Ich werde Ihnen jetzt ...«

»Ich finde selbst hinaus«, sagte der Anwalt.

Er sandte Fontana einen letzten Blick zu und zuckte mit den Schultern, als wollte er sagen, so ist das

Leben nun mal. Dann nickte er uns anderen höflich zu, und dann war Rechtsanwalt L. L. Cortzen wieder zur Tür hinaus.

Nicht gerade der *übertrieben* empfindsame Typ, wie mir schien. Auch nicht gerade *krankhaft* neugierig.

24

Ehlers seufzte tief – so tief, als würde er an einer internationalen Meisterschaft im Seufzen teilnehmen und – nach fünf Jahren hartem Training – alles auf eine Karte setzen.

»Okay«, sagte er. Er hörte sich an wie Hiob in der Bibel, der letztlich all seine Qualen, Martern und Geschwüre als den unausweichlichen Willen des Herrn akzeptiert hatte, als wäre alles nur zu seinem Besten, wie wenig ein armseliger Mensch dies auch begreifen konnte. – »Was können Sie über diese Leiche sagen?«

Diese Frage galt dem alten Haushaltsvorstand der Verstorbenen. Er kniff die Augenlider zusammen, als würde er die Frage nicht ganz verstehen.

»*Ich* weiß nichts darüber«, sagte er.

»Wie kann es sein, dass Sie nichts über eine *Leiche* wissen?«, donnerte Ehlers. Es *reichte ihm* jetzt wirklich.

»Weil«, sagte der Alte sanft und demütig, »weil wir eine Vereinbarung haben. Diese Leiche ist von der Polizei eingeliefert worden, die sie nicht identifizieren konnte. Die Sorte bewahren wir nur auf, bis wir – in der Regel innerhalb von ein paar Tagen – über den Namen des Betreffenden informiert werden. Diese

Leiche ist gestern eingeliefert worden, zugleich mit der anderen, wie ich Ihnen gesagt habe ...«

Er blickte auf seine Notizen.

»23.45 Uhr. Wir haben noch nichts von einer Identifizierung gehört, sonst hätte mein Kollege, der tagsüber Dienst tut, dies vermerkt.«

»Kennen Sie die Todesursache?«, fragte Ehlers.

Unser Gastgeber trottete schniefend zu seinem Tisch und griff sich einen schwarzen Aktenordner. Er schlug ihn auf und blätterte darin, als ob es ein Privileg wäre, in einem solchen Buch zu blättern.

»Tod durch Messerstich«, sagte er. »Sie können sich den Bericht selbst ansehen. Er ist von Dr. Meyer.«

Er reichte ihm einen grauen Bogen Papier aus seiner Sammlung.

Ich guckte über Ehlers' Schulter und las mit. Ganz kostenlos.

Als Todesursache waren Messerstiche angegeben – zusammen mit ellenlangen lateinischen Beschreibungen, die die resolute Richtung des Messers durch diverse Körperteile des Verstorbenen beschrieben und von denen ich nicht viel mehr verstand, als dass die Messerstiche zu seinem Tod geführt hatten – was auch deutlich der Kern der Botschaft war.

Außerdem wurde in dem Bericht darauf aufmerksam gemacht, dass die Leiche am Hinterkopf Verletzungen als Folge von Schlägen mit einem stumpfen Gegenstand aufwies. Schließlich lieferte der Bericht noch Hinweise, dass der Verstorbene in seinen letzten Stunden – nach einer gewissenhaften Inspektion einer Reihe spezifizierter innerer Organe zu urteilen – stark alkoholisiert gewesen war.

Das wunderte mich nicht. Deshalb war es mir also gelungen, mit ihm fertig zu werden.

Die verstorbene ›nicht identifizierte männliche Leiche‹ war von der Polizei in Frederiksberg ›eingeliefert‹ worden.

»Das ist alles, was ich weiß«, knurrte der Angestellte.

Im selben Augenblick öffnete sich die Tür, und zwei Herren in weißen Kitteln fuhren noch eine Rollbahre herein.

»Selbstmord«, sagte der eine und hob langsam das Laken, wie im Theater, wenn sich der Vorhang hebt.

Es war ein älterer Herr, eine Leiche, die ich endlich einmal weder dem Vornamen noch dem Nachnamen nach kannte, eine Leiche, die mich nie überfallen hatte. Der ältere Herr war sehr schwer und aufgequollen.

»Schlaftabletten, vermuten wir«, sagte der andere.

»Von *denen* werden es immer mehr«, sagte der Alte. »Früher haben nur Frauen so was genommen.«

»Die Gleichberechtigung macht ständig Fortschritte«, sagte der eine Krankenträger grinsend. »Wo willst du ihn hinhaben?«

»Rechts rüber. Ganz außen.«

Sie rollten die Bahre schnell und routiniert an ihren Platz. »Wir sehen uns später!«, sagte der eine, als sie den Raum verließen.

Die beiden jungen Männer in den weißen Kitteln und der Alte nickten sich zu. Natürlich würden sie sich später wiedersehen. Sie würden sich so lange ›später sehen‹, wie Menschen in Kopenhagen starben, bis zu dem Moment, in dem sie selbst dran sein würden, und dann würden andere *sie* hineinrollen und sagen, sie würden sich später sehen. ›Schön ist der Seelen Pilgerfahrt‹, wie es – recht sanguinisch – in einem Liederbuch aus meiner Schulzeit hieß.

Ich sah Ehlers an. Er dachte nicht an das Liederbuch aus seiner Schulzeit. Er machte den Eindruck, als hätten ihm eine oder mehrere unbekannte Personen stundenlang mit einer Kohlenschaufel auf den Kopf geschlagen.

So hatte ich ihn vorher noch nicht gesehen. Ich fand es gar nicht gut.

»Na?«, sagte ich.

»Ja«, sagte er, als würde er nach einem monatelangen LSD-Trip in die Wirkliche Welt – mit großen W – zurückkehren. »Ja, ich – werde lieber rausfahren und mit der Polizei in Frederiksberg sprechen.«

»Ich gehe zum BLADET.«

»Ich bin mir immer noch nicht sicher, ob ich dich nicht festnehmen sollte.«

»Warum?«

»Du lügst schneller, als ein Pferd rennen kann.«

»Wie altmodisch du bist. ›Als ein Pferd rennen kann‹! In einer Zeit mit Flugzeugen! Ja, sogar Raketen! Raumschiffen!«

»Deine Sticheleien ändern auch nichts daran.«

Nein, das war wahr, das musste ich zugeben. Hier ging es um klare Fakten. Mein ganzes Leben lang hatte ich mir immer gewünscht, dass meine Sticheleien etwas ändern würden, wenigstens das eine oder andere, aber bis jetzt war das noch nie eingetreten. Ehlers hatte in dieser Hinsicht wirklich einen Matchball.

Einen Augenblick lang herrschte Schweigen. Indessen stand der alte Mann immer noch mitten im Raum und starrte uns geistesabwesend an, als überlegte er, worüber wir im Grunde sprechen mochten.

»Sollen wir nicht gehen?«, fragte ich Ehlers so neutral wie möglich.

Wenigstens dieser Vorschlag konnte ihn überzeugen. Wir verabschiedeten uns artig, bedankten uns für die Hilfe und bahnten uns einen Weg hinaus durch die langen Korridore.

Draußen wurden wir von der Dunkelheit und der Kälte gleichzeitig aufgesogen. Wir gingen langsam, wie zwei betrunkene Männer, die nicht mehr ganz sicher auf den Beinen sind, zum Auto.

»Nun«, sagte ich dann, als wir uns in den Wagen gesetzt hatten. – »Bin ich festgenommen, oder bin ich nicht festgenommen?«

Ehlers schien größte Lust zu haben, mir irgendetwas an den Kopf zu schmeißen – etwas, das einerseits nicht zu klein war und andererseits auch nicht zu wenig Gewicht hatte. Irgendetwas Gutes und Solides. Eine Reiterstatue, zum Beispiel.

»Nein«, sagte er sauer. »Ich glaube dir.«

Seiner Stimme fehlte es dabei an der rechten Begeisterung.

Er fuhr aus dem Zufahrtsbereich des Städtischen Krankenhauses los, vermied im letzten Moment eine Kollision mit einem heranbrausenden Krankenwagen und bog in die Straße ein.

»Wo möchtest du hin?«, sagte er.

»Setz mich einfach hier ab«, sagte ich. »Ich brauche ein bisschen frische Luft.«

›Ein bisschen Luft‹, wie meine Tante gesagt hätte, genau das brauchte ich jetzt. Das genau ist es, was wir alle in regelmäßigen Abständen brauchen, so, wie sich das Leben aufführt.

»Ich rufe dich in ein paar Stunden an«, sagte ich. »Um zu hören, was dir die Polizei von Frederiksberg über Willy Fontana erzählt hat.«

»Okay«, sagte er. »Aber schreibe vorher nichts. Vielleicht gibt es auch was Neues über eventuelle Fingerabdrücke an den Rahmen. Da hattest du mal eine gute Idee.«

»Idee?«, sagte ich ungehobelt. »Das war keine Idee. Das war reine Polizeiroutine.«

»Ja«, sagte er. »Ja, das war es im Übrigen auch. Wir unterhalten uns später noch.«

Und weg war er.

Wie sehr ich Ehlers auch schätzte, ich war doch froh, wieder allein zu sein. Im Leben eines jeden Mannes kommt ein Zeitpunkt, an dem der Nachtfrost die beste Gesellschaft ist, die er finden kann.

Ja, vielleicht sogar mehr als *ein* Zeitpunkt.

Ich blickte hinauf zu den hunderten von Fenstern des städtischen Krankenhauses. Da lagen Menschen, die Kinder zur Welt brachten, Menschen, die starben, Menschen mit Herzstillstand, Lungenkrebs, Halskatarrh, Unterleibsentzündung und Gehirnblutung, Menschen, die den schlimmsten Bedrohungen ausgesetzt waren, die ein menschlicher Körper erleben konnte. Ich dagegen ging hier unten auf der Straße entlang, eigentlich in guter Form – und das, obwohl das Leben, das ich bislang geführt hatte, mich rein objektiv genau für das Gegenteil hätte qualifizieren müssen.

Es gab keine Gerechtigkeit in der Welt. Andererseits hatte es die – soweit mir bekannt – auch noch nie gegeben, man konnte also nicht sagen, dass das ein neuer Gedanke war.

Insgesamt gesehen ist es – jedenfalls nach *meiner* Erfahrung – äußerst selten, dass sich jemand *neue* Dinge ausdenkt.

Ich wanderte langsam, wenn auch methodisch, in Richtung Stadtzentrum. Ich machte nur einmal

Halt bei einer Bar, um Gitte anzurufen. Ich musste lange vor der Telefonzelle warten, in der ein Model in schreiendem Gelb stand und gerade dabei war, seinen Gesprächspartner von irgendetwas zu überzeugen.

»Wenn du *jetzt* nicht kommst, dann ist Schluss!«, wiederholte sie immer wieder. »Du sollst jetzt kommen!«

Jedes Mal, wenn sie ihren Lieblingsspruch aufgesagt hatte, bekam sie eine Antwort, die sie noch weiter aufzuregen schien, sodass sie ihre Aufforderung mit noch lauterer Stimme wiederholte.

Als ich mir drei, vier Runden dieses Spiels angehört hatte, war ich mir darüber im Klaren, was das Ergebnis sein würde. Ich wettete mit mir selbst um einen Hunderter und gewann ihn. Tatsächlich: Sie schmiss den Hörer so heftig auf die Gabel, als wäre es ihr innerster, lang gehegter Wunsch, Graham Bells Erfindung zu zerstören. Dann kam sie heraus, knallte die Tür zu und sah *mich* mit strafendem Blick an, als wäre sie sich völlig darüber im Klaren, dass ich nicht einen Deut besser oder anders war als der, den sie angerufen hatte.

Das war ich bestimmt auch nicht.

Ich betrat die Telefonzelle und startete meine Runde.

Ich hatte mehr Glück, einfach nur mehr Glück. Ich war der glückliche Typ heute Abend. Gitte liebte mich immer noch. Gitte hatte volles Verständnis für meine Probleme. Gitte freute sich darauf, wenn ich kommen würde.

So was kann selbst das verhärtetste Männerherz zum Schmelzen bringen. So was kann manche dazu bringen, an Gott zu glauben.

Für mich war es jedenfalls eine Art warme, innere Versicherung gegen die Kälte, ein übernatürlicher Überzieher, als ich weiter durch die nächtliche Stadt wanderte – weiter in Richtung BLADET.

25

Ich war noch *vor* Mitternacht beim BLADET – was beweist, dass selbst Gespenster unpünktlich sein können.

Michelsen, Chef vom Dienst – dessen Büro ich aufgrund mangelnder Weitsicht der für das Gebäude des BLADET verantwortlichen Architekten auf dem Weg passieren musste, eine Disposition, die ich oft beklagt habe –, sah mit saurer Miene zu mir hoch, noch saurer als gewöhnlich. Nicht allein, dass er mich nicht mochte, er mochte mich schon *gar nicht* auf der Titelseite. Im Grunde hasste er mich; er war einer von den armen Kerlen, die nie begreifen werden, dass das demjenigen, den sie hassen, völlig egal ist, und dass ihr Hass sie selbst trifft – langsam, aber unerbittlich sicher –, indem sie ihre Zeit vergeuden.

Aber vielleicht ist diese Art kleinlicher Hass etwas, was die Michelsens dieser Welt *brauchen*. Vielleicht ist das ein realer und ehrlicher Bedarf. Vielleicht *können* sie ihn überhaupt nicht entbehren. In einem freien Land kann jeder seine Freizeit so gestalten, wie er will.

Ich wusste, dass ihn ein freundliches Lächeln am meisten ärgern würde, und damit bedachte ich ihn auch. Ein breites, liebenswürdiges Lächeln im Stil eines Verkäufers.

»Otzen will dich sprechen«, sagte er.

Ich nickte, als ob das selbstverständlich wäre, und bog ab in Richtung Chefredakteurbüro, wobei ich Michelsens missbilligende Blicke auf dem Rücken spürte.

Otzen war das reinste Energiebündel, und die Nacht war immer noch jung genug, dass man das durch den Zigarrenqualm deutlich erkennen konnte.

»Das läuft ja blendend, mein Junge«, sagte er gut gelaunt. »Was jetzt? Gibt's was Neues?«

»Du bist der erste Chefredakteur, für den ich arbeite, der es ›blendend‹ zu finden scheint, wenn seine Mitarbeiter ermordet werden.«

»Blödsinn, das haben die garantiert alle gefunden. Ich bin bloß der erste, der es *ausgesprochen* hat.«

»Da hast du wohl Recht.«

»Selbstverständlich habe ich Recht, das ist eine Angewohnheit von mir. Na – was Neues?«

»Noch ein Mord.«

»Wer?«

»Der Kunstmaler Willy Fontana, ein so genannter ›heftiger‹ Maler.«

»Was zur Hölle ist ein ›heftiger‹ Maler?«

»Keine Ahnung, aber so nennen sie sich zurzeit. Eine Art Stil oder Richtung. Du weißt ja, Maler geben sich immer irgendwelche Bezeichnungen, sonst fühlen sie sich nicht künstlerisch genug.«

»Willy Fontana? Kenn ich nicht.«

»Du bist ihm gestern begegnet, auch wenn er nicht gegrüßt hat. Er war die vertauschte Leiche, die wir zuerst gesehen haben, als wir Moritz identifizieren sollten. Wir konnten *ihn* erst vor einer Stunde identifizieren.«

»Wie passt *er* in das Bild?«

»Er wurde auf die gleiche Weise ermordet wie die anderen – erstens. Zweitens: Er war Liljencrones Protegé – und Erbe.«

Otzen nahm die Zigarre aus dem Mund, um anerkennend zu pfeifen.

»Es tut sich was«, sagte er. »Mit einem Brief ans BLADET fing es an, und es endet mit drei Morden.«

»*Vorläufig* drei Morde«, sagte ich. »Aber wir wissen noch verdammt wenig über den letzten. Wir wissen nichts über den Hergang.«

»Warum nicht?«

»Allgemeine Verwirrung bei der Polizei, bestimmt wegen des Besuchs des isländischen Präsidenten und ihrer ganzen Sicherheitsmaßnahmen im Schloss Frederiksberg.«

»Teufel auch! Der Präsidentenbesuch!«

»Hattest du den vergessen?«

»Ehrlich gesagt: ja. Ohne Mavis ...«

»Das haben die Leser wohl auch.«

»Das könnte wirklich gut sein. Das macht das Fernsehen und die Agentur Ritzau. Weißt du was: Heute haben wir im Rahmen der Aktion ›Erzählen Sie es dem BLADET!‹ viermal so viele Zuschriften wie sonst bekommen. Und – wohl gemerkt – drei von vieren wurden direkt und persönlich abgegeben. Das ist das Ergebnis der Storys vom heutigen Tag!«

»Zum Teufel mit dem Ergebnis!«

»Was hattest du erwartet?«

»Ich hab mir von diesem Laden hier nie was anderes erwartet als mein Gehalt. Das brauche ich. Ich wünschte mir, ich würde es nicht nötig haben, aber mir ist es immer noch nicht gelungen, mir das Essen, Trinken, Rauchen und Schlafen abzugewöhnen. Das kostet alles ganz schön.«

»Ja, ja, überspring den Rest einfach. Was machst du jetzt?«

»Warte drauf, etwas mehr zu erfahren. Zeit genug ist ja.«

»Inzwischen könntest du vielleicht ...«

»Den isländischen Präsidenten beschatten? Nein danke!«

»Nein, ich wollte sagen: dir einige der Briefe von heute ansehen.«

»›Erzählen Sie es dem BLADET!‹? Kommt nicht *in Frage*! Ich habe schon reichlich mit diesem Fall zu tun.«

»Das hast du wohl.«

»Mehr als du glaubst. Wie geht es Mavis?«

»Sie ist noch nicht operiert worden. Die warten noch mit dem Messer. Sie wird immer noch beobachtet. Das wird wohl dauern.«

»Fürchterlich.«

»Es gibt so viele fürchterliche Sachen.«

»Du sagst es.«

Das Telefon des Chefredakteurs begann energisch zu bimmeln, wie das Telefon eines Chefredakteurs eben zu klingen hat, und wir verabschiedeten uns mit einer Handbewegung – eine dieser Handbewegungen, die genügen, um etwas deutlich zu machen, und die dadurch eine Menge überflüssiger Worte sparen, wenn Menschen sich kennen, besonders von täglichen Arbeitsprozessen her.

Ich ging runter in die Kantine und holte mir eine Tasse Kaffee. Es kam mir spontan und intuitiv in den Sinn, dass es eines Tages bestimmt eine gute

Idee wäre, eine so genannte Mahlzeit einzunehmen. Ich meine, irgendwo mal gelesen zu haben, dass das viele Menschen täten. Sogar hervorragende Ärzte würden es befürworten, und das in aller Öffentlichkeit.

Die Schriftsetzer und Drucker – oder ›das technische Personal‹, wie sie heutzutage heißen – machten gerade Pause. Wie ich sie so dasitzen sah, mit ihren Butterbroten und ihrem Bier, dachte ich daran, dass es nur zwei Monate her war, dass jemand die Tochter des einen Mitarbeiters ermordet hatte.

Kopenhagen wurde allmählich wirklich eine Großstadt.

Ich setzte mich an den Tisch der Redakteure, wo Barbara mit dem Theaterkritiker, dem Parlamentskorrespondenten und einem Sportjournalisten zusammensaß. Sie vertrieben sich die Zeit damit, womit sich alle Journalisten während der Arbeit die Pausen und Wartezeiten vertreiben. Sie erzählten sich Journalistengeschichten. Der Theaterkritiker gab gerade eine längere intime *Backstage-Geschichte* über das vielseitige Sexualleben einer bekannten Schauspielerin zum Besten. Die Story schien besonders den Sportjournalisten zu fesseln. Der Parlamentskorrespondent schlief schon halb, erschöpft von der Arbeit des Tages, nachdem er sich die Reden der politischen Sprecher sämtlicher Parteien hatte anhören müssen, und Barbara blickte – nicht ohne Grund – etwas unterkühlt-ironisch drein, als würde sie überlegen, ob Männer jemals erwachsen werden. Ein Ausdruck, den man übrigens oft – schon bei nur gelegentlicher Beobachtung – in den Augen der Frauen erkennen kann.

Nur sie trank Kaffee. Die anderen waren schon zu

ihrem Porter-Bier übergegangen, was darauf hindeutete, dass sie ihr Material bereits in der Redaktion abgeliefert hatten und ›auf dem Weg nach Hause‹ waren – ein Vorgang, der sich unter gewissen Umständen, bei gewissen Menschen, stundenlang hinziehen kann.

»Gut, dass du kommst«, sagte Barbara. Sie gab mir ein Stück Papier.

Ich sah es mir an. Es standen eine Menge Namen und Zahlen drauf. Bei den Zahlen handelte es sich meistens um die 25 oder 50. Eine Erklärung dafür gab es aber nicht.

»Was ist das?«, fragte ich dumm. »Ein Rätsel?«

»Die Liste für die Sammlung«, sagte Barbara praktisch veranlagt. »Der Kranz für Moritz, von den Kollegen. Er *muss* einen haben. *Du* machst dir über so etwas wohl nie Gedanken?«

Das tat ich wohl nicht, nein. Ich gehe davon aus, dass die Welt so eingerichtet ist, ein für alle Mal, dass es Menschen gibt, die an Kränze für ermordete Kollegen denken, und solche, die das nicht tun.

Ich blickte angemessen schuldbewusst drein. Ich spendete einen Fünfziger und zündete mir eine Zigarette an.

Mein Schuldbewusstsein hing in Wirklichkeit nicht mit dem Kranz zusammen, auch wenn der zu dieser Gelegenheit gut passte. Es rührte daher, dass ich immer noch nicht die leiseste Ahnung hatte, warum Moritz ermordet worden war.

Die Verbindung zwischen Liljencrone und Fontana war real genug, sie basierte auf guten, soliden dänischen Kronen, jedenfalls so gut und solide, wie sie waren, ausgehend von dem nicht unbekannten System, dass der eine welche hatte und der andere sie bekam. Aber Moritz? Welche Rolle hatte *er* dabei gespielt?

»... schlechter Kollege!«, beendete Barbara eine längere Tirade.

Ich riss mich aus meinen Gedanken los. Der Theaterkritiker war anscheinend längst mit seiner Story fertig.

»Wer?«, sagte ich. »Moritz?«

»Du hörst ja gar nicht zu«, sagte Barbara. »Das habe ich mir schon gedacht. Nein, *dich* meine ich! Ist dir klar, dass Otzen meinen Schreibtisch mit ›Erzählen Sie es dem BLADET‹-Zuschriften zugemüllt hat? Er behauptet, es gehöre zu meinen Pflichten als Briefkastentante. Und das ist *deine* Schuld!«

»Das war keine Absicht«, sagte ich fromm. »Ich bin immer ein Gegner dieser Kampagne gewesen.«

»Das kannst *du* ja auch leicht sagen«, sagte sie. »*Du bist* ja nicht fest angestellt.«

»Nein«, sagte ich. Es war eine alte Diskussion; sie wieder aufzunehmen, verkraftete ich einfach nicht.

Ich beschloss, dass auch ich jetzt reif für ein Porter war.

Die Minuten krochen unendlich langsam auf Mitternacht zu. Zum Gott weiß wievielten Mal – wenn *sie* eben Zeit hatte, sich mit derartigen Kleinigkeiten abzugeben – saß ich da und dachte, dass es nichts Sinnloseres gab, als in einer solchen Kantine herumzuhängen und zu warten. Allein schon dieses *Warten* ... Mir kam es vor, als hätte ich schon mein halbes Leben mit *Warten* verbracht. Warten, als ich Reiseleiter war, auf die menschlichen Schafherden, denen ich möglichst gründlich die lokalen Attraktionen verkaufen sollte, wegen der Schmiergelder der lokalen Wölfe. Warten, als ich Musiker war, dass der Auftritt beginnen sollte, oder bisweilen – am Telefon – dass mir welche angeboten würden. Warten, als Journalist – auf Bahnhöfen, auf Flugplätzen, in Gerichtsgebäuden, in Kneipen, und am schlimmsten von allen: in der Kantine des BLADET. In der Kantine, wo nie etwas passierte, in der Kantine, wo sich alle ununterbrochen gegenseitig bewachten oder zumindest beobachteten, in der Kantine, wo das Geschirr mit dem Namenszug des BLADET in Rot auf dem Boden jedes Tellers und später auch jeder Tasse regelmäßig ausgewechselt wurde, in der Kantine, wo fünfzig Jahre alte Geschichten abgehalfterter Journalisten die Wände heruntertropften, in der Kantine, wo ganze ›Generationen‹ von Mitarbeitern gesessen hatten – im Frühjahr, Sommer, Herbst und Winter – und älter geworden waren und ihr Leben mit dem Austausch derselben abgedroschenen Witze über ihre Chefredakteure, ihre Leser und ihren Job verschwendet hatten.

So ist es eben, erklärte ich mir selbst. So ist es *überall*, so geht es allen Menschen. Warum sollte es *dir* da anders gehen?

Vielleicht steckt in jedem Menschen, ganz tief in seinem Innern, aller Selbsterkenntnis und Vernunft zum Trotz, der Kern einer Idee, dass es ausgerechnet bei ihm anders sein könnte. Jedenfalls so lange der einzelne Mensch an die Idee glauben kann.

Das konnte ich nicht mehr. Ich hörte zerstreut, aber geduldig dem langatmigen Bericht des Sportjournalisten zu, wie betrunken ein Tennisspieler – dessen Namen ich nicht mal kannte und den ich auch sofort wieder vergessen hatte – an einem ganz bestimmten Abend auf einer Cocktailparty nach einem Turnier gewesen war. Ich dachte bei mir, dass es wohl fairerweise meine eigene Schuld war, wenn ich selbst keine bessere Geschichte zu erzählen hätte oder keine Lust dazu hatte.

Ich wartete fünf Zigaretten lang – bis es 0.30 Uhr war. Dann ging ich rauf, um Ehlers anzurufen.

Auf dem Weg aus der Kantine konnte ich Barbaras freundlich-ironische Blicke auf meinem Rücken spüren.

Ich dachte daran, ob wir das nächste Mal für einen Kranz für Mavis sammeln sollten.

Vielleicht hatte sie den gleichen Gedanken.

Ihre Augen waren jedenfalls angenehmer als Michelsens.

26

Ich lehnte mich so bequem wie möglich in dem Stuhl hinter dem Schreibtisch in Mavis' perversem Pink-Büro zurück und nickte höflich und zuvorkommend all den bekannten Gesichtern in ihrer Autogramm-Sammlung zu.

Ich gähnte. Ich gähnte drei Mal und dann nochmal.

Ich streckte mich ein paar Mal, wie ein Fußballspieler beim Aufwärmen vor dem Spiel. Ich massierte mir die Augenbrauen. Ich klopfte mir mit den Knöcheln an die Stirn. Ich schüttelte den Kopf und zuckte mit den Schultern. Ich musste wie ein Podagra-Rentner in einem Gymnastik-Kurs im Rahmen des Gesetzes zur Freizeitgestaltung ausgesehen haben.

Aber dann wachte ich auf, jedenfalls soweit es überhaupt möglich war, und darum ging es ja letztlich.

Ich bekam Ehlers schon beim zweiten Versuch an die Strippe.

»Hallo«, brummte er. »Was Neues?«

»Hier nicht. Was hast du über Fontana herausgefunden?«

»In aller Kürze – das ist mehr oder weniger der Wortlaut des Telegramms, das wir schließlich rausgeschickt haben: Er ist gestern Abend von der Polizei in Frederiksberg aufgefunden worden, etwa um 23.15 Uhr, und die haben ihn sofort abgeliefert. Er ist in der Parkanlage Frederiksberg Have von einer Streife aufgesammelt worden, die den ganzen Abend hindurch den Park aufgrund der Terrordrohungen gegen die Königin und den isländischen Präsidenten durchkämmt und überwacht hat. Er lag hinter einem Busch, wo man ihn eindeutig hingelegt hatte, ohne Papiere oder Brieftasche oder sonst irgendwas. Die Streifenbeamten hatten genug zu tun. Sie haben ihn nur abgeliefert, der Arzt hat ihn untersucht, es wurde ein Bericht geschrieben, und das war's dann.«

»Ein lebhafter Abend in der Geschichte der Stadt, was? Ist Frederiksberg Have sonst um diese Zeit nicht verschlossen?«

»Es gibt massenhaft Möglichkeiten hineinzukommen, wenn man will. Der Zaun ist an mehreren Stellen niedrig. Direkt an den Park grenzen private Gärten. Vom Haveselskabets Have, dem Garten des Gartenvereins, aus gibt es einen Hintereingang. Man kann überall und zu jeder Zeit hineinkommen. Deswegen sind sie ja auch Streife gegangen. Wenn da Terroristen gewesen wären, hätten sie einen dieser Wege benutzt. Aber es waren keine da. Jedenfalls nicht von der Sorte.«

»Und mehr weißt du nicht?«

»Mehr weiß *ich* nicht, nein.«

»Okay, und ich kann das schreiben, was du mir gerade erzählt hast?«

»Das Telegramm *ist* bereits über die Agentur Ritzau rausgeschickt worden. Da steht nicht mehr und nicht weniger drin als das, was wir wissen.«

»Ihr seid ja so bescheiden.«

»Im Moment haben wir auch allen Grund dazu. Wir kommen nicht weiter.«

»Was ist mit den Rahmen?«

»Ich warte noch auf den Untersuchungsbericht. Ich warte überhaupt auf Berichte. Deswegen sitze ich immer noch hier.«

»Zwei Seelen, ein Gedanke. Danke für den Bericht.«

»Nichts zu danken.«

›Roger and Over‹. Abschied vom Halmtorvet.

Wie viele Gespräche mochten wir beide, Ehlers und ich, eigentlich im Laufe der Zeit schon geführt haben?

Während ich die mageren Fakten auf Mavis' Schreibmaschine herunterratterte, auf den Teddybären fluchte, auf die Spinne auf dessen Bauch, auf Willy Fontana, das BLADET und überhaupt die ganze Welt vom Beginn der Zeitrechnung an, klopfte es an der Tür, und ein Bote trat ein.

»Von Chefredakteur Otzen«, sagte er, zackig wie ein Soldat, der bei einer Parade Haltung annimmt und grüßt.

Er warf einen Brief auf den Tisch.

»Danke«, sagte ich. Nur ein armseliges Wort, aber es war das beste, das mir zur Verfügung stand.

Der Brief war mit ›Erzählen Sie es dem BLADET‹ gekennzeichnet. Es handelte sich lediglich um ein

Stück DIN A5-Papier. Nur zwei Zeilen standen da, mit Kugelschreiber geschrieben und in Blockbuchstaben.

Betrifft Liljencrone: Versuchen Sie es bei Cortzen.

Der Brief war dem ersten zum Verwechseln ähnlich, dem, der gestern – länger war es nicht her – zum Fund der Leiche Liljencrones geführt hatte. Es war mehr als wahrscheinlich, dass die beiden Briefe von derselben Person geschrieben worden waren.

Ehlers würde das überprüfen können.

Ich schrieb meine Story fertig, machte eine Kopie des Briefes für das BLADET und steckte das Original in einen Umschlag, zusammen mit einer kurzen Erklärung an Ehlers. Ich beauftragte einen der Boten, sofort zum Halmtorvet zu fahren. Der Bengel war erst 20 und glücklich darüber, einen Vorwand zu haben, aus dem Bau herauszukommen. Ein gesunder Instinkt.

Ich sammelte meinen Artikel und meine Zigaretten zusammen, sagte dem Büro ›Gute Nacht‹ und ›Danke für den Abend‹ und ging den gewohnten Weg zu Otzen hinauf.

Schon von weitem konnte ich riechen und sehen, dass er in Topform war. Ein Fremder hätte möglicherweise geglaubt, im BLADET wäre Feuer ausgebrochen, ein Fremder wäre wahrscheinlich losgelaufen, um Feuerlöscher und Wassereimer zu holen, aber ein Mitarbeiter wusste, dass diese dichte Rauchwolke aus dem Raum nur bedeuten konnte, dass der Chef außergewöhnlich gut aufgelegt war, was dem kubanischen Zigarrenmarkt eine – sicherlich notwendige – positive Bilanz bescheren würde.

»Hast du ihn?«, fragte er, während er gleichzeitig den Stuhl herumdrehte, und noch bevor er hatte sehen können, dass ich es war. Entweder hatte er Augen im Rücken, oder – was vielleicht am wahrscheinlichsten war – er wusste, dass, egal, wer hereinkam, der Betreffende etwas für ihn haben würde.

Er überflog mein Manuskript.

»Das enthält aber nicht besonders viel Substanz«, sagte er bedauernd.

»Nein«, gab ich zu. »Aber dass er Liljencrone beerben sollte, ist doch eine ganz gute Story.«

»Ja, ja. In Ordnung, natürlich, darum geht es ja nicht. Gibt es überhaupt keine *Festnahmen?*«

»Die Polizei hat ein paar kleine Gauner auf Verdacht vorläufig festgenommen – sonst gibt es nichts.«

»Können wir denn schreiben, dass sie verschiedenen Spuren nachgehen?«

»Das können wir *stets* unbesorgt schreiben. Das machen sie den ganzen Tag lang, das ganze Jahr über.«

»Dann runde eben den Text so ab und schmeiß ihn zu Michelsen rein. Und hör mal – was ist mit dem Brief?«

»Ich hab ihn an Ehlers weitergeleitet.«

»Du glaubst also, dass es sich um denselben Absender handelt?«

»Ja.«

»Der Betreffende war neulich gut informiert.«

»Der Betreffende hatte eine relevante Frage gestellt. *Wo ist Eric Liljencrone?*, hatte da gestanden. Nicht mehr und nicht weniger.«

»Dieses Mal ist es keine Frage. Es ist ein Rat.«

»Wenn man bloß Rat wüsste, *was* man Cortzen fragen sollte. Die Polizei hat ihn sicher schon nach allem gefragt.«

»Versuch's trotzdem. Vielleicht kannst du ihn zu einem Interview überreden – aber erwähne um Gottes willen nicht den Brief. Er hat Liljencrone am besten und längsten gekannt und was sonst noch alles. Schmier ihm Honig um den Bart. Sag ihm, wir würden gerne *seinen* Eindruck von seinem verstorbenen engen Freund erfahren. Sag, wir wären an dem Menschen und Kunstmäzen Eric Liljencrone interessiert, als die große Persönlichkeit, die er war. Sag ... Ach, zum Teufel, überleg dir doch selbst, was du ihm sagen wirst. Aber sieh zu, dass du ein Interview mit ihm für morgen bekommst, damit wir diesen Brief *verwenden* können.«

»*Jetzt?*«

»Sonst ist es zu spät.«

»Es ist schon 2.00.«

»Dann wecken wir ihn eben.«

»Sollten wir nicht lieber bis morgen warten?«

Otzen gab auf diesen Vorschlag überhaupt keine Antwort. Stattdessen kramte er aus einer Schublade ein KTAS-Branchentelefonbuch von A bis K, das er mir ohne verbale Vorwarnung einfach auf den Schoß warf.

Ich verstand diesen diskreten Hinweis. Ich schlug das Buch unter ›Advokaten‹ auf und fand Cortzen, L. L. Da er jetzt wohl kaum in seinem Büro sein durfte, nahm ich die Privatadresse.

L. L. Cortzen wohnte im Paludan-Müllers-Vej – wieder so eine der kleinen Nebenstraßen entlang der Frederiksberg-Allé, nur etwas weiter runter auf Vesterbro zu und auf der anderen Seite der Allee. Sonderbar, dass alle, die mit diesem Fall zu tun hatten, gerade in dieser Gegend zu logieren schienen. Sonderbar. Oder vielleicht gar nicht mal so sonderbar. Überall haben Leute eines gewissen gleichen Schlages das unwillkürliche Bedürfnis zusammenzurücken – zum

Beispiel, um so vor Leuten *anderen* Schlages sicher zu sein.

Ich nahm das Telefon und rief zwei Mal vergeblich L. L. Cortzen unter seiner Privatnummer an. Ich ließ das Telefon jedes Mal ordentlich seine fünf Runden durchbimmeln. Niemand kümmerte sich jedoch darum.

»Er ist nicht zu Hause«, sagte ich.

»Um *diese* Zeit?«, sagte Otzen entrüstet. »Und er ist noch dazu Anwalt.«

»Gibt es im Juristen-Gelöbnis einen Paragrafen, der ihnen vorschreibt, früh zu Bett zu gehen?«

»Nein, aber trotzdem. Das sind Morgen-Menschen. Die sind vormittags mit ihren Prozessen beschäftigt, halten früh Konferenzen und Ähnliches ... Versuch's noch mal!«

Ich versuchte es noch mal. Es brachte wieder nichts, aber das bin ich ja gewohnt. Es gibt so vieles, was nichts bringt.

»Ja, ja«, sagte Otzen. »Versuch es später noch einmal. Oder morgen.«

Ich nickte und wünschte ihm gute Nacht. Er nickte zurück und wünschte mir das Gleiche, nur etwas verwundert über den Ausdruck – fast als ob von *seiner* Nacht noch mindestens drei, vier Stunden übrig wären. Wahrscheinlich würde er in seinem Büro sitzen bleiben, eingehüllt in seine Wolken aus Zigarrenrauch, bis etwa um 5.00 Uhr die erste Ausgabe des BLADET aus der Druckerei zu ihm heraufgebracht wurde. Der Herr musste wissen, wie *er* sein Familienleben intakt halten konnte, aber er hatte es. Genau wie Ehlers. Vielleicht musste man es eben auf diese Art machen.

Michelsen blickte mir scheel hinterher, als ich hinausging und ihm mein Manuskript gab, wobei ich einen kleinen, leichten Ballettschritt machte, um ihm zu zeigen, wie ausgesprochen unbekümmert, glücklich und frei wie ein Vogel ich mich fühlte. Schnell starrte er wieder auf ein anderes Manuskript. Hab immer ein paar Manuskripte zur Hand, auf die du gucken kannst, wenn Personen vorbeikommen, die du nicht ausstehen kannst.

Nicht, dass ich mich ausgesprochen glücklich und frei wie ein Vogel fühlte – in dem Fall hätte es ein eingesperrtes Huhn in einer Legebatterie sein müssen. Ich fühlte mich eher – und das nicht zum ersten Mal – wie in einem Albtraum gefangen. Ein realer, dreidimensionaler Albtraum, von dem ich ein Teil geworden war, ohne es eigentlich zu sein. Ich war anscheinend der Joker, der unter den ansonsten so konstruktiven Kartenhaufen gemischt worden war und der das Spiel für alle die anderen zunichte machte, ohne es zu wollen, ohne zu ahnen, worauf es hinauslief.

Ich hatte immer noch keinen Schimmer davon, was da ablief.

Ich ging im Dunkeln die Vesterbrogade hinunter. Es war eine dieser seltenen Nächte, in denen der Himmel wirklich *schwarz* ist, wie dunkler Samt mit einzelnen verstreut blinkenden, silberglänzenden Sternen-Stickereien. Es war kalt. Es war die Art von Temperatur, bei der sich die Haut auf den Knochen spannt.

Unterwegs ging ich ein paar Mal in eine Telefonzelle und rief L. L. Cortzens Nummer an – jedes Mal vergebens.

Da braute sich was zusammen, etwas Bedrohliches – das konnte ich spüren, ohne behaupten zu wollen,

Hellseher zu sein. Aber irgendwo stimmte etwas nicht, dieses Gefühl konnte ich nicht abschütteln, *wie oft* ich auch mit den Schultern zucken mochte, physisch oder psychisch, und dieses Etwas war nahe dran einzuschlagen. Es war bereit zu explodieren.

Heute Nacht.

»Du bist paranoid«, sagte ich zu mir selbst. »Das kommt von deinem Beruf. Betrachte es einfach als Berufskrankheit und schließ beizeiten eine Versicherung ab.«

Aber das war es nicht allein, egal, wie sehr ich es mir auch einzureden versuchte. Es war ein Wissen der unbewussten Art, das bisweilen einfach in der Luft hängt – die Vorahnung von einem bevorstehenden Blitzeinschlag.

Je weiter ich die Vesterbrogade hinunter kam, desto überzeugter war ich, mittels eines Ablaufs in meinem Unterbewusstsein, dass es Gründe dafür gab, dass Rechtsanwalt Cortzen heute Nacht vermutlich nicht in seinem Bett schlief.

Wenn das so weiterginge wie bisher, würde *er* die perfekte vierte Leiche abgeben.

27

Es muss – habe ich mir in Mußestunden oft gedacht – in den menschlichen Knochen ein unterbewusster Wille stecken, der stärker ist als der entsprechende andere, der – jedenfalls vorübergehend – das Gehirn als Unterkunft vorgezogen hat.

Diese Vermutung bestätigte sich wieder einmal.

Während ich in meine morbiden Meditationen vertieft die Vesterbrogade hinuntergeschlendert war, waren meine Beine viel weiter gegangen als bis zu meinem und ihrem gemeinsamen Wohnsitz. Sie waren auch weiter als bis zu Gittes Wohnung gegangen. Sie waren so weit gekommen, dass wir nur noch wenige Straßen von L. L. Cortzens Wohnung entfernt waren.

Natürlich gingen wir dorthin. Gewisse Menschen – mit Beinen oder ohne – *sind* nun mal nicht im Stande, aus den Fehlern der Vergangenheit zu lernen.

Der Paludan-Müllers-Vej war genauso kurz wie der Drachmannsvej. Er war diesem überhaupt zum Verwechseln ähnlich – abgesehen von ein paar einzelnen kleineren Anwesen, die den Anschein erweckten, als würden ihre Bewohner wohl nur ein Jahreseinkommen unter einer halben Million Kronen beziehen und auch nicht mehr als nur *ein* Ferienhaus an der Nordküste besitzen. Ansonsten war es der gleiche herrschaftliche Stil, die gleiche 1890er-Wirklichkeit mit breiten Eingangsportalen, hohen Decken, Stuck und viel Raum für Pokale, Fayencen und Tafelsilber.

Nr. 9, wo Cortzen wohnte, hatte hohe Fenster mit Bögen, und in jedem Stockwerk saßen auf den Erkern kleine Turmspitzen. In keinem der Fenster war Licht.

Ich drückte den Klingelknopf an der Haustür. Ich drückte und drückte immer wieder auf diesen Knopf. Nichts geschah. Es steckte noch nicht einmal jemand den Kopf aus dem Fenster und verbat sich entrüstet diesen verdammten Lärm zu dieser nachtschlafenden Zeit. Es kam noch nicht mal ein Betrunkener vorbeigewankt und bat um ein Streichholz oder um die

Hilfe einer festen, ruhigen Hand, um es anzuzünden und es einladend einer Zigarette entgegenzuhalten. Nichts.

Ich trat wieder von der Tür zurück und blickte zu den dunklen Fenstern hinauf. Auch *die* hatten nicht viel zu erzählen.

Ich stand vielleicht eine halbe Stunde, vielleicht nur eine Viertelstunde, im Dunkeln im Paludan-Müllers-Vej und versuchte – mit einer Mischung aus Furcht und Staunen, wie ein Schulkind, das ohne Warnung einen nicht erwarteten Teil der Welt entdeckt – herauszufinden, wenn schon nicht viel anderes, so doch wenigstens, warum ich hier überhaupt stand. Als ob *ich* irgendetwas ändern könnte. Als ob meine Gegenwart überhaupt irgendwie von Bedeutung wäre. Als ob sie diesen – oder einen beliebigen anderen – verdammten Fall lösen könnte, dass ich blöd genug war, mitten in der Nacht in einer Nebenstraße in Frederiksberg rumzustehen, zu frieren und Zigaretten zu rauchen.

Mit einem letzten Blick auf Cortzens dunkle Fenster riss ich mich los und ging resolut die Vesterbrogade zurück. So resolut wie jeder andere Roboter, mir so wenig darüber im Klaren, was ich tat, wie jeder andere ›Steuerzahler‹ hierzulande.

Ist das Leben nicht so? Die Leute stehen auf, die Leute kochen Kaffee, die Leute gehen zur Arbeit, die Leute kommen nach Hause. Während sie eine Vielzahl alltäglicher, so genannter ›notwendiger‹, so genannter ›vernünftiger‹ und ›rationaler‹ Handlungen ausführen, sind sie sich kaum darüber im Klaren, was sie tun – sie *tun* es einfach. Genauso wie sie an jedem Ersten ihre Miete zahlen. Wie Zombies. Wie Tote, die – in der Hülle eines atmenden menschlichen

Körpers – die gleichen alten verstaubten Rituale wiederholen, die längst jeglichen Sinn verloren haben.

Es war ein guter Tag für die Kneipen in der Straße. Es war eine Donnerstag-Nacht, eine Wochenlohn-Nacht. Schräge Töne von Liedern aus den Kehlen Betrunkener und bruchstückhafte Fetzen von Streitereien, vermischt mit Jukebox-Lauten, drangen auf die Straße.

Ein Pärchen stand in einer Toreinfahrt und küsste sich. Ein Mann enterte mit einiger Mühe den Treppenaufgang hinauf zu einer Liveshow. Ein Polizeiwagen fuhr langsam und wachsam vorbei. Alles war wie sonst. Alles war normal.

Alles, bis auf mich.

Es war sicher nur ein Frühjahrsfieber. Sicher nur ein verspäteter Schock.

Aber egal, was es war und wie man es bezeichnete, es machte keinen Unterschied. Ich *musste* etwas tun. Ich konnte mich nicht einfach schlafen legen, auch nicht einfach zu Gitte gehen.

Und trotzdem, was sollte man anderes tun? Was taten Menschen jemals anderes? Sie taten all das, was Menschen tun *können*, von einem Extrem zum anderen, und das taten sie schon so lange, wie ich lebte und die Show vom Orchestersitz aus beobachtete. Sie – wir – betrogen, begingen kleine Hochstapeleien, vögelten herum, spielten, mogelten, schlugen, verkauften und kauften, jeder auf seine Weise und innerhalb seines Systems, und gingen dann nach Hause ins Bett, jeder zu seiner Gitte.

Ein Mensch *muss* schlafen, jeder Mensch. Der Prophet, der Massenmörder, der Erotomane, der Musiker, der Angestellte – schlafen müssen sie alle.

Vielleicht waren diese Menschen, von denen man

in alten Illustrierten, unter der Rubrik ›Unglaublich, aber wahr‹, lesen konnte, sie würden ihr ganzes Leben im Bett verbringen, gar nicht mal so verrückt. Vielleicht hatten *sie*, jeder für sich, die ganze Sache schon im Voraus instinktiv begriffen.

Natürlich landete ich im Stjernecafé. Natürlich saß ich an der Bar – wie immer, wenn es mir so geht –, lange bevor ich überhaupt daran gedacht hatte, wo ich hinging. Schon wieder die Beine.

Ich sah mich um, mit einer Art maskuliner Menstruationsbeschwerden, einem unsteten Blick auf die Welt – diesem Blick, der den Eindruck vermittelt, als ob man immer noch daran zweifelt, dass sie auch tatsächlich existiert. Ich sah mich nach den Stühlen im Stjernecafé um, die einige Menschen zusammengezimmert und verkauft hatten, um ihre Miete zahlen zu können, damit andere auf ihnen sitzen und trinken konnten, damit wiederum andere *ihre* Miete zusammenbekamen. Auf jeden Fall war es stets der gleiche alte Kreislauf.

Ich sah mir die Gesichter um mich herum an. Bob guckte zu mir herüber, als würde er darüber nachgrübeln, was mit mir los war. Wie alle guten Barkeeper kann Bob es nahezu *riechen*, wenn ein Stammkunde sich nicht wie sonst verhält. Wie alle guten Barkeeper kann er diesbezüglich auch seinen Mund halten, wenn er merkt, dass es keinen Zweck hat, weiter nachzubohren, was tatsächlich selten etwas bringt – ganz gleich, um was es sich handelt.

Da war der Schöne Jørgen, der bankrotte Folk-Sänger; er hatte ein blondes Mädchen bei sich, das mit alles verschlingendem Interesse seinen Ansichten über die Musik als Waffe für die Befreiung des Volkes im Dienste einer größeren Sache zu lauschen schien.

Ihre hellblauen Augen waren weit aufgerissen. Sie sah aus wie ein Mädchen aus der Vorstadt, das auf Abenteuer und Vulkane aus war und das seinem ersten, echten, dreidimensionalen Folk-Sänger begegnet war. Bewahre, dachte ich. Bewahre, Baby. *Whatever Gets You Through The Night* …

Da waren zwei der lokalen Nutten, Kate und Helen, mit zwei Böcken mittleren Alters. Sie zwinkerten mir zu, als ich zu ihnen hinsah. Ich zwinkerte zurück – trotz allem waren wir ja Nachbarn. Dann konzentrierten sie sich wieder auf ihre Arbeit. Sie auch.

Da war Kurt – Kurt, der von dem einen oder anderen lebte und in erster Linie von allem Möglichen, das niemand erraten konnte, auch wenn mehrere es versucht hatten. Da war Kim, der Inhaber des in der vorigen Woche – auf Betreiben der Polizei – geschlossenen Café Sytten. Da war Frank …

Frank!

Ich richtete mich kerzengrade auf meinem Stuhl auf, mir kam da eine entsprechende Idee, und ich bekam auch einen neuen Drink.

Frank, ja. Genau *ihn* brauchte ich jetzt.

Frank ist alter Einbrecher – inzwischen ›pensioniert‹, wie er selbst zu sagen pflegt. Er kann auf eine dreistellige Anzahl von Einbrüchen in Wohnungen und Häuser zu seiner Zeit verweisen, ist aber seit den letzten fünf Jahren – um seinen eigenen Lieblingsausdruck zu verwenden – *clean*. Er hat die Gewohnheit, oft zu betonen, wie *clean* er jetzt ist.

Einige glauben ihm das, andere nicht. So ist das Leben.

Frank ist um die 50. Er ist dünn und hat einen bekümmerten Gesichtsausdruck, als würde er entweder immer frieren oder vielleicht immer noch – aus alter Gewohnheit – jederzeit damit rechnen, von einem Bullen geschnappt zu werden. Er erinnerte an einen Leichenbestatter oder Kirchendiener, mit seinem ständig in tragische Falten gelegten Gesicht, wären da nicht die munter blinzelnden Augen gewesen, die – mitten in seiner verbrauchten Vogelvisage – das übrige Layout dementierten.

Frank, ja Frank bekam jede Tür auf. Frank würde mir dazu verhelfen, in Cortzens Wohnung hineinzukommen.

Und was dann?, hallte ein sarkastisches Echo in meiner hinteren Gehirnhälfte. Was dann? Was, wenn ich Cortzen tot auffinden würde? Oder wenn ich Cortzen *nicht* tot auffinden würde, was dann? Wenn jemand *mich* dort finden würde, was dann?

Hier gab es nichts zu gewinnen, nicht in diesem Spiel. Einbruch bleibt Einbruch, laut Gesetz eine Straftat. Wenn man mich nun dabei ertappen würde, wie ich mir ›gewaltsam Zugang‹ zu Cortzens Wohnung verschaffen wollte, würde Otzen mir dann da raushelfen können? Oder Ehlers? Und *falls* er könnte, *würde* er? Wäre er nicht vielmehr der Ansicht, es wäre erheblich angenehmer, mich an einem Ort festzusetzen, wo ich mich endlich gebührend und hinlänglich besonnen und ruhig verhalten und über die mannigfachen Fügungen des Schicksals nachdenken könnte?

Es war eine verrückte Idee, ein in jeglicher Hinsicht schwachsinniger Einfall. Nur ein Idiot würde den haben. Nur ein Schwachsinniger würde ihn in die Tat umsetzen.

Ich setzte mich also zu Frank an den Tisch, bot ihm einen Drink an und fragte ihn bescheiden, ob er mir helfen könne, bei einem Freund hineinzukommen;

der hätte mir seinen Schlüssel gegeben, den ich aber verloren hätte, und ich hätte ihm mein Ehrenwort gegeben, während seines Urlaubs seine Topfpflanzen zu wässern und seine Kanarienvögel zu füttern.

Als ich ihm meine Sache vorgetragen hatte, war ich erleichtert, dass ich Frank seit fünf Jahren kannte und regelmäßig mit ihm würfelte.

»Du weißt, dass ich inzwischen *clean* bin«, sagte Frank.

»Das weiß ich doch«, sagte ich. »Aber es handelt sich ja überhaupt nicht um Einbruch. Es geht um eine ehrenhafte Hilfsaktion. Du erweist mir einen Dienst. Und *du* trägst dabei auch gar nicht die Verantwortung.«

»Ich möchte nicht wieder in den Bau.«

Frank hatte fünf Jahre im Gefängnis verbracht, 10 Prozent seines Lebens. Er hegte nicht den Wunsch, die Statistik zu erhöhen.

»Hör mal«, sagte ich in überzeugendem Ton. »Du öffnest nur diskret die Tür und verschwindest dann sofort wieder über die Treppe. Du bist sofort wieder weg – so schnell du laufen kannst.«

Frank sah mich skeptisch an. Trotzdem auch ein wenig neugierig. Es war das erste Mal, dass ich mit ihm über Geschäfte sprach. *Sein* Geschäft.

»Wo ist es?«, fragte er. Er achtete sorgsam darauf, völlig desinteressiert zu klingen, weil er ja unter allen Umständen für so was viel zu *clean* war.

Ich erklärte ihm die Sache noch einmal, mehr als einmal. Ich redete mir fast einen Knoten in die Zunge. Und ich wurde langsam betrunken. Was wohl der Grund dafür war, dass ich meinen schwachsinnigen Plan inzwischen für genial, durchdacht und durchführbar hielt.

»Das sollte wohl nicht so schwer sein«, sagte Frank abwägend.

»Für *dich* nicht«, sagte ich und signalisierte Bob. »Und du sollst es natürlich auch nicht umsonst tun. Ein rechtschaffener Arbeiter ist ja wohl seinen Lohn wert.«

Franks scharfe Vogelaugen blinzelten verschmitzt.

»Ich glaub, das muss so was sein, was man Freundschaftsdienst nennt«, sagte er. »Du musst ja bloß bei deinem Freund rein und bittest mich um Hilfe, weil du die Topfpflanzen wässern musst und weil der Schlüsseldienst, den du normalerweise beauftragen würdest, abends zu dieser Zeit geschlossen hat und du mich zufällig getroffen hast. Ist es nicht so?«

»Richtig«, sagte ich. »Genau so ist es.«

Als Bob mit dem Whisky kam, unterbrachen wir unseren tiefsinnigen Dialog für eine kurze Pause. Als er das bemerkte, zog er die Augenbrauen hoch und verschwand sofort wieder.

Frank schüttete seinen Whisky hinunter und schob seinen Stuhl nach hinten.

»Ich bin in zehn Minuten wieder zurück«, sagte er beim Aufstehen. »Ich hol nur mal eben etwas Werkzeug und sage Annette Bescheid.«

»Okay.«

Frank ging ruhig hinaus, in einem Schlender-Tempo, als hätte er sich plötzlich entschlossen, sich auf dem Heimweg noch eben in einer Grillbude einen Burger zu kaufen.

Er und Annette wohnten gleich um die Ecke in der Viktoriagade.

Wie schon gesagt: Leute einer gewissen Sorte finden in gewissen Vierteln leicht zusammen.

Währenddessen warteten der Whisky und ich. Es

war immer noch ein Warten, ein ständiges Warten, aber irgendwie kam es einem nicht mehr so trübe und langweilig vor wie in der Kantine des BLADET.

28

Es dauerte einige Zeit, bis Frank zurückkam. Einige Minuten lang hatte ich schon gedacht, er hätte kalte Füße bekommen – oder dass Annette ihm die verpasst hätte.

Aber dann kam er doch. Natürlich kam er. Leute, mit denen man würfelt, beschummelt man nicht – jedenfalls nicht auf diese Art.

»Ja?«, sagte er.

Das bedeutete: Wollen wir gehen?

Wir gingen, mit Bobs wachen Augen im Rücken. Offenbar halten immer Augen nach einem Ausschau. Es sind stets Augen, die nichts Besseres zu tun haben.

Arme Augen.

Draußen auf der Straße hob ich meine Hand hoch, um ein Taxi heranzuwinken. Meine Hand wurde umgehend wieder heruntergerissen.

»Wir *laufen*«, sagte Frank.

Ein Fachmann bis in die Fingerspitzen.

Wir gingen schweigend dieselbe Strecke zurück, durch den Teil Kopenhagens, wo ich jede Steinplatte beim Vornamen kannte. Ich blickte zum Vollmond auf und wünschte mir, dass das Ganze nur ein Traum wäre. Dass alles nur ein Traum wäre.

Frank war ebenfalls nervös.

»Bist du dir darüber im Klaren«, sagte er plötzlich, »dass mein letztes Ding erst ein halbes Jahr her ist?«

»Nein«, sagte ich. »Ich dachte, es wäre viel länger her. Ich dachte, du wärst *clean*.«

»Zum Teufel«, sagte er. »Hast du denn noch nie was von der herrschenden Arbeitslosigkeit gehört? Das hier ist der einzige Beruf, von dem ich was *verstehe*.«

Eine klare Aussage.

So ist es eben bei Menschen wie Frank: Sie reden nie mehr als das absolut Nötige, wofür in der vorliegenden praktischen Situation gerade Bedarf ist. Sie leiden nicht, wie so genannte ›kultivierte‹ Mitbürger mit guter Ausbildung, unter einer konstanten nichts sagenden Verbal-Diarrhöe. Vielleicht wissen sie irgendwo, *woher* auch immer sie es wissen mögen, dass nichts, was man sagt, überhaupt jemals irgendetwas ändert, gerade weil es etwas ist, was man nur *sagt*.

Ein Krankenwagen fuhr mit Blaulicht und Sirene an uns vorbei, als wir uns dem Osborne-Gebäude näherten, genau zwischen Vesterbrogade und Frederiksberg-Allé, genau da, wo die beiden Straßen – wie gespreizte Oberschenkel – auseinander gehen.

»Annette ist schwanger«, sagte Frank, als wäre er durch den Krankenwagen daran erinnert worden.

»Tatsächlich?«, antwortete ich. »Glückwunsch.«

»Danke«, murmelte er. »Sie war nicht gerade davon begeistert, dass ich mit dir gehe.«

Ich hätte die Sache immer noch abblasen können. Er hatte mir tatsächlich gute Karten in die Hände gespielt. Ich hätte sagen können: Mein Freund, das hier ist hoffnungsloser Blödsinn, ein alberner Plan – vergessen wir es, ich gebe im Stjernecafé einen aus, und dann sagen wir gute Nacht. So zu handeln wäre völlig vernünftig. Frank könnte beruhigt nach Hause zu Annette gehen, und ich rüber zu Gitte, und die ganze Welt wäre bestenfalls ein klein wenig sicherer aufgehoben, schlimmstenfalls – was auch gar nicht so schlecht war – völlig gleichgültig und unbeeindruckt.

Unser Platz war bei unseren schwangeren Frauen, ganz abgesehen davon, wie sehr oder wie wenig sie ›unsere‹ waren. Es gab keinen zwingenden Grund, idiotische Einbrüche zu begehen. Auch wenn ich natürlich rein theoretisch und prinzipiell jederzeit behaupten würde, dass Mord, selbst an älteren homosexuellen Kunsthändlern, in einer zivilisierten Gesellschaft eine Unsitte ist – eine Ansicht, die ich völlig mit dem anachronistischen Fossil teile, das man in Akademiker-Kreisen als ›Legislative‹ bezeichnet –, so gab es doch keinen Grund, warum Eric Liljencrones Tod besonders *mich* etwas angehen sollte.

Das war auch nicht der Fall. Ich hatte ihn nicht gekannt und hätte auch gar nicht – selbst wenn man mir das Angebot gemacht hätte – den Wunsch dazu gehabt. Jeder von uns lebte in seiner eigenen Welt. Dazwischen war möglicherweise nur ein Abstand von wenigen hundert Metern, aber trotzdem waren es zwei voneinander getrennte Welten. Genauso geteilt wie Ost- und Westberlin, wo es nicht einmal mehrere hundert Meter dazwischen gab.

Auch zu Moritz hatte ich keine – wie es in Barbaras Briefkasten heißen würde – ›enge gefühlsmäßige Bindung‹ gehabt. Und was den verstorbenen Willy Marcus Fontana betraf, so war ich – ausgehend von unserer kurzen, wenn auch heftigen Bekanntschaft – geneigt, einen übergeordneten Maßstab anzulegen, nämlich, dass er zweifellos genau das gekriegt hatte, was er verdiente.

Dennoch, ich hätte mich immer noch aus der ganzen Affäre zurückziehen können, und der letzte Rest gesunden Menschenverstandes würde dazu raten, dass ich es auch tun sollte.

Ich zögerte und war nahe dran abzusagen.

Warum ich es nicht tat, wusste ich nicht, aber ich erkannte dieses Gefühl wieder, von anderen – sehr unterschiedlichen – Erlebnissen im Laufe meines Lebens, von der Kindheit bis zum Erwachsensein. Vielleicht ist die Erklärung ganz einfach: Es gibt gewisse Dummheiten, die man einfach begehen *muss*, weil es keinen Weg daran vorbei gibt. Vielleicht steht einem das schon in den Sternen geschrieben, des Herrgotts Antwort auf das BLADET.

Der Paludan-Müllers-Vej war immer noch still, schwarz und leblos wie vorher. Kein Mensch in dieser Straße war nachts auf, trank Whisky und hörte alte Platten mit seiner Lieblingsmusik, kein Mensch las da ein Buch, kein Mensch hatte dort Besuch, der sich – wie man in den feineren Salons sagte – ›ein paar Stündchen hinzog‹. Im Paludan-Müllers-Vej hatte man für heute einfach den Laden dicht gemacht.

»Warte einen Moment«, sagte ich zu Frank.

Er tauchte in einen Hauseingang, so natürlich, als wäre er ein Teil des Mauerwerks, aber mit einer solch geschmeidigen Selbstverständlichkeit, wie ein Fuchs hinter einem Gebüsch in Deckung geht.

Von einer Telefonzelle an der Ecke zur Kingosgade versuchte ich zweimal, eine Telefonnummer anzurufen, die ich, wie mir schien, allmählich viel zu gut kannte. Eine Nummer, deren Ziffern mir im Blut tickten. Cortzen könnte ja inzwischen nach Hause gekommen sein, sofern er sich noch irgendwo ›verlustiert‹ hatte, wie man das in seinem Bekanntenkreis zweifellos immer noch nannte.

Aber ich bekam – wie wir zu meiner Zeit als Musiker über das Publikum sagten – keinen Respons.

Ich ging zurück zu Frank und zeigte auf das Haus Nr. 9 mit Turmspitze und Erkern und dem ganzen Brimborium. Frank seufzte leise und sagte mit gedämpfter Stimme: »Das ist genau so ein Plätzchen, wie es sich Annette wünscht.«

»Da ist sie nicht die Einzige.«

»Nein. Los jetzt?«

»Ja.«

Frank holte ein spitzes Metallding aus seiner Jackentasche und steckte es in das Schloss der Haustür. Er brauchte nur wenige Sekunden herumzufummeln, bis die Tür sich auch schon öffnete. Er lächelte mir zu, wie ein Artist, der mit berechtigtem Stolz eine Leistung zeigt, die ihm nicht jeder nachmachen kann. Dann schloss er die Tür langsam wieder – ohne einen einzigen Laut.

»Hör mal«, flüsterte er, »du wirst eine Lampe brauchen. Ich hab so ein schickes kleines Modell mitgebracht. Hier.«

Aus dem Arsenal in seiner Jackentasche zog er die kleinste Taschenlampe hervor, die ich je gesehen hatte. Sie war in der Hand nicht größer als eine Zigarette und hatte auch die gleiche Form.

Nicht einmal an so etwas Einleuchtendes wie eine Lampe hatte ich gedacht. Ein weiterer Beweis dafür, dass es sich stets lohnt, den Fachmann zu Rate zu ziehen. Ein weiterer Beweis dafür, wie wichtig und entscheidend das richtige Werkzeug ist, ganz gleich, was man bewerkstelligen will.

Zeitpunkt und Ort waren für spontane Beifallsstürme nicht geeignet. Ich klopfte Frank auf die Schulter und drückte ihm die Hand. Die Stunden, die ich mit *ihm* gewürfelt hatte, waren jedenfalls nicht vergeudet gewesen.

»Ich hau dann sofort wieder ab«, flüsterte er.

»Okay«, flüsterte ich zurück. »Zweiter Stock.«

Mit der gleichen spielerischen Leichtigkeit und kindlichen Freude über seine hervorragenden Fähigkeiten öffnete er wieder die Haustür, und im spärlichen Schein der Taschenlampe gingen wir hinein.

Wir achteten nicht auf die Umgebung, sondern schlichen uns nur so lautlos wie möglich hoch in den zweiten Stock.

Ich richtete die Taschenlampe auf das Türschild mit dem Namen, L. L. Cortzen stand da – und darunter in einer eigenen Zeile: Rechtsanwalt. Damit ja niemand glauben sollte, er wäre Bau- und Betonarbeiter.

Ich richtete den Lichtkegel auf das Türschloss, und Frank begann – nachdem er das Ohr an die Tür gelegt hatte – mit seiner Arbeit.

Es war wirklich ein Erlebnis zu sehen, wie er da stand, wie eine Katze mit gekrümmtem Buckel über einer reglosen Maus, und versuchte, das Geheimnis eines etwas besseren herrschaftlichen Türschlosses zu lüften, ohne dabei mehr Lärm zu machen als ein meditierender Mönch in einem Buddhisten-Kloster. Ich lauschte angespannt, bereit, auch das schwächste Signal aufzufangen, aber ich hörte schlichtweg nichts – nur ein kleines, trockenes Knacken, das bekundete, dass die Tür jetzt offen war.

Ich hatte nicht geglaubt, dass es *so* leicht gehen würde. Vielleicht sollte das BLADET eine Artikelserie darüber bringen, wie veraltet unsere privaten Sicherheitsmaßnahmen sind.

Frank gab mir einen leichten Klaps auf die Schulter, als ob er mir beschützend klar machen wollte, dass es immer ein erstes Mal gebe, aber dass man sich daran gewöhnen würde, wenn erst mal das Lampenfieber überstanden ist, und dann war er schon die Treppe hinunter verschwunden. Wie ein Windhauch.

Ich blieb stehen und horchte ein oder zwei Minuten lang. Es war nichts zu hören. Es war still. Es war viel, viel, viel zu still. Wenigsten ein Hund hätte doch da sein können, der blaffte, weil er mitten in seinem gesunden, animalischen Schlaf Albträume hatte, man hätte wenigstens einen Wecker ticken hören müssen oder das Geräusch eines Tiefkühlschranks, der das Stromnetz belastete.

Das Einzige, was zu hören war, war mein Atmen.

Ich schloss die Flurtür hinter mir so leise ich konnte, ohne sie ins Schloss fallen zu lassen, aber ich war kein Frank.

Ich betrat einen Flur, der dem Liljencrones wie ein eineiiger Zwilling glich. Ein Spiegel auf einer Konsole, ein Garderobenständer, eine Palme, ein Garderobenschrank, ein großer, breiter, chinesischer Krug, der augenscheinlich als Erholungsheim für Regenschirme und beschlagene Spazierstöcke diente.

Außerdem zwei Papprollen.

Ich hatte Papprollen im Gehirn. Ich selbst hatte ja zu Ehlers gesagt, wie praktisch und vielseitig verwendbar diese unentbehrlichen Gegenstände wären.

Ich untersuchte beide Rollen. Sie waren leer.

Von irgendwoher im Haus ertönte ein pfeifender Ton. Wie von einer Katze, die sich streckt, vielleicht, oder von einem Säugling, der sich im Schlaf umdrehte.

Als ich die Papprollen in den Krug zurückstellte, stieß ich an einen der Stöcke. Es gab einen leisen Kontaktlaut. Keinen größeren Lärm, aber der Laut entzündete einen Funken. Dieser passte irgendwie nicht. Nicht zu einem großen, schweren Stock aus Eichenholz. So ein Stock gibt einen dumpfen, schweren, massiven Laut von sich. Dieser hier klang fast hohl, hohl wie die Akustik in schlecht isolierten Betonhallen.

Man hat ja gute Ohren. Man ist ja alter Musiker.

Fast hohl?

Mit der schmächtigen Taschenlampe in der linken Hand manövrierte ich ungeschickt den Stock aus dem Krug hoch. Es war ein Eichenholzstock, ein exklusives Exemplar mit dramatischen Knorren und Knoten, am oberen Ende mit einem Goldknauf versehen.

Den Goldknauf konnte man abschrauben.

Ich tat es und versuchte mit angestrengt zusammengekniffenen Augen, in das Innere des Stockes hineinzusehen. Da war *etwas*. Papier?

Ich tastete mich mit den Fingern vor, in einem unfreiwillig komischen, linkischen Balanceakt mit Lampe und Stock. Nein, es war kein Papier. Es war stärker und schwerer.

Leinwand.

Innerlich klang mein bescheidenes persönliches Atmen für mich wie die Blaskapelle der Heilsarmee auf dem Vesterbro Torv.

Ich hatte kaum die Rolle herausgefummelt und ein paar Bruchstücke abstrakter Farbflächen erkannt, die – selbst im Schein der Taschenlampe – Jackson

Pollocks Bonbondosen-Malerei in Liljencrones Wohnung zum Verwechseln ähnlich waren, als im Flur das Licht eingeschaltet wurde und eine Stimme, die so klang, als wüsste sie, was sie wollte, eine ebenso klassische wie kitschige Formel aussprach:

»Hände hoch!«

Ich ließ den Stock fallen.

29

Einen Moment lang war ich von dem Licht völlig geblendet. Dann war ich wieder in der Lage, die tatsächlich vorhandene Welt mit all ihren Fehlern und Schwächen zu erkennen.

Die tatsächlich vorhandene Welt war zurzeit mit Anwalt L. L. Cortzen identisch. ›L. L.‹, wie sein Büropersonal ihn sicher nannte, trug einen teuer aussehenden, königsblauen Pyjama mit seinen Initialen auf dem Brustkorb. Außer dem Pyjama und einem Paar Hausschuhen trug er ansonsten nur eine Pistole. Eine kleine – grau, unansehnlich und farblich trivial im Vergleich zu seinem Pyjama. Trotzdem machte die Pistole den entscheidenden Unterschied aus.

Er stand in einer Tür, die anscheinend in ein Zimmer führte. Er hielt die Pistole so fest und sicher und gleichzeitig so lässig in der Hand, wie ein anderer seine Tabakspfeife halten würde. Er ließ seinen Blick über mich wandern, langsam, unendlich langsam, wie in einer Filmszene, die aus Rücksicht auf die dramatische Spannungskurve so lang wie möglich ausgedehnt werden *musste*. Sein Blick blieb konzentriert und wie festgefroren auf dem Stock haften, aus dem die Leinwand herausschaute.

»Ja *dann*«, sagte er.

Ich hatte keine passende Antwort parat, jedenfalls nicht sofort. Meine Hände fuhren hoch, so hoch, als würde ich ein unsichtbares Taxi heranwinken, und der Stock lag regungslos dort auf dem Fußboden, wo er hingefallen war. Ich sah nach unten und dachte eine geschlagene Sekunde lang, dass dieser verdammte Eichenholzstock, wenn ich jetzt erschossen würde, das Letzte wäre, was ich sah. So wenig für so viel.

»Kommen Sie mit!«, sagte Cortzen.

Er sagte das eigentlich nicht im Befehlston, er sagte es so, wie wenn man eine praktische, alltägliche Anweisung gibt, bestimmt genau so – und im gleichen Ton –, wie wenn er in einem Prozess den Gerichtsdienern Weisungen erteilte.

Mit immer noch erhobenen Händen folgte ich ihm aus dem Flur in das Zimmer. Er war sehr umsichtig. Er ging langsam rückwärts, Schritt für Schritt, wodurch er mir höflicherweise Platz ließ, vorwärts zu gehen, und hielt genau einen Meter Abstand, um vor spontanen Überraschungen sicher zu sein. Ich hatte keine Chance. Und selbst wenn es eine gegeben hätte, ich hätte sie nicht nutzen können, also machte es nicht viel aus.

Auf die beschriebene Weise navigierte er uns in ein Zimmer, wo er – immer noch, ohne seine Pistole wegzustecken – eine kleine, schlichte Lampe anschaltete und mit einem Finger auf einen Sessel deutete. Ich dachte bei mir, ich sollte mich besser auf den Sessel setzen. Ich ging sogar einen Schritt weiter, nämlich zur Praxis über, und setzte mich hin.

Es war ein ziemlich großes Zimmer. Die Gardinen waren ganz zugezogen. Die einzige Lampe verbreitete gerade so viel Licht, dass ich gute, solide, schwere Teakholzstühle erkennen konnte; ein richtiges ›Herrenzimmer‹, ganz in Braun gehalten.

Cortzen setzte sich mir gegenüber in einen Ledersessel, der genau zu meinem passte, auf der anderen Seite des Tisches, ein kleiner von der Sorte, den man in informierten Kreisen sicher als ›Rauchtischchen‹ bezeichnen würde. Er schien zu überlegen, wie er unter diesen Umständen eine Unterhaltung beginnen könnte. Frage an den Briefkasten des BLADET: Was sagt man eigentlich zu einem Mann, den man soeben in seinem eigenen Flur überrascht hat.

Die Situation war absurd.

Als das Licht besser wurde, sah ich, dass er – trotz seiner Ruhe – schimmernde Augen hatte. Sie glänzten, als hätte er Fieber.

Okay, in diesem Spiel waren wir beide Anfänger.

Hoffte ich jedenfalls.

Ich versuchte mein Glück und steckte mir eine Zigarette an, ganz vorsichtig, mit sparsamen, langsamen, ungefährlichen Bewegungen. Cortzen sah mich dabei aufmerksam an. Als ob er irgendetwas überlegte.

»Dann sind Sie also Einbrecher?«, sagte er, als tauschte er höflich interessierte Floskeln auf einer Cocktail-Party aus.

Das war ein leichter Anfang.

»Ja«, sagte ich. »Meine Spezialität ist Jackson Pollock, aber ich interessiere mich auch ein wenig für Léger.«

Das war nicht gerade das, was er hören wollte.

Sein Schnäuzer vibrierte, wie um zu bekunden, dass meine Konversation nicht das erwünschte Niveau hatte.

»Sie haben es erraten?«

Ich zuckte mit den Schultern, etwas, an das ich mich allmählich gewöhnt hatte, als wäre es das Einzige, was ich tun *konnte*, ohne anmaßend zu sein. Nichts hatte ich erraten. Ich wusste nicht mal, was ›es‹ war. Ich musste bluffen.

Cortzen war allem Anschein nach der gleichen Meinung. Man kann ja viel über Anwälte sagen, aber sie lernen, den Überblick über eine Sache zu behalten. Jedenfalls haben sie eine faire Chance, es zu lernen.

Ich konnte in dem großen, stillen Haus fast sein Gehirn vor lauter Arbeit knacken hören.

Es war so einfach: Er konnte mich nicht gehen lassen. Ging ich, und ging ich zu Ehlers und würde ihm von dem interessanten Bild erzählen, das ich in seinem, Cortzens, Flur gefunden hatte, wäre das nicht gut für seinen Ruf – auch dann nicht, wenn er das Bild in der Zwischenzeit wegschaffen könnte. Würde ich bleiben, wäre ich zweifellos eine Last und Beeinträchtigung für seine tägliche Haushaltung.

Für das Problem gab es praktisch nur *eine* Lösung.

Zu dem gleichen Schluss war *er* wahrscheinlich auch gekommen. Jedenfalls blickte er gedankenvoll auf seine Pistole hinunter. Es schien, als würde er sie im Geiste streicheln, so wie man ein geliebtes Schmusetier streichelt.

Dann kam ihm anscheinend die Erleuchtung.

»Wie viel?«, sagte er.

Ich war fast gerührt. Man bricht in die Wohnung eines Mannes ein, illegal, mitten in der Nacht, und dann bietet einem der Mann selbst dafür auch noch Geld an. Wirklich liebenswürdig. Wie viel?

»Wofür?«, fragte ich.

Ein Gespräch muss in Gang gehalten werden. Neues Holz aufs Feuer.

»Damit Sie den Mund halten.«

Das war ein Angebot. Endlich kam ich mir wie einer dieser 18-jährigen Fußball-Bengel vor, die man nach Italien verkauft und die dann für etwas, das gestern noch ihr Hobby war, plötzlich Millionäre werden können. Ich dachte nach, wie wir seriösen Klienten das nun mal tun.

»Nein«, sagte er abrupt wie ein Boogie-Woogie-Pianist beim vierten Refrain, als würde er schlagartig seine Meinung ändern. – »Das geht nicht.«

Das sagte er nicht zu *mir*. Das war etwas, was er nur sich selbst anvertraute, nachdem er in seinem Gehirn eine Vorstandssitzung einberufen und vorschriftsmäßig abgehalten hatte.

»Nein«, schloss er. In kultivierter Sprechweise, als bedauerte er es wirklich, als wäre es einer der kleinen Stöße, die die Welt austeilt, aber es war ja auch für *ihn* nicht leicht, und wir mussten uns ja alle mit unseren Problemen herumschlagen.

Ich versuchte, den Abstand zu ihm hin zu berechnen. Wenn ich mich entschlossen vorbeugen würde, könnte ich vielleicht – mit ein bisschen Glück – das kleine Rauchtischchen direkt gegen seinen Pyjama treten und mich selbst hinter dem Tischchen in Deckung bringen.

Wenn es ihm nicht, objektiv gesehen, gelang, zuerst zu schießen.

Er dachte immer noch nach.

Die Pistole war ihm auf den Schoß gesunken, aber

jedes Mal, wenn ich die Asche meiner Zigarette abstreifte, hob sie sich ein paar Zentimeter, um zu zeigen, dass sie bereit war.

L. L. Cortzen schien mit sich selbst zu kämpfen. Er sah aus wie jemand, der gerne reden *will*, aber nicht *kann*. Er bewertete und analysierte so kühl wie ein Metronom, aber es schien ihn nicht sonderlich zu berühren. Genauso gut hätte er eine Monatsrechnung vom Lebensmittelladen kontrollieren können.

Seine Augen glänzten immer fiebriger, und er begann zu schwitzen.

Ich steckte mir eine weitere Zigarette an.

Ich überlegte, wie spät es wohl sein mochte. Ich dachte an Gitte und was sie wohl sagen, denken und tun würde, morgen, übermorgen und ... wenn ...

Auf dem Tisch lag ein Kartenspiel. So ganz symbolisch.

Ich fand, der gute Mann hatte jetzt lange genug Zeit gehabt, um eine Entscheidung zu treffen, allgemein gesehen, aber wiederum, je länger es dauerte, desto länger blieb ich am Leben.

Ein vielleicht egoistischer Gesichtspunkt. Er veranlasste mich jedoch, ihm seine Unentschlossenheit nicht vorzuwerfen.

An sich gereichte diese ihm sogar zur Ehre. Es ist nicht leicht, auf einen Menschen zu schießen, das lernte ich daraus – als meine vielleicht letzte Erfahrung. So etwas macht man nicht gern. So etwas verbreitet keine Freude und kein Lächeln in den kleinen Familien. Manchmal ist man natürlich verdammt noch mal dazu gezwungen, aber es ist trotzdem unangenehm, und es *wäre* schon das Beste, wenn es sich einfach vermeiden ließe.

Aber das ging nicht. Es konnte sich nur hinziehen.

Ich hatte lange genug auf mein Stichwort gewartet. Als ich meine zweite Zigarette ausdrückte, beugte ich mich so weit nach vorn zum Aschenbecher, dass ich meine Oberschenkel ganz unter die Tischplatte brachte, um die Möglichkeit zu einem effizienten Zugriff zu haben. Ich spannte alle meine Muskeln, die ich hatte, so stark wie möglich an und schnellte vor.

Die Naturgesetze funktionierten, immer noch Spitze und *still goin' strong,* nach etlichen Tausenden von Jahren in der Branche. Der Tisch flog ihm entgegen. Er *flog* tatsächlich, von meinem Sessel aus schien es jedenfalls so. Es war wie Zeitlupe in einem Film, ein langsames Abspulen, wobei der Tisch Stunden brauchte, um mit seinem Zwerchfell in Kontakt zu kommen.

Er war überhaupt nicht darauf vorbereitet, aber er war schnell. Er war sofort wieder auf den Beinen. Aber in der Zwischenzeit hatte *ich* es durch die Tür ins nächste Zimmer, Cortzens Schlafzimmer, geschafft. Es war nur die Sache eines Augenblicks, und es war die einzige Möglichkeit. In der Schlafzimmertür steckte – wie aufmerksam – von innen ein Schlüssel. Ich schaffte es, ihn umzudrehen, bevor Cortzen heran war.

Erst später dachte ich darüber nach, wie selten Leute eigentlich glauben, ihre Schlafzimmer von innen abschließen zu müssen.

Aber jetzt war die ganze Farce zu einem akuten zweiten Akt fortgeschritten. Cortzen war draußen, ich drinnen. Cortzen wollte rein, ich wollte raus.

Der älteste Plot der Welt. Dick und Doof.

Eine Kugel zischte durch die geschlossene Tür. Cortzen hatte einen Schalldämpfer aufgesetzt. Wie klug von ihm – in dieser Gegend. Die Ansichten über die Notwendigkeit des Einsatzes von Schalldämpfern sind von Viertel zu Viertel wirklich sehr unterschiedlich.

Pistolen dagegen werden in allen Vierteln verwendet.

Cortzen warf sich mit der Schulter gegen die Tür. Es war keine gute, solide Tür von der handwerklichen Qualität, die man in einem Haus dieser Klasse eigentlich hätte erwarten können. Feige, kläglich und mies gab sie schon beim dritten Stoß nach.

Ich drückte mich zärtlich an die Wand und versuchte, mir eine den Umständen entsprechende ratsame und passende Strategie zurechtzulegen, wie dies so oft zu verschiedenen Anlässen, u. a. von dem verstorbenen chinesischen Staatsmann Mao Tse Tung, empfohlen wurde, und vor ihm von etlichen anderen.

In dem dunklen Schlafzimmer war nichts zu entdecken, was auch nur im Geringsten als Waffe getaugt hätte. Cortzen war nicht auf eine Kissenschlacht aus. Ein Bettlaken oder ein Federbett können einen menschlichen Körper nicht vor Kugeln schützen.

Ich dachte blitzartig an die Laken, die sie im Leichenschauhaus des Städtischen Krankenhauses benutzten.

Geboren in Laken, geliebt zwischen Laken, günstigstenfalls, gestorben und eingewickelt in Laken – so ist das Leben.

Die Türzarge gab den wiederholten Übergriffen allmählich nach. Im nächsten Moment würde er hereinkommen. Ich starrte auf die wackelnde Türzarge, als wäre es das Letzte, was ich sehen würde. Sie bewegte sich Millimeter für Millimeter, so sicher, beharrlich und unvermeidbar, wie ein Ozean eine Felsklippe untergräbt.

Dann gab es Lärm auf der Treppe, lauten Lärm, Schritte, Stimmen. Danach ging alles in Überschallgeschwindigkeit anstatt in Zeitlupe.

Cortzen brach die Tür mit einem Knall auf, und gleichzeitig feuerte er einen anderen auf mich in die Dunkelheit des Schlafzimmers ab. Ein Feuerstrahl blitzte auf. Mit dem Licht im Rücken blieb er in der Türöffnung stehen. Das konnte *er* sich ja jetzt erlauben.

Ein dritter Knall ertönte. Ein vierter. Eine Menge Geräusche, ein stereofones Feuerwerk an Geräuschen. Sie pressten sich von allen Seiten gegen mein Trommelfell.

Und dann war alles still.

›Wie im Grab‹.

30

Kein Grund zur Besorgnis«, sagte eine dumpfe, belegte Stimme. »Es ist nur eine Schramme.«

»Die hat mir Sorgen gemacht«, sagte eine andere, noch undeutlichere Stimme.

Ich erkannte sie trotzdem. Es war Ehlers' Stimme, und sie war es schon jahrelang. Und falls Ehlers nicht mit sofortiger Wirkung den Job gewechselt hatte und jetzt an der Himmelspforte im Jenseits fest angestellt war, war es ziemlich wahrscheinlich, dass ich noch am Leben war.

Sicherheitshalber hielt ich aber meine Augen weiterhin geschlossen.

»Möchte wissen, wie *der* reingekommen ist?«, sagte Ehlers. Seine Stimme klang immer noch so, als käme sie von ziemlich weit weg, aus einem Lautsprecher, der in Schals und Skimützen eingepackt war.

Die andere Stimme sagte nichts. Sie nahm mich am Hals, beugte meinen Kopf nach hinten und goss mir etwas zwischen die Lippen.

Cognac.

Endlich war *ich* mal an der Reihe, von einem Sankt Bernhardiner gefunden zu werden, mit einem Einführungsangebot.

Ich hustete und öffnete dadurch reflexartig die Augen. Ich sah die Dinge wie durch einen Schleier, wie auf einer vergilbten alten Filmkopie, aber dennoch konnte ich mich orientieren. Ich saß in demselben Sessel, in dem ich gesessen hatte, als ich mit Cortzen redete. Ehlers saß mir gegenüber und schien viel Zeit zu haben. Kaspersen, immer noch ein wenig blass, stand über mich gebeugt und hielt das Cognacglas.

Meine Augen tränten, und mein Kopf dröhnte wie eine ganze Maschinenfabrik, aber viel schlimmer war ein scharfer, stechender Schmerz in meinem linken Arm. Ich versuchte, den Arm vorsichtig fünf Zentimeter anzuheben. Es ging, auch wenn es nicht gut tat.

Vom Schlafzimmer her war Lärm zu hören, gedämpfter Lärm, als ob jemand herumwerkeln und in Seelenruhe nach seinem Pyjama suchen würde.

Kaspersen gab mir mit vorbildlich menschlicher Rücksicht den Rest des Cognacs. Der Gedanke daran, wie oft wir uns in den vergangenen vierundzwanzig Stunden gegenseitig Cognac eingeschenkt hatten, nachdem wir einer nach dem anderen bewusstlos gewesen waren, brachte mich fast zum Lachen. Das Ganze glich einer Farce, so wie jedes Menschenleben wohl stets einer Farce gleichen muss – jedenfalls aus der Sicht für den, der den Überblick von oben hat.

Oder nur von außen.

Ehlers sah mich ruhig und abwartend an – fast mit dem gleichen Blick, den er heute schon einmal – praktisch gestern – auf Falk gerichtet hatte, als *der* niedergeschlagen worden war.

»Na?«, sagte er dann.

»Einen Augenblick«, sagte ich, wobei ich mit allergrößter Vorsicht meine empfindliche Sprengladung von Kopf ganz leicht vor- und zurückbalancierte. Das Experiment gelang.

Ich sah wieder klar. Sogar mehr als das: Ich konnte sogar wieder klar denken.

»Was ist passiert«, sagte ich. »Ich dachte, er hätte mich erwischt.«

»Er war dicht dran«, sagte Ehlers. »Wenn wir nicht gekommen wären.«

»Wie seid *ihr* gekommen?«

»Mit dem Auto.«

»Ich meine, *warum*.«

»Warum bist *du* gekommen?«

»Um ein Interview zu machen.«

»Ein *Interview*?«

»Du weißt vielleicht, dass ich bisweilen als Journalist arbeite. Otzen wollte ein Interview mit Cortzen über seinen verstorbenen Freund Liljencrone haben, der Mensch hinter der Fassade, der empfindsame Kunstliebhaber, und das alles. Ich bin hier heraufgekommen ...

»Und er hat dich im Pyjama empfangen?«

»Es war schon spät.«

»Und dann?«

»Dann ging ich in den Flur und fand ...«

»Und hast eine Leinwand oder zwei gefunden, die du kanntest«, beendete Ehlers liebenswerterweise den Satz für mich. »Wir haben sie. Nur ihretwegen habe ich Kaspersen von seinem Krankenlager aufgescheucht. Ich wusste, dass er sie wiedererkennen würde, falls sie hier wären.«

»Ich bin nicht krank«, sagte Kaspersen, fast wie eine Fußnote, mit der man einen Druckfehler entschuldigte.

Das Rascheln im Raum nebenan ging mit zunehmender Lärmfrequenz weiter, als ob die Putzfrau gekommen wäre und mit ihrer Arbeit begonnen hätte, ohne sich um das zu kümmern, was sonst um sie herum geschah. Möbel wurden mit scharrenden Geräuschen über den Boden hin- und hergerückt.

Polizeiliche Durchsuchung, natürlich.

Ich atmete tief durch und war mir dieses Privilegs durchaus bewusst. Ich ging noch einen Schritt weiter und fischte meine Zigaretten aus der Brusttasche. Sie waren geknickt, das ganze Päckchen; das kommt davon, wenn man mit solchen Leuten Umgang hat. Ich steckte mir eine halbe Zigarette an. Sie glühte auf, und weg war sie.

»Aber wieso seid ihr gekommen«, fragte ich wieder.

Ehlers lächelte, ganz leicht, als wollte er zeigen, dass auch *er* die Ironie des Daseins zur rechten Zeit schätzte.

»Das war deine Schuld«, sagte er. »Es waren die Rahmen im Café Christopher. Das Labor hat sie untersucht und auf ihnen die Fingerabdrücke von beiden Hoff-Brüdern gefunden. Das wäre ganz normal gewesen, wenn es sich dabei um Abfall aus ihrem Lokal gehandelt hätte, aber die Brüder waren trotzdem nicht begeistert. Besonders nicht, weil sich durch die Labor-Untersuchungen in den Rahmen Spuren von Kokain nachweisen ließen.«

»Koks?«

»Ja«, sagte Ehlers. »Geniale Idee, was? Kostbare Gemälde sind während des Transports hoch versichert, und wenn man so was beim Zoll vorzeigt, stellt das Bild einen so großen Wert dar, dass niemand etwas dahinter erwartet. Der Rahmen aber ist gewissermaßen wertlos, und ist er groß und stabil genug, lassen sich darin viele kleine Tüten Kokain verstecken. Und Kokain ist – wie du mit deinen Erfahrungen weißt – fast die einzige Droge, die eindeutig ein Oberschicht-Phänomen ist. Es ist teurer als alle anderen, noch teurer sogar als Heroin und Morphium, also wird es nur von Leuten gekauft, die Geld haben. Und du weißt – man kann sich eine komplette Wohnzimmereinrichtung auf Kredit kaufen, aber eines hat man noch nie auf Kredit kaufen können, und das ist Rauschgift.«

Er machte einen sehr zufriedenen Eindruck, als er mit seiner kleinen Vorlesung fortfuhr. Er schien recht stolz auf sein umfassendes Wissen zu sein.

»Dann fingen die Brüder an zu reden, so gut sie konnten. Wir machten mit ihnen einen Deal. Den üblichen, um es gleich zu sagen. Wir machten sie darauf aufmerksam, dass wir genug hätten, um sie für längere Zeit einzubuchten, besonders mit ihrer Vergangenheit, aber andererseits wären wir auch willig, ihnen Strafmilderung in Aussicht zu stellen, wenn wir den Eindruck hätten, dass sie kooperationsbereit wären, wenn sie uns zum Beispiel Informationen liefern könnten, die dazu führen würden ... und so weiter, du kennst ja die ganze Litanei.

Als wir erst ihre Zungen gelöst hatten, wurden sie

sehr gesprächig. Es war das reine Vergnügen. Sie redeten wie ein Vertreter, der einem an der Tür ein dreißigbändiges Lexikon verkaufen will. Sie erzählten von Cortzen. Sie erzählten von Fontana. Sie erzählten sogar ein bisschen von Liljencrone. Da aber Cortzen der einzige Lebende war, von dem sie sprachen, haben wir uns auf ihn konzentriert.

Okay, uns fehlen noch eine Menge Details, das wird tagelange Routinearbeit, aber wir wissen in groben Zügen Bescheid. Cortzen war kokainsüchtig ...«

Ich erinnerte mich an seine fiebrig glänzenden Augen. Ich sah sie direkt vor mir.

»Cortzen hatte über ihren gemeinsamen Kunsthandel ein Schmuggel-System aufgebaut. Formal war er es, der den Versand der Sachen erledigte – also sein Büro. Er brauchte lediglich die Rahmen auszutauschen. Weder der Absender noch der Empfänger fragten jemals nach den Rahmen, Hauptsache, das Bild kam an.«

»*Wohin* gingen die Rahmen?«

»Das wussten die Brüder nicht. Wir müssen Cortzens Unterlagen genauestens überprüfen, in der Hoffnung, auf seine Geschäftsverbindungen zu stoßen. Es ist wahrscheinlich irgendein Büroangestellter oder von mir aus ein Prokurist in einer Firma, mit der sie regelmäßig Geschäfte machten, einer, der die Sendungen nur abholen, die Quittungen unterschreiben und die Rahmen austauschen musste – vielleicht in ganz identischen Standardgrößen – und dann die Bilder zu *seiner* Firma zurückbringen. Wirklich clever. Die beste Idee, von der ich in dieser Branche seit langem gehört habe.«

»Aber Fontana?«

»Cortzens rechte Hand, und umso nützlicher für

ihn, weil er Liljencrones Protegé war. Liljencrone ahnte nichts davon.«

»Wieso glaubst du das?«

»Denk mal so: Liljencrone und Cortzen waren lange Zeit Kumpel gewesen. Irgendwie findet Liljencrone heraus, was da abläuft. Vielleicht erzählt Fontana ihm davon in einem Anfall von schlechtem Gewissen, vielleicht ahnt er es selbst. Das werden wir wohl nie erfahren.

Dann trifft Liljencrone sich mit Fontana, er gibt ihm einen Scheck, und einen Tag danach erscheint er nicht zu seiner Verabredung mit Cortzen. Ist das nicht auffällig? – für Cortzen, meine ich. Er fürchtet, dass die Sache aufgeflogen ist. Also beschließt er, Liljencrone zu ermorden. Er weiß von Fontanas Verabredung, er kommt, direkt nachdem ›W. F.‹ seinen Scheck gekriegt hat, und er geht wieder nach Hause. Er ist sich völlig darüber im Klaren, dass *Fontanas* Misstrauen sich gegen *ihn* richten würde. Er weiß, wo Fontana in seiner Freizeit verkehrt, denn er selbst benutzt die Brüder Hoff als Fahrradboten und Wachhunde. Dann geht er ins Havanna, trifft dort Fontana, er ermordet auch ihn, und niemand ist mehr übrig, der zu viel wissen könnte. Das passt alles zusammen.«

»Und was war mit Moritz? Wie kam *er* ins Spiel?«

»Das kann ich dir sagen. Das war etwas, das die Brüder Hoff wussten. Sie wussten, dass Cortzen an dem Abend mit Fontana verabredet war – genau an dem Denkmal in der Anlage draußen, gerade weil Cortzen nicht so gern *ins* Christopher wollte.«

»Was für ein Spießer.«

»Kannst du dich daran erinnern, als sie sich mit den zwei Leichen vertan haben?«

Das konnte ich deutlich.

»Schon da hätte ich darauf kommen müssen. Das war nicht nur, weil es sich um zwei gleichaltrige Männer handelte. Sie waren auch ungefähr gleich groß. Und sie waren in etwa von gleicher Statur. Die gleiche Figur.

Es war dunkel, wie es in diesen Nächten so ist, stimmt's? Dein verstorbener Kollege war aus irgendeinem Grund, den wir nicht kennen, dorthin gegangen. Er stand dort, wo auch Cortzen zu seiner Verabredung hinkommen wollte, um Fontana ein Messer reinzujagen. Vielleicht stand er gerade genau zu dem verabredeten Zeitpunkt da. Vielleicht wandte er ihm den Rücken zu und starrte die Statue an. Cortzen stach ihn nieder und stellte fest, dass es der Falsche war. Er muss wie ein Deutscher geflucht haben.

Dann muss er trotzdem noch die Nerven gehabt haben, in der Nähe zu bleiben und noch ein paar Minuten auf Fontana zu warten oder ihm entgegenzugehen, ihn unter einem geschickten Vorwand zu entführen und ihn aus dem Weg zu räumen.

So irgendwie muss er es gemacht haben, denn er hat die Brüder Hoff dafür bezahlt, dass sie ihm dabei halfen, die Leiche im Frederiksberg Have verschwinden zu lassen – nachdem sie im Kofferraum *seines* Autos gelegen hatte. Ziemlich kaltblütig. Wenn wir nicht auf die Brüder gestoßen wären ...«

»Was ist mit *Irene* Liljencrone? Sie war an diesem Abend auch dort.«

»Sie muss bis morgen warten. Die Aussage der Brüder ist sowohl für Fontana und Cortzen entscheidend. Die Rahmen und das Kokain sind Beweise von der Sorte, die das Gericht am höchsten bewertet, und jetzt haben wir hier auch Liljencrones Gemälde.

Cortzen war natürlich gezwungen, sie stehlen zu lassen. Er wagte nicht, uns Zeit zu lassen, sie zu untersuchen, denn sie *waren* präpariert und für den Verkauf bestimmt. Wenn wir rauskriegen, wohin, stoßen wir auch auf die Verbindung. Vielleicht hat er einen Moment lang den Kopf verloren. Vielleicht hat er auch bloß nicht damit gerechnet, dass wir Liljencrone so schnell finden würden.

Na ja, übrigens, es waren die Brüder Hoff, die die Bilder geklaut haben – nach einer gründlichen Beschreibung – und die auch Falk den Schlag auf den Hinterkopf versetzt haben. Ich habe inzwischen erfahren, dass er – im Gegensatz zu unserem Kaspersen hier – *tatsächlich* eine Gehirnerschütterung davongetragen hat und einen Monat krankgemeldet sein wird. Ich habe das gleich den Kollegen gegenüber angedeutet, die die Brüder heute Abend bewachen sollen.«

Er lächelte zu Kaspersen rüber, der zurücklächelte. Es war deutlich zu sehen, dass es auch für Kaspersen sehr beruhigend war zu wissen, dass die Brüder in sicherer Verwahrung waren.

Wenn die Storys, die ich im Laufe der Jahre über derartige Situationen gehört hatte, auch nur zu einem Viertel stimmten, dann würden die Brüder im Verlauf des heutigen Abends aus unerklärlichen Gründen unzählige Male stolpern, spontan und freiwillig mit ihrer Birne an die Wand schlagen und plötzlich von ihren Pritschen hart herunterfallen und beim Fallen ein paar Zähne verlieren.

Man kann auch wirklich verdammtes Pech haben.

»Cortzen«, sagte ich, apropos Pech. »Was sagt *er*?«

»Nichts«, sagte Ehlers. – »Gar nichts. Er wird nie mehr etwas sagen.«

Die Schmerzen im Arm begannen wieder zu ticken, wie eine Uhr, die plötzlich in Gang kommt. Die Augen schlossen sich zur Selbstverteidigung.

»Er ist tot«, sagte Ehlers. »Ich habe ihn erschossen. Ich hatte keine Wahl – entweder er oder du. Was wäre dir lieber gewesen?«

Ich konnte nicht mehr antworten. Die Dunkelheit senkte sich wieder über mich, und diesmal war sie noch größer, dichter und massiver als die März-Dunkelheit, die einen Mörder dazu bringen konnte, einen Moritz für einen Marcus zu halten. Es war eine tiefe, endlose Dunkelheit.

Die Dunkelheit der Bewusstlosigkeit.

Dritter Teil:

Coda

31

Es war eine rücksichtslose Jagd. Sie waren hinter mir her. Es waren zwei Männer, aber ich konnte ihre Gesichter nicht sehen. Da, wo andere menschliche Wesen meistens Nase, Augen und Mund haben, waren die Gesichter leer, ausdruckslos glatt und leer. Der eine umkreiste mich mit einem Messer, der andere mit einer Pistole. Ich stand auf der anderen Seite eines Tisches und versuchte wieder meinen Trick, aber der Tisch war zu schwer, um ihn umzukippen.

Die Pistole ging los. Ich krümmte mich zusammen und rollte über ein Sofa.

Langsam erwachte mein Bewusstsein. So langsam wie Kindheitserinnerungen bei einem gedächtnisgestörten Elektroschock-Patienten kehrten die Ereignisse der Nacht zurück.

Ich richtete mich ein ganz klein wenig auf und stützte mich auf meinen linken Arm. Das war keine gute Idee. Ich legte mich wieder zurück und machte die Augen auf, Schlitz für Schlitz. Ich sah, dass mein linker Arm verbunden war.

Ich war zu Hause, in meiner eigenen Wohnung, in meinem eigenen Bett. Bei weitem nicht der schönste Ort auf der Welt, absolut kein geeignetes Thema für eine Doppelseite in ›Schöner Wohnen‹, aber unter diesen Umständen ein ganz passabler.

Kaspersen kam mit meiner Kaffeekanne in der

Hand in das Zimmer geschlendert. Offenbar hatte ich eine Haushaltshilfe bekommen.

»Guten Morgen«, sagte er.

»Was weißt du davon?«, fragte ich.

»Er ist in vieler Hinsicht besser als gestern«, sagte er. »Morgen ist Wochenende.«

»Was ist passiert?«, fragte ich.

Er setzte sich und goss uns beiden Kaffee ein.

»Du bist wieder ohnmächtig geworden«, sagte er. »Deine Wunde war ein wenig schlimmer, als wir gedacht hatten. Wir dachten, du hättest nur einen Streifschuss an deinem Arm abbekommen, aber ein Partikel der Kugel war tiefer eingedrungen. Elendige Kugel. Ist zerbrochen – wie ein Streichholz, gerade, wenn man es anzünden will.

Wir haben dich mit dem Wagen zur Unfallstation gebracht und dich auf eine Trage verfrachtet, und dann ist ein Arzt gekommen und hat eine kleinere Operation vorgenommen. Du brauchtest gar keine Narkose – du warst bereits betäubt.«

Ich richtete mich halb im Bett auf. Das gelang mir gut. Ich konnte auch die Kaffeetasse anheben, jedenfalls mit dem rechten Arm. Ich schaffte es so gut, dass ich durchaus damit warten konnte, es mit meinem linken Arm noch einmal zu versuchen.

»Du brauchst nicht nervös zu sein«, sagte Kaspersen. – Der Arzt sagt, du kriegst den Verband in vierzehn Tagen wieder runter. In der Zwischenzeit wird der Arm nur ein bisschen empfindlich sein. Schmerzstillende Mittel würden nicht nötig sein, hat der Arzt gesagt. Davon nehmen die Leute heutzutage viel zu viel, meinte er.«

»Doch«, sagte ich, »ein schmerzstillendes Mittel: ein Drink.«

»Hast du was da?«

»Es gibt gleich hier unten in der Straße fünfundzwanzig Bars.«

»Ruh dich lieber aus. Der Arzt meinte, du hättest *vielleicht* einen Schock.«

»Keinen größeren als den, den ich jedes Mal kriege, wenn ich meinen Steuerbescheid bekomme.«

Der Kaffee war stark und gut. Ich steckte mir eine Zigarette an und musste husten.

»Ich warte auf einen Anruf von Ehlers«, sagte Kaspersen. »Aber ich geh gerne runter und hol was zu trinken. Ich könnte selbst einen vertragen – ich hab nur ein paar Stunden in deinem Sessel etwas gedöst. Ehlers wollte nicht, dass du allein bist.«

»Der Bulle mit dem goldenen Herzen«, sagte ich.

»Genau. Wenn also dein Telefon schellt, dann nimm ruhig ab, es könnte sein, dass er es ist. Mach aber niemandem auf – *ich* habe deinen Schlüssel. Was willst du haben?«

»Scotch. Ballantine's.«

»Okay.«

Er ging, und die Tür fiel pflichtschuldigst ins Schloss.

Ich stand auf und trank noch etwas Kaffee. Ich sah auf die Uhr, es war 11.15. Well, es war gestern Abend ganz schön spät geworden.

Ich dachte an die Nacht zurück und meinte so langsam, nach ziemlicher Anstrengung, ich wäre jetzt ganz im Bilde. *Fast* ganz im Bilde. Da gab es immer noch eine Sache, die in einer Ecke des Gemäldes unsicher flimmerte.

Das war Moritz.

Was zum Teufel hatte Moritz da draußen in Frederiksberg gewollt? Hätte sich dieser kleine glattzüngige Sahne-Geck an seinen Künstler-Empfang in der Galerie Grenå gehalten, etwas Weißwein geschlürft und ein paar Bildkompositionen wohlwollend kommentiert, würde er heute noch leben.

Stattdessen hatte er seine Heimspiel-Party verlassen und war in das Viertel um das Café Christopher gegangen. Was hatte er da gewollt?

Wie ich es auch drehte und wendete, mit einem Gefühl, dass mein stark mitgenommener Kopf wie ein Industrie-Dynamo in einer größeren Fabrikhalle krachte und knisterte, ich fand nur eine Erklärung: Er war dorthin gegangen, um Willy Fontana zu warnen.

Moritz war selbst schwul. Vielleicht halten Schwule zusammen, vielleicht halten sie zusammen wie Kommunisten, wie Zeugen Jehovas, wie Facharbeiter in der Schlachterei, wie Logenbrüder. Vielleicht hatte er so was wie ein Gewissen. Vielleicht wollte er Willy Fontana einen Tipp geben, dass etwas im Busch war.

Und zwar ich.

Das hatte dann zu Moritz' Tod geführt. Wenn diese Erklärung stimmte, musste *ich* als der eigentlich Verantwortliche für seinen Tod spornstreichs ein schlechtes Gewissen en gros kriegen und in Sack und Asche gehen.

Rein moralisch, natürlich.

Glücklicherweise nur rein moralisch.

Weiter war ich nicht gekommen, als mein Schlüssel – mit einem deutlich protestierenden Nebengeräusch, loyal und verärgert darüber, dass er sich in gefühllosen fremden Händen ohne Verständnis befand – sich im Schloss drehte. Kaspersen kam mit dem Whisky. Wir genehmigten uns jeder ein Glas, und ich noch eins dazu.

Ich legte ihm meine Theorie dar.

»Das kann sein«, sagte er. »Aber wir werden es wohl nie erfahren. Ehlers hatte gestern dieselbe Idee und schickte ein Bild von ihm an die Brüder Hoff. Die kannten ihn nicht. Sie konnten zwar nicht darauf schwören, ob er nicht vielleicht einmal in ihrem Etablissement gewesen ist, hatten aber keine Ahnung, wer er war. Wäre es nicht denkbar, dass er mit einer Nachricht auf dem Weg zu dir war?«

»Das glaube ich nicht.«

Ich schenkte nach. Mein Körper begann, ein leichtes Gefühl von erwachenden Lebensgeistern zu signalisieren. Es war nett von ihm, so ohne weiteres gleich so entgegenkommend zu sein. Für die paar Tropfen.

»Übrigens«, sagte Kaspersen fast schleppend. »Da ist eine Sache, die habe ich vergessen zu erzählen. Wir haben deine Freundin, die Anwältin, angerufen und sie über deinen – Zustand – unterrichtet.«

»Ihr *seid* aber auch aufmerksam.«

»Nicht in diesem Fall. Du hattest uns selbst darum gebeten. Du hast eine halbe Stunde lang im Fieberwahn gesprochen, als du auf der Unfallstation lagst. Wiederholte Male hast du gesagt, dass jemand sie benachrichtigen müsste.«

»Sieh an, sieh an«, sagte ich. »Wem das Herz voll ist ...«

Kaspersen beugte sich vor.

»Du hast auch viele andere Sachen gesagt«, fuhr er im Plauderton fort. – »Du hast was von Pistolen und Messern gefaselt, was uns in Anbetracht der letzten Tage als sehr natürlich vorkam. Etwas merkwürdiger war, dass du ein paar Mal von einem gewissen Frank geschwafelt hast, der angeblich Türen öffnen kann.«

Das ließ mich verstummen.

Ich wäre gern wieder in Ohnmacht gefallen. Diese

Welt hatte zweifellos ihre guten Seiten, es gab sogar etliche davon, aber es gab viel zu viel, an das man denken musste, viel zu viel – und das die ganze Zeit über.

Wenn ich nun in meinem Fieberwahn Frank denunziert hatte ...

Das war kein angenehmer Gedanke. Ginge es nach mir, könnte ich schnell mindestens ein Dutzend weit behaglichere – sowohl für Frank als auch mich selbst – nennen. Eine verdammte Art, sich so aufzuführen, wenn einem ein Typ einen größeren Dienst erwiesen hatte.

Kaspersen machte den Eindruck, als wüsste er, woran ich dachte.

»Wir waren uns jedoch einig«, sagte er lässig, als würden wir trivialen Smalltalk quatschen, wie zwei Nachbarn, die sich im Lokal treffen und bei einem Glas Bier die gefährdete Ehe des Nachbarn von gegenüber durchhecheln – »wir waren uns einig, dass deine unfreiwilligen Aussagen als Fieberfantasien zu werten seien. Wir hatten doch dein Wort, dass du in die Wohnung hineingekommen bist, weil Cortzen selbst dir die Tür öffnete, stimmt doch?«

»Doch, ja«, sagte ich.

Nicht ein Wort zu viel.

Ich stand auf und sah durch mein Fenster nach draußen.

Freitag, der 7. März, war noch ein kühler Tag. Die Leute, die da vorbeigingen, hatten ihre Hände tief in den Manteltaschen vergraben, als würden sie sich – störrisch und blind wie Maulwürfe – ihren Weg durch ihren Alltag graben. Die Leute schienen es nicht lustig zu finden.

Ich verstand sie.

Hinter mir redete Kaspersen weiter, so trocken wie

ein Haufen verwelkter Blätter. »Es gibt einen Gesetzesparagrafen, der der Polizei untersagt, Aussagen zu verwenden, die zum Beispiel unter Hypnose, Betäubung, starkem Einfluss von Rauschmitteln oder in Fieberfantasien gemacht werden. Wir verbuchen es auf diesem Konto. Du hattest Halluzinationen. Genehmigt, verlesen und vergessen.«

Ich drehte mich um.

»Danke«, sagte ich nur.

Kaspersen lächelte.

»Du schuldest mir eine Runde«, sagte er.

Mit dem rechten Arm füllte ich beide Gläser nach. Wir hoben sie und stießen an.

»Auf Frank«, sagte Kaspersen.

Das Telefon schellte. Er hörte zu, sagte höflich ›Einen Augenblick‹ und reichte mir den Hörer.

Otzens Stimme polterte wie ein theatralisch bedrohliches Donnerwetter durch das Kopenhagener Telefonnetz.

»Was muss ich da über dich hören?«

»Das ist schon okay ... Nur eine Schramme. Der Fall ist abgeschlossen und in eine Schachtel mit rosa Schleifen verpackt. Es steht nichts mehr auf dem Programm. Ich komme heute Abend.«

»Du *kommst* heute Abend?«

»Natürlich. Um die Schleifen zu binden.«

»Gut, mein Junge, und entschuldige die Frage, aber du weißt ja, wie das ist: Nachdem die Journalisten sich immer mehr organisieren, melden sie sich einfach krank mit Begründungen wie ›Erkältung‹ oder ›Grippe‹, egal, an welcher Sache sie gerade arbeiten. Zu *meiner* Zeit war ein Journalist ein Mann mit einem Auftrag, und er wartete mit seinen Krankheiten, bis dieser ausgeführt war.«

»Das hättest du in deiner Vorlesung an der Journalisten-Hochschule sagen sollen. Das hätte sie sicher interessiert. Auf Wiedersehen.«

»Auf Wiedersehen, mein Junge. Lass es ruhig angehen.«

Ich legte auf.

»Mein Chefredakteur«, erklärte ich Kaspersen.

Er nickte, und wir leerten unsere Gläser.

Wieder schellte das Telefon. Diesmal war es Kaspersens Chefredakteur, und er behielt den Hörer in der Hand.

Er hatte in dem Gespräch drei Möglichkeiten für Erwiderungen. Einmal sagte er ›ja‹, beim zweiten Mal ›okay‹, und beim dritten Mal, als er die Chance für ein Solo bekam, machte er einen Rückgriff in seinem Repertoire und setzte – nach reiflicher Überlegung – noch einmal ein ›ja‹ hinzu. Beständig und vertrauenserweckend.

»Der Polizeiinspektor«, erklärte er, als er auflegte.

Ich nickte.

»Er trifft sich in einer Viertelstunde mit Irene Liljencrone auf der Polizeiwache am Halmtorvet. Er möchte mich gerne dabei haben, sofern *du* glaubst, dass du allein zurechtkommst.«

»Nein«, sagte ich. »Es wäre völlig unverantwortlich, mich allein zu lassen. Ich komme mit.«

Wir verließen die Wohnung zusammen.

Es war eine kleine, aber beruhigende Geste, als er mir draußen auf der Treppe meinen Schlüssel aushändigte.

32

Das überrascht mich nicht im Mindesten«, sagte Irene Liljencrone. Sie sagte das ungefähr in dem gleichen erhabenen Tonfall, mit dem Königin Victoria ihr bekanntes ›*We're not amused*‹ ausgesprochen haben musste.

Sie trug denselben weißen Pelz wie beim ersten Mal, als wir ihr in der Wohnung ihres Bruders begegnet waren. Sie saß aufrecht, mit klaren, direkt blickenden Augen, auf einem von Ehlers' müden, alten und verschlissenen Verhörstühlen, diesen grünen Holzstühlen, die nach der Tristheit und kalten Feuchtigkeit ganzer Generationen stanken. Es war nicht *ihr* Typ von Stühlen.

Ehlers hatte sie gerade über die Ereignisse ›in Kenntnis gesetzt‹. Eine leicht zensierte Orientierung, aber auch nicht mehr zensiert, als es die meisten sind.

Falls er jedoch auf eine Sensation gehofft hatte, so wurde er enttäuscht. Es überraschte sie nur nicht im Mindesten. Und nachdem sie dies gesagt hatte, sah sie ihn mit ihrem festen Blick aus den graublauen Augen ausdruckslos an.

»Sie haben ihn doch gut gekannt«, sagte Ehlers, als suchte er mit Absicht nach einfachen Worten.

»Ja«, sagte sie.

»*Wie* gut?«

Das Duell hatte begonnen.

»Als Erics Freund, als Anwalt – und als ein Mann, der mir ein paar Mal einen Heiratsantrag gemacht hat, wenn Sie alles hören müssen.«

»Er liebte Sie?«

»Das wird im Allgemeinen als Voraussetzung dafür

angesehen, wenn man einer Frau einen Heiratsantrag macht. Ich kann es nicht sagen.«

»Sie haben ihn abgewiesen?«

»Zwei Mal, in einem Abstand von einem halben Jahr.«

»Warum?«

»Geht *Sie* das etwas an, Herr Inspektor?«

»Ich möchte nicht in Ihrem Privatleben herumschnüffeln. Aber ich habe das Recht auf eine kurze, klare Antwort.«

»Erstens: weil ich nicht in ihn verliebt war. Zweitens: weil ich mich in keiner Weise mit Heiratsplänen trage. Drittens: weil ich wusste, dass irgendetwas mit ihm nicht stimmte.«

»Lassen Sie uns den dritten Grund nehmen. Woher wussten Sie das? War es Intuition?«

»Sie brauchen mich gar nicht zu veralbern. Es hatte nichts mit der so genannten ›weiblichen Intuition‹ zu tun. Es war bloße Wahrnehmung. Wenn ein begabter, gut ausgebildeter, wohl situierter Mann wie Leif Ludwig Cortzen, ein angesehener Rechtsanwalt, abwechselnd zittert, schwitzt und nervös ist und zehn Minuten später schon wieder kalt und ruhig ist, dann stimmt mit diesem Mann etwas nicht. Und so habe ich ihn jahrelang gesehen. Jetzt sagen *Sie*, es war Rauschgift. Das wusste ich nicht, darin kenne ich mich nicht aus. Aber aus meiner Sicht hätte die Ursache genauso gut unkorrekte Buchführung, schwache Nerven oder die Furcht vor einer ernsthaften Krebserkrankung sein können; es hätten alle möglichen Dinge sein können. Nur bei den Symptomen konnte man sich nicht täuschen.«

»Glauben Sie, dass ihr Bruder es auch gemerkt hat?«

»Sicher. Eric hatte gute Augen. Die braucht man in seiner Branche.«

»Dann begreife ich nicht«, sagte Ehlers und wechselte plötzlich und aggressiv den Angriffswinkel, – »dass er in diesen Willy Fontana investieren konnte.«

»Ach, diese kindische Farbenkleckserei!«, sagte sie verächtlich. »Können Sie sich das wirklich nicht denken?«

»Er ist Ihrem Bruder gefällig gewesen?«

»Ich bin keine verstaubte viktorianische Jungfer, Herr Inspektor. Wir wollen doch klar und deutlich Dänisch miteinander sprechen, damit wir uns nicht missverstehen. Willy Fontana war Erics Liebhaber. Eric war in ihn verliebt, und deshalb kaufte er seine Bilder. Eric besaß einen ausgesuchten Geschmack, außer, er fand einen jungen Maler, mit dem er schlafen konnte. Das war immer so – er verliebte sich stets in neue junge Maler. Wäre er heterosexuell gewesen, wäre er – in seinem Alter – vermutlich der Typ gewesen, der 18-jährigen Fotomodellen hinterherjagt.«

Ehlers seufzte gedämpft, als wollte er sagen, das könnte er sich wohl freilich denken, würde es aber *trotzdem* nicht mögen.

»Haben *Sie* Willy Fontana gekannt?«

»Ich bin ihm ein paar Mal begegnet. Rein zufällig. Er hat meinen Bruder oft besucht.«

»Wie sind sich die beiden begegnet, wissen Sie es?«

»Ist das von Bedeutung?«

»Das *könnte* es sein.«

»Ich glaube, dass Cortzen sie zusammengebracht hat.«

»Cortzen hat gesagt, dass Fontana Liljencrones Entdeckung war.«

»Dafür hat er wohl seine Gründe gehabt.«

»Ach so«, sagte Ehlers. Er blickte in die Luft, wo der Staub aus den Stapeln von Protokollen und Berichten zirkulierte. – »Er hat Fontana dort eingeschleust.«

»Das kann man auch höflicher ausdrücken.«

»Das kann man. Man kann sagen, er führte seinen jungen Handlanger bei Liljencrone ein, wohl wissend um dessen – Neigungen. Das ist das Gleiche. Was war *Ihr* Eindruck von Fontana?«

»Ich glaube, das Wort *Abscheu* trifft es am besten.«

»Warum?«

»Der Mann war jähzornig, ein Selbstdarsteller, er war selbstgefällig, ohne Talent, widerlich ungepflegt, hatte eine grauenhafte Redeweise und plünderte meinen Bruder aus wie eine Mischung aus einer Prostituierten und einem Erpresser. Ich empfand für keine dieser Eigenschaften Sympathie.«

»Das ist verständlich. Kannten Sie Moritz Simony?«

»Einer meiner früheren Schüler. Nicht überwältigend begabt.«

»Sind Sie ihm später begegnet?«

»Nur oberflächlich – aufgrund meiner Arbeit.«

»Sie standen in keiner engeren Beziehung zu ihm?«

»In keiner Weise.«

»*Haben* Sie überhaupt zu jemandem engere Beziehungen?«

Das war Ehlers so rausgerutscht, und er sah sofort ein, dass er zu weit gegangen war: Anstelle seines Gehirns hatte er sein Unterbewusstsein sprechen lassen. Er reagierte umgehend.

»Entschuldigen Sie«, sagte er. »Tut mir Leid.«

Sie sah ihn herablassend an, als hätte sie aus dieser Richtung nichts anderes erwartet. Sie erhob sich halb aus dem Stuhl, hüllte sich etwas enger in ihren Pelz und sah dabei auf die Uhr.

»Kann ich jetzt gehen?«, fragte sie. »Ich habe eine Vorlesung.«

Ein Mädel ganz nach Otzens Geschmack. Er hätte seine Freude an ihr gehabt, wäre *sie* Journalistin gewesen.

»Nur noch eins«, sagte Ehlers. Er blickte auf einige Notizen.

»An dem Abend, an dem Willy Fontana ermordet wurde, waren Sie zusammen mit dem Mörder in dem Nachtlokal Havanna – direkt gegenüber dem Tatort.«

»Ja.«

»Wie kam dieses Treffen zu Stande?«

»Nach Erics Tod dachte ich, vielleicht einen Rechtsbeistand zu brauchen. Es hätte Probleme geben können, die ich rein juristisch nicht hätte überblicken können. Da Leif Ludwig sich in Erics Angelegenheiten bestens auskannte, schien es mir nahe liegend zu sein, mich an ihn zu wenden.«

»Trotz Ihrer privaten Gefühle?«

»Trotz meiner privaten Gefühle, ja. Jura ist nichts Privates.«

»Und dann?«

»Dann sagte er mir, wie ich mich verhalten sollte, und ich ging zu Ihnen zum Verhör. Später am Tag, als ich nach Haus gekommen war, rief Leif Ludwig mich an und sagte, er wäre auf neue Aspekte in diesem Fall gestoßen. Er ging nicht weiter ins Detail, sondern wollte sich gern mit mir treffen. Er sagte, er hätte einen sehr arbeitsreichen Abend ...«

»Das will ich meinen«, unterbrach Ehlers.

»Er hätte nicht viel Zeit, wollte diese Sache aber gern in Ordnung bringen, auch weil sie ihn persönlich sehr mitgenommen hätte.«

»Keine Übertreibung.«

»Und dann schlug er vor, dass wir uns im Havanna treffen sollten, weil das am praktischsten für ihn wäre, mit all seinen Terminen und nicht zu weit weg von meiner Wohnung.«

»Das war alles«, sagte Ehlers. »Danke, Fräulein Liljencrone. Dankeschön und entschuldigen Sie meine Unhöflichkeit. Sie haben viel verloren.«

Er verbeugte sich fast vor ihr.

»Ganz im Gegenteil«, sagte sie kühl, wobei sie nochmals ihren Pelz enger um sich zog. »Die meisten würden sagen, ich habe viel *gewonnen*.«

»Gewonnen?«

»Das ist doch einleuchtend. *Ich* beerbe Eric. Und nun, da der vulgäre Farbenkleckser tot ist – und keine Familie hat –, werde ich auch *seinen* Anteil erben. Und es wird wohl auch nicht mehr lange dauern, bis ich meine Mutter beerbe.«

»Sie werden reich«, sagte Ehlers tonlos.

»Ja«, sagte sie. »Sehr reich.«

So dick wie Otzens Zigarrenqualm im Redaktionsbüro lag es hier im Polizeibüro in der Luft, dass wir alle drei, Ehlers, Kaspersen und ich, instinktiv die Lust verspürten, sie zu fragen, was sie mit dem ganzen Geld machen würde – was ausgerechnet *sie* damit machen würde.

Sie merkte das sehr wohl.

»Ich habe mir gedacht, mich zurückzuziehen«, sagte sie unaufgefordert. »Ich werde reisen.«

Hierzu gab es keinen Kommentar.

Ehlers stand höflich von *seinem* Stuhl auf.

»Ja«, sagte er. »Dann ist wohl alles klar.«

»Fast«, sagte ich.

»Fast?«, sagte Ehlers.

Irene Liljencrone blieb mitten in Ehlers' Büro abrupt stehen, als wollte sie – um ihrer selbst willen – noch das Letzte mitbekommen.

»Ja, fast«, sagte ich. »Du hast doch nicht vergessen, wie wir Liljencrone gefunden haben, oder? Der anonyme Brief. ›Erzählen Sie es dem BLADET!‹ Und du erinnerst dich doch bestimmt auch an den Brief, den ich dir rübergeschickt habe, der die Aufforderung enthielt, Cortzen ein wenig in die Karten zu schauen? ›Erzählen Sie es dem BLADET!‹ Wer war der Absender dieser Briefe?«

Ehlers sah aus, als würde er auf etwas herumkauen. Kaspersen blieb unerschütterlich stumm.

Irene Liljencrone machte eine Vierteldrehung, richtete ihr hübsches, scharfes Profil auf mich und legte den Kopf in den Nacken, mit einem neckenden Lächeln, das sie einen Moment lang wie einen Teenager aussehen ließ – wie ein 14-jähriges Schulmädchen, das mit seinem flotten, lockigen Dänischlehrer flirten möchte und ihm harmlose Liebesbriefe schreibt.

Aber nur einen Moment lang. Dann war sie sofort wieder ganz sie selbst.

»Das war ich«, sagte sie frei heraus. »Ich kam am Abend vorher und fand Eric tot auf, genau so, wie *Sie* ihn gefunden haben. Ich wollte nicht in etwas hineingezogen werden, das höchstwahrscheinlich sein Privatleben betraf. Aber ich wollte, dass sich *jemand* darum kümmerte, jemand, der kompetent für so etwas wäre. Deshalb habe ich die erste anonyme Mitteilung geschickt. Die zweite war mehr ein Tipp – abgeschickt an dem Abend, an dem wir im Havanna saßen – und ich entdeckte, dass Leif Ludwig mir überhaupt nichts zu sagen hatte, sondern im Gegenteil die ganze Zeit versuchte herauszubekommen, was *ich* über *ihn* wusste.«

Dreißig Sekunden lang herrschte Stille.

»Im Namen des BLADET danke ich Ihnen für Ihr Vertrauen«, sagte ich.

»Ich hoffe, dass Sie jetzt einen besseren Kunstkritiker bekommen«, sagte sie.

Mit einem leichten Neigen des Kopfes und einem liebenswert nachsichtigen Lächeln war sie durch die Tür hinaus.

Das war im letzten Moment. Wäre sie nur eine Minute länger geblieben, hätte ich mich nicht bremsen können und Beifall geklatscht.

33

Ja, so war das«, schloss ich.

Ich hatte Gitte die ganze Geschichte erzählt.

Es war kurz nach Mitternacht, und der Freitag ging – anscheinend mühelos – in den Samstag über. Das Leben der Stadt pulsierte ruhig vor sich hin. Man brauchte nur ein Fenster einen Spalt zu öffnen, dann konnte man schon am Rhythmus der Straße erkennen, dass die Leute zwei Tage von der Sklaverei befreit waren. Zwei armselige Tage, mehr ist nicht drin.

Auch ich hatte frei. Ich *war* drinnen beim BLADET gewesen. Ich *hatte* meine Story zusammengehackt. Ich hatte von Otzen einen anerkennenden Klaps auf die Schulter bekommen, einen Klaps, den er großzügig austeilte und mich gleichzeitig damit unterhielt, wie wünschenswert und angemessen es wäre, wenn wir mal über meinen Honorarsatz sprächen. Das bedeutete – falls er sich morgen überhaupt noch daran erinnern konnte – ein paar Tausender mehr für mich. Es bedeutete, falls das Steuersystem zum Zeitpunkt der Auszahlung immer noch dasselbe wäre, ein paar Tausender mehr für die Militärausgaben des Landes und Gerichtsvollzieher-Gehälter.

Sicher ganz ausgezeichnet, aber es wäre leichter, wenn das BLADET das Geld gleich direkt an das Finanzamt abführen würde.

Ich dachte an frühere Fälle zurück. Nach einem abgeschlossenen Fall wird Ehlers immer euphorisch und kann stundenlang reden – das ist *seine* Art. Wahrscheinlich saß er irgendwo mit Kaspersen zusammen. Ich hätte fünf zu eins wetten können, dass sie den Fall noch ein weiteres Mal gründlich durchkauten und die letzten Nägel im Sargdeckel verschraubten.

Ehlers wird euphorisch, der Herr war ihm gegenüber gnädig gestimmt. Ich werde nur müde. Müde, wenn man viel zu viel in viel zu kurzer Zeit erlebt hat. Wenn alles schrumpft.

Menschen sind so klein und schwach. Sie können nicht so viel aushalten.

Unten auf der Straße ging jemand singend vorbei. Das Lied selbst war undefinierbar.

»Ja, so war's«, wiederholte ich.

Gitte sah mich an, hautnah und weich, und sagte eine Menge Worte mit dem Alphabet, das nur für Augen existiert – und nur für sehr wenige.

»Du Armer«, sagte sie.

Sie blickte auf meinen Arm.

»Zum Henker!«, sagte ich. – »Das ist doch nichts.«

Zum Beweis legte ich den Arm um sie.

Es tat weh, aber es war gut. Wenn sich der Arm eines Mannes richtig um den Körper einer Frau legt, scheint es, als ob beide Teile für das Gleiche gebaut sind, entworfen und gebaut von dem Großen Buddha Gott Allah, mit einem ganzen Heer von Experten hinter sich. Alles, was dazu notwendig ist, sind dieser Arm und diese Hüfte, das *weiß* man in so einem Moment.

»Weißt du, was ich glaube?«, sagte Gitte.

»Schatz«, sagte ich. »Die Tiefgründigkeit weiblicher Weisheit kann kein Mann begreifen. Das sagt der Koran.«

»*Ich* glaube«, sagte sie, »dass diese Irene – Sirene – mit euch umgesprungen ist, wie es ihr gerade passte. Okay, ich war zwar nicht selbst an dem Fall beteiligt, aber ich *bin* immerhin Anwältin. Ich bin meinem Kollegen L. L. Cortzen auch einmal begegnet.«

»Und«, fuhr sie fort, »er kam mir nicht gerade wie der schüchterne Typ vor, der im Abstand von einem halben Jahr einer Dame höflich Heiratsanträge macht.«

Sie seufzte.

»Siehst du das nicht? Cortzen war Irenes Liebhaber, natürlich war er das. Also, freischaffend.«

An dieser Stelle bekam ich einen viel sagenden Blick zugeworfen.

»Bei Eric Liljencrone und Fontana war es das Gleiche – nur mit dem Unterschied, dass kein Geld mit im Spiel war, stimmt's? – Nun ja, dann ist sie ihn leid. Da kommt es ihr sehr gelegen, als sie herausfindet, was er so treibt, oder sie wird ihn leid, nachdem sie es herausbekommen hat. Sobald ihr Bruder tot ist, macht sie es auf *die* Tour und spielt mit euch wie ein Jongleur mit Bällen. Weißt du, worauf ich wetten möchte?«

»Schatz«, sagte ich. »Die Tiefgründigkeit weiblicher Weisheit ...«

»Darauf«, fuhr sie unbeirrt fort, »darauf, dass *sie* es

war, die ihrem Bruder erzählt hat, was Cortzen mit seinen Gemälden anstellte.«

»Du meinst ...«

»Selbstverständlich. Nur ein Mann würde so etwas nicht sofort erkennen. Zufällig bin *ich* auch eine Frau.«

»*Das* bist du. *Zufällig*. Das kann ich beschwören.«

»Aber sie hat nichts Ungesetzliches getan, in keiner Weise. Sie hat ihren Bruder nicht ermordet. Sie hat seinen Liebhaber nicht ermordet und einen zufälligen Passanten versehentlich auch nicht. Sie hat deinen Freund Ehlers nicht gezwungen, ihren Liebhaber zu erschießen. Sie hat zu allem die anderen benutzt – einschließlich euch. Und sie ist die Gewinnerin.«

»Ja, sie ist die Gewinnerin.«

Von der Straße drangen Stimmen durch das Fenster herein. Eine Männerstimme grölte laut ›Ich könnte dich knutschen!‹.

Ich legte meinen Arm enger um sie.

Einen Moment lang saßen wir still zusammen.

Ich wollte gern meine Augen schließen, aber ich konnte es nicht. Ich sah sie an, sah sie wie in stillstehenden Filmbildern. Ihr Profil. Ihre charaktervolle Nase. Ihren Schwanenhals. Ihren kräftigen, geschmeidigen Rücken.

Sie hatte zweifellos Recht. Sie war selbst eine Irene Liljencrone. *It takes one to know one*. Eine zwanzig Jahre jüngere Sirene.

Meine Finger glitten durch ihre Haare.

Die Welt stand still. Wir waren in Trance versetzt – eine Trance, nahe der Bewusstlosigkeit. Wie Rauschgiftsüchtige, als wären wir high, schwebten wir in einem Raum von Licht.

Dann sprang sie plötzlich auf und stieß dabei

ihre Tasse um, als hätte sie einen Anfall manischer Krämpfe oder hätte plötzlich einen Skorpion auf ihrem Rock gesehen.

Sie blickte mich mit jubelnden Augen an.

»Es tritt!«, sagte sie.

Verwirrt sah ich sie an.

»Das ist das erste Mal, dass ich es so spüren kann!« – sie schrie es fast. »Es tritt wirklich! Fühl mal!«

Sie hob ihre Bluse und zeigte ihr kleines, bescheidenes, noch unauffällig sprießendes Bäuchlein, dieses merkwürdige, unfertige Gewächs auf einem ansonsten so vollendet glatten und geschmeidigen Katzenkörper.

Ich legte mein Ohr daran. Das Ohr mochte es. Und Ohren sind überaus empfindliche Organe.

Da war ein dumpfer, monotoner Rhythmus – wie von einem durchschnittlichen Rock-Schlagzeuger.

Sie legte die Hände darauf.

»Es tritt!«, wiederholte sie. Sie machte den Eindruck, als wäre etwas geschehen, womit sie nie gerechnet hätte. Als ob die Wolken vom Himmel gefallen wären, als würden die Bäume nach unten wachsen, als ob die Häuser einen Einkaufsbummel machten.

Es *war* so, kein Zweifel. Dieses Treten im Bauch war die einzige Wirklichkeit, war das einzig Reale. Die Liljencrones, Fontanas, Simonys waren nur noch ein Flüstern im Wind – Luftblasen, die so schnell verschwanden wie Ballons auf einem Kindergeburtstag.

Auch wenn diese – streng logisch betrachtet – ebenso als Treten im Bauch einer Frau begonnen hatten.

So wie *wir* auch, Gitte und ich.

Eine Frau zu sein war sicher ein harter Job.

In dieser Nacht schliefen wir tief und fest. Ich hielt die ganze Nacht lang das Bäuchlein, wobei ich hypnotisch Beschwörungen murmelte, als ob ich das Ungeborene vor dem bewahren könnte, was es später einmal durchmachen müsste.

Ich wusste, dass das eine Lüge war. Ich wusste, es würde das Ganze auch durchmachen müssen. Den ganzen menschlichen Zirkus. Den allumfassenden menschlichen Zirkus, in dem jeder von uns und jeder für sich eine Runde dreht.

Die Welt ging in dieser Nacht unter und wurde wiedergeboren, aber das tut sie jede Nacht für jeden einzelnen Mitarbeiter beim Zirkus.

Am nächsten Morgen sagten die Leute wieder ›Guten Morgen‹ zueinander. Das taten sie überall auf der Welt, Hoch und Niedrig, Arm und Reich. Selbst Gitte und ich taten es, wobei wir beide auf das Bäuchlein schauten.

Als sie ins Büro ging, ging ich zu mir nach Hause. Ich war kaum drinnen, als Ehlers anrief.

»Starke Frau, was?«, sagte er, nachdem wir die Einleitung überstanden hatten. »Erinnerte mich an Annie Andersen in Rødby, wenn du dich noch an die erinnerst. Erinnert mich übrigens auch an meine Frau.«

»Ja«, sagte ich. »Das glaub ich.«

»Du hast dich in diesem Fall weit vorgewagt, mein Freund.«

»Haben wir das nicht alle?«

»Nicht so *weit*.«

»Lass es uns vergessen.«

»Natürlich. Es ist gar nicht geschehen. Es hat niemals stattgefunden, und ich weiß gar nicht, wovon du redest.«

»Prima. Wollen wir uns dann nicht einfach treffen und ein Bier trinken?«

»Kann nicht. Ein Mord auf Amager. Rockerbande.

Muss hin. Mach's gut. Bis zum nächsten Mal. Bei uns wird *gearbeitet.*«

Wohl wahr. Wenn jemand immer arbeitet, dann die Bullen.

Ehlers' Arbeit trug dann auch, dank tugendhafter Geduld, einige Wochen später Früchte. Es zeigte sich, dass Cortzen – dessen Buchhaltung so sauber, maßvoll und rechtschaffen geführt worden war, dass Irene Liljencrone nicht fünf Øre einbüßte – mit Liljencrones völligem Einverständnis Pollock und Léger an eine im Laufe der Jahre fest etablierte Geschäftsbindung verkauft hatte, das Auktionshaus Weeks & Simpson in der Old Bond Street, London. Ein Mitarbeiter der Firma war speziell für Auslandssendungen zuständig. Bei näherer Untersuchung stellte sich heraus, dass dieser Mitarbeiter, Paul Jeffries, Besitzer von drei größeren Immobilien in Kensington war, die er in Anbetracht seines relativ bescheidenen, steuerpflichtigen Einkommens unmöglich selbst gekauft haben konnte.

Scotland Yard ging so weit, der dänischen Polizei mit einem offiziellen Telegramm zu gratulieren. Das BLADET brachte es dann auf der Titelseite.

Das Café Christopher wurde geschlossen, und auf der abschließenden Auktion gab es niemanden, der für Willy Fontanas Wandmalereien geboten hätte. Sie wurden von gelernten, Cecil-Zigaretten rauchenden Anstreichern brutal mit weißer Farbe übermalt.

Die Brüder Hoff bekamen eine Gefängnisstrafe. Wie viele Jahre, kümmerte mich nicht. Niemand tat das, am wenigsten die beiden Brüder selbst. Sie kannten die Bedingungen. Sie wussten, wie schnell sie wieder draußen sein und sofort wieder ihren Job tun würden. Sie wussten, ihr Job war einer der wenigen, bei denen man den Begriff Arbeitslosigkeit nicht kennt.

Und dann herrschte wirklich einmal aufrichtige, echte Pfadfinderinnen-Lagerfeuer-Freude beim BLADET, als Mavis nach einer umfangreichen Operation in ihr rosa Büro zurückkam. So ist das Leben. Man sammelt für Kränze für Kunstkritiker, und man *feiert*, wenn die Gossip-Journalistin wieder vom Operationstisch aufsteht.

Am selben Tag fanden wir schließlich heraus, warum Moritz in Frederiksberg gewesen war. Einer der Boten des BLADET, ein junger Bengel von der Insel Fünen, der in einem möblierten Zimmer im Herman-Bangs-Vej wohnte, hatte in einem nächtlichen Gespräch mit dem Sportjournalisten errötend zugegeben: Er sollte – nach einer hastigen Verabredung am selben Nachmittag – ›Besuch‹ von Moritz bekommen, der ihm vielleicht bei seinen Zukunftsplänen in der Pressebranche helfen konnte.

Also wollte Moritz nur einen jungen Kerl besuchen. Vermutlich hatte er einen Augenblick lang an der Statue von Holger Drachmann gestanden, hatte sich eine Zigarette angesteckt und sich eine Eroberungsstrategie zurechtgelegt – und dann hatte es ihn erwischt.

Rein zufällig.

Alles ist Zufall.

Als wir es erfuhren, waren aber schon Monate vergangen.

Gitte war hochschwanger.

Und selbst wenn man auch das Zufall nennen könnte, so war dieser doch verheißungsvoller als das normale Chaos: das irrsinnige, schizophrene, gewalttätige Chaos, in dem wir alle leben.

Der Alltag, wie man es nennt.

Ein genialer Kopenhagen-Krimi vom dänischen Kultautor

An einem winterkalten Montagabend wird ein Journalist und Privatschnüffler Zeuge eines Mordes an einer jungen Frau. Der Täter kann entkommen. Exakt eine Woche später geschieht ein weiterer Mord – wieder an einer jungen Frau. Die Polizei hat nichts in der Hand, keine konkreten Hinweise, keine heiße Spur. Die Stimmung in der Stadt ist aufgeheizt. Die Leute sind panisch. Haben Angst, dass der Montagsmörder wieder zuschlägt. Kommissar Ehlers entschließt sich, eine Falle zu stellen ...

ISBN 3-404-15177-1